4월이 되면 그녀는

가와무라 겐키 지음

이영미 옮김

4월이
되면
그녀는

가와무라 겐키 지음

이영미 옮김

소미미디어
Somy Media

April,
come
she will

목
차

9년 만이네요.

전하고 싶은 말이 있어서 편지를 씁니다.

편지 쓰는 것쯤이야 간단하겠지 생각했습니다.

그런데 막상 쓰기 시작하니, 놀라울 정도로 마음대로 안 되네요. 곰곰이 생각해보면 펜을 손에 쥐고 제대로 편지를 쓰는 건 10년 만일지도 모르겠어요. 누군가를 진지하게 생각하며 그 사람을 위해 뭔가를 쓴다. 그건 너무 어렵고 쑥스러운 일이군요.

100년 후에는 종이에 소식을 적어 보내는 건 사라지고 없겠죠. 그렇지만 그 글이 엮이는 시간은 분명 깊은 밤일 테고, 에두른 말만 이어져서 무슨 말을 하고 싶었는지 알 수 없게 되고, 몇 번이나 고쳐 썼는데도 구두점은 이상한 자리에 찍혀 있고, 어쨌거나 볼품없고, 그럼에도 절실한 심정에는 변함이 없을 듯한 기분이 듭니다.

나는 지금 볼리비아의 우유니라는 도시에 있어요.

새하얀 소금 호수로 에워싸인 도시. 해발고도 3700미터. 공기는 희박하지만 맑고, 물빛 하늘에는 볼록하게 부푼 구름이 떠 있습니다.

이곳 소금호수는 비가 내리면 물이 얕게 고여 거울처럼 변합니다. 그 거울에 끝없이 열린 하늘이 반사되어 세상이 온통 하늘이 됩니다.

호숫가에 있는 소금호텔에서 바위처럼 딱딱해진 빵과 파슬리를 넣은 짭짤한 수프를 먹고, 이 편지를 쓰고 있습니다.

이곳은 벽도 소금, 복도도 소금, 소파와 침대, 테이블과 의자, 꽃병까지도 소금이에요. 이틀만 있으면, 누구나 장아찌 같은 기분이 들 테죠. 소금투성이인 이 호텔에서 나는 그를 만났습니다.

그는 옅은 갈색 주근깨가 두드러져 보이는 하얀 피부와 호박색 눈동자를 가진 아르헨티나 사람입니다. 소금호텔에 체류한 지 어느덧 반년. 줄곧 수채화를 그리고 있다고 했습니다.

그의 그림은 하나같이 옅은 색을 써서 덧없어 보였어요. 젖빛 필터가 덮인 것 같은 아름다운 그림이었습니다. 나는 그에게 그 그림들이 좋다고 말했고, 그림을 보여준 보답으로 내가 찍은 사진을 보여줬어요. 당신도 알고 있듯이, 내 사진도 어딘지 모르게 연하고 담백한 세상을 담아낸 것이죠. 그는 그 사진들을 매우 마음에 들어 했어요. 자기가 바라보는 경치와 비슷하다고.

유명한 축구선구와 이름이 같은 그는 스페인어와 짧은 영어로 나에게 좋아하는 음식과 소설, 영화와 음악에 관한 얘기를 들려줬어요. 흰살 생선과 와인을 좋아하고, 옛날 탐정소설과 아메리칸뉴시네마

(1960년대 후반에서 1970년대 초반의 미국영화 중 기성세대로부터의 단절이나 미국사회의 부정적 현실에 관한 문제들을 주로 다루었던 영화)를 사랑하고, 잠들기 전에는 라벨을 듣는다고. 좋아하는 색깔은 흰색과 남색. 여우비를 보면 가슴이 뛴다고.

그것들은 때로는 내가 좋아하는 것과 같기도 하고, 전혀 다르기도 했어요. 그런데도 그는 이 세상에서 나와 그를 연결하고 있는 것들을 하나라도 더 많이 확인하려는 듯이 사랑하는 것들에 관해 계속 얘기했어요.

만난 지 사흘이 지난 후, 그는 나를 호수로 데려갔습니다.

초승달이 뜬 밤. 별들로 가득한 밤하늘이 호수에 비쳐서 온 천지가 전부 별로 뒤덮여 있었죠. 너를 소중히 여기겠다고 그가 말했습니다. 나는 시간이 조금 필요하다고 대답하고, 새벽녘까지 별로 둘러싸인 세상에서 시간을 보냈습니다.

그로부터 이틀간. 천공의 거울에 비친 내 모습을 바라보며 줄곧 생각했어요.

나는 그를 사랑하고 있을까. 그를 사랑할 수 있을까.

어린 시절 여름날 해 질 녘. 베란다에 앉아 거세게 쏟아지는 소나기를 바라보던 나는 비가 그치기 몇 분 전에는 미리 그걸 예감했습니다. 아, 이제 곧 비가 그치겠네. 태양이 모습을 드러낼 거야. 그렇게 생각하면 언제나 비는 그쳤고, 황금색 빛이 하늘에서 내리쬐었죠. 나는 그런 예감을 확실하게 느낄 수 있었어요.

내게는 당신과의 사랑의 시작이 그런 거였어요.

그때의 내게는 나보다 소중한 사람이 있었어요. 당신과 같이 있는 것만으로도 모든 일이 분명 잘 풀릴 거라고 믿을 수 있었죠.

그리고 내 안에서는 그 4월이 아직도 어렴풋한 윤곽을 유지하며 계속 이어지는 것 같은 기분이 듭니다. 어렴풋하게, 그렇지만 언제까지고.

편지 또 쓸게요.

이요다 하루

4월이 되면 그녀는

신호가 파란색으로 바뀌었다.

교차점 반대편에서 밀려오는 검은 인파를 향해 후지시로는 셔터를 눌렀다. 일안리플렉스카메라의 셔터 버튼이 확고한 무게감과 함께 내려앉으며 찰칵 하는 소리가 두개골에 울려퍼졌다. 리와인딩 레버를 재빨리 감고, 잇달아 필름에 담는다. 하루는 옆에서 스크램블 교차점의 상공에 떠 있는 계절에 걸맞지 않은 소나기구름을 바라보고 있었다. 고개를 숙이고 시부야 거리를 걸어가는 사람들 무리. 어느 누구도 알아채지 못한 소나기구름으로 하루는 카메라를 돌렸다.

자그마한 몸에 어울리지 않는, 큼지막한 필름식 일안리플렉스카메라. 묵직해 보이는 은색 바디에 검은 대구경 렌즈가 붙어 있다. 오래됐지만 정성 들여 손질을 했고 사랑받으며 사용된 카메라라는 걸 알 수 있었다. 하루가 그 카메라를 목에 걸

11

고 후지시로 앞에 나타난 것은 흩어진 벚꽃 꽃잎이 거리에서 흔적도 없이 사라진 무렵이었다.

은행나무 가로수를 빠져나가면, 그 앞에 벽돌로 지은 낡은 대학 교정이 나온다. 만담연구회, 경음악부, 축제 실행위원회와 영화동아리 등의 방들이 늘어서 있는 한쪽 구석에 고요히 가라앉듯이 사진부 방이 있었다. 의학부 3학년생이 된 후지시로는 일찍부터 수업을 따라가지 못해서 동아리 방으로 도망쳤다.

저녁때는 회원들이 모여들어 시끌벅적해지는 방도 지금은 조용해서 텔레비전 게임의 전자음만 들린다. 두 번이나 낙제한 4학년생 누시가 소파에 드러누워 게임에 빠져 있었다. 검은 던전(dungeon, 게임에서 몬스터들이 모여 있는 구분된 장소) 속을 용사 대열이 뱀처럼 이리저리 걸어 다닌다. 후지시로를 보고 누시는 "어"라고 한마디만 중얼거리며 벌떡 일어나더니 소파에 앉을 공간을 내주었다. 후지시로는 "고마워요"라며 옆자리에 앉아 책꽂이에 꽂힌 권수가 드문드문 빠진 오래된 개그만화를 꺼내서 읽기 시작했다. 침묵의 시간이 한참 지나고, 천장 가까이 있는 작은 창으로 강렬한 석양이 비쳐들기 시작한 무렵, 노크 소리가 났다.

"신입생?"

문을 빼꼼 열고, 숨어들 듯 들어온 그녀를 향해 후지시로가 말을 건넸다. 그녀가 "네"라고 작은 목소리로 대답했다. 신입생에게 동아리에 들라고 권유하는 시기도 지났고, 올해 획득한 회원은 고작 두 명뿐이었다. 제 발로 동아리 방을 찾아온 귀중한 신입회원 후보를 놓칠 수는 없다는 생각에 후지시로는 최선을 다해 산뜻한 미소를 지으며 그녀를 쳐다보았다. 커다란 카메라에 눈길이 멎었다. 가냘픈 몸에 매달린 추처럼 보였다.

"매뉴얼 일안리플렉스네. 카메라가 엄청 크다."

"할아버지한테 물려받았어요. 그런데 무거워서……."

색이 옅은 얼굴 중심에 자리잡은 핑크빛 입술일 조그맣게 움직였다. 커다란 눈동자가 매우 조심스럽게 이쪽을 바라보았다. 먼지가 석양빛에 반사되어 금가루처럼 춤추고 있었다.

"진짜 무거워 보인다." 후지시로는 그녀의 경계를 풀어주려고 천천히 얘기하며 테이블 위에 놓여 있던 신입생용 명부를 건넸다. "일단 여기에 이름과 연락처를 써줄래?"

그녀는 가늘고 흐르는 듯한 필체로 이름을 썼다. 윤기 나는 검은 머리칼은 목덜미 길이로 짧게 커트되어 있었다. 깔끔하고 가지런한 앞머리. 몸집은 작지만 팔다리는 길고, 넉넉한 크기의 티셔츠 소맷자락 사이로 하얀 팔뚝이 보였다. 주소와 전화번호를 적으면서 이따금 겁먹은 고양이 같은 눈빛으로 이쪽을 쳐다봤다. 무리도 아니다. 동아리 방에 들어오자마자 비좁은 소파에 나란히 앉아 있는 무기력한 두 남자. 한 사람은 게임, 다른 한 사람은 개그만화에 푹 빠져서 사진과는 거리가 멀어 보인다.

"이요다 하루 씨, 잘 부탁해. 학부는 어디지?"

후지시로는 연락처를 다 적을 때까지 기다렸다 하루에게 물었다.

"문학부예요. 선배님은요?"

"의학부 3학년, 후지시로 슌." 개그만화를 들어올리며 후지시로가 말을 이었다. "보기에도 이래도 사진부 부회장이야. 안 믿기겠지만."

아뇨 그럴 리가요, 라며 하루가 고개를 저었다. 긴장이 풀렸는지 작은 웃음소리가 세 평쯤 되는 비좁은 동아리 방에 울려 퍼졌다.

"카메라는 언제부터?"

"고등학교 2학년 때부터요. 만지기 시작한 지 2년쯤 됐네요."

"일단 신입회원은 선배랑 같이 거리로 나가서 사진을 찍고, 암실에서 현상까지 하는 전 과정을 한 차례 배워야 하는데."

"암실이 있으면 기쁘죠. 고향 집에는 있는데, 도쿄에 오면 어쩌나 고민하던 중이었거든요."

"고향은 어디지?"

"아오모리요. 혼슈 북쪽 끝자락에 자리 잡은 고장."

하루가 집게손가락을 세우고 위를 가리켰다. 하얗고 가는 손가락이 공중을 나는 잠자리 같았다.

"뭔가 멋진데. 북쪽 끝자락이라."

"완전 시골이에요. 그래서 집도 넓이 하나는 넉넉해요. 그렇다 보니 안 쓰는 방을 암실로 만들었어요."

"이제 사진부에서 필름카메라를 쓰는 사람은 나랑 누시 선배뿐인데……."

후지시로가 게임 화면에서 눈을 떼지 않는 누시를 쳐다보았다. 화면 속에서는 푸른 불길에 휩싸인 드래건이 불을 뿜어내고 있었다. 컨트롤러 버튼이 딸깍딸깍 연속으로 눌렸다. 용사들 레벨을 너무 많이 올려서일까, 드래건은 눈 깜짝할 새에 쓰러졌고, 요란한 팡파르 소리가 들려왔다. 누시는 무표정이라 전혀 즐기는 것처럼 보이지는 않았다.

"늘 저런 분위기라…… 네 담당은 내가 맡게 되겠지."

후지시로는 쓸쓸하게 웃은 후, 기자재 관리를 위해 매달 500엔씩 회비를 걷는다는 얘기, 여름에 촬영회를 겸해서 합숙을 한다는 얘기, 동아리 분위기는 느긋해서 사진에 스토익한 회원은 적다는 얘기 등을 시간을 들여 찬찬히 들려주었다. 하루는 동아리 방의 벽면 한쪽에 붙여둔 회원들의 사진을 둘러보며 말없이 얘기를 들었다.

너는 현상도 할 수 있고 딱히 가르칠 게 없을 것 같으니 부족하게 느껴질지도 몰라. 방에서 떠날 때, 문을 연 하루에게 후지시로가 말했다. 왠지 그녀에게는 솔직하고 싶었다.

"괜찮아요. 마음을 정하고 왔으니까."

하루는 몸을 돌리더니 후지시로의 눈을 똑바로 쳐다보며 웃었다.

"아오모리에서는 어떤 사진을 찍었어?"

시부야 센터가의 인파 속에서 주춤거리며 카메라를 잡는 하루에게 후지시로가 물었다.

평일 낮인데도 시부야는 사람들로 넘쳐났고, 줄지어 늘어선 패스트푸드 가게에서는 간장과 소스가 뒤섞인 진한 냄새가 흘러나왔다. 그녀가 파인더에서 눈을 들고 대답했다.

"사물이나 경치 같은 거, 가까이 있던 것들이요. 2년간 카메라를 들고 어슬렁거리며 다녔는데, 마지막에는 더 이상 찍을 게 없어서…… 정말 아무것도 없는 마을이에요."

"아무것도 없는 마을이라."

"네, 진짜로, 대단하다 싶을 만큼."

길거리 광고 화면 속에서 금발 여성가수가 허리를 비틀며 춤을 추었다. 선정적인 입매가 화면에 크게 잡혔다. 요란한 신시사이저 소리가 고층빌딩 틈새로 반사되었다. 후지시로는 패스트푸드점 앞의 맨바닥에 앉아 거대한 햄버거를 게걸스럽게 베어 먹는 소년들에게 카메라를 돌렸다.

"도쿄는 사람이든 물건이든 넘쳐나니까 찍을 게 없어지진 않겠지. 그렇지만 그게 정말로 찍어야 하는 것인지 아닌지는 불명확하지만."

"그런가요?" 하루가 하늘로 카메라를 돌리고 셔터를 눌렀다. 고층빌딩의 계곡 틈새로 탁 트인 맑은 푸른빛이 엿보였다. "저 하늘은 아오모리보다 아름다운 것 같은데."

"정말? 아오모리 사진 좀 보여줘."

후지시로가 하루의 큰 배낭으로 시선을 돌렸다.

"어, 지금요?"

응 지금, 이라고 후지시로가 웃으며 대답했다.

"사진을 제대로 배운 적이 없어서 기술 같은 건 엉망일 텐데."

허둥지둥 어깨에서 배낭을 내린 하루가 휘젓듯이 손을 찔러 넣고 조그만 앨범을 꺼냈다.

센터가 외곽에 있는 가드레일에 걸터앉아 앨범을 넘겼다.

눈 속에 파묻힌 도로표지판, 메마른 논들 가운데 서 있는 편의점, 비에 젖은 목조건물 초등학교, 쓸쓸한 역 앞에 있는 낡고 허름한 빵집. 하나같이 색이 옅은 풍경이었다.

"우리 마을에서는 여러 가지 것들이 차츰 사라졌어요. 어릴 때 부모님이 이혼해서 가족도 뿔뿔이 흩어졌고. 그러는 사이 친구도, 근처 초등학교도, 단골로 다녔던 빵집도 모두 사라졌죠."

하루가 속삭이듯 말했다. 오고가는 자동차 엔진소리가 그 소리를 집어삼키며 단편적인 말토막으로 만들었다.

"이건 사과나무 꽃인가?"

말없이 앨범을 계속 넘겨보던 후지시로가 손길을 멈췄다. 사진 속에서 흘러넘칠 정도로 새하얀 꽃이 흐드러지게 피어 있었다.

"맞아요. 고등학교 3학년 때, 엄청나게 많이 찍었어요."

하루가 앨범을 곁눈으로 쳐다보며 말했다.

아름답네, 라고 말한 후지시고가 앨범 페이지를 넘겼다. 꼬리에 꼬리를 물며 새하얀 꽃이 이어졌다.

"그 꽃은 어떤 사람을 위해서 찍었어요."

"어떤 사람?"

"집 옆에 사진관이 있었어요. 오래된 작은 가게였죠. 가게 주인아저씨가 늘 혼자 카메라를 고치고 있었어요. 어릴 때부터 많이 놀아주셨죠. 전 그분에게 카메라를 배웠어요. 카메라뿐만이 아니고, 어떤 장난감이든 시계든 다 고쳐내는 마법사 같은 사람이었어요. 그런데 어느 날, 병에 걸려 쓰러져버렸죠."

후지시로는 앨범에서 눈을 들어 하루를 바라보았다. 그녀는 고개를 숙인 채로 말을 이었다.

"남은 생이 얼마 안 된다는 선고를 받은 아저씨는 어찌할 바를 몰라 수술도 거부하고 온종일 가게 앞에 놔둔 작은 흔들의자에 앉아 있었어요. 저는 매일 사진관에 갔어요. 내가 죽으면, 넌 날 잊어버릴 거야. 아저씨는 그렇게 말하면서 나를 향해 카메라를 들었어요. 넌 틀림없이 내 얼굴도 목소리도 걷는 모습도 잊어버리겠지. 하지만 그래도 괜찮아. 내가 여기서 카메라를 만지고, 너와 얘기를 나눈 시간이 사라지는 건 아니니까."

하루의 얼굴이 일그러졌다. 몹시 괴로워 보였다. 후지시로는 그저 말없이 그 옆얼굴만 바라보았다. 고층빌딩의 상공을 날아가는 헬리콥터 소리가 멀리서 울려퍼졌다. 그토록 시끌벅적했던 시부야의 거리가 그녀를 위해 조용히 숨을 죽인 듯한 기분이 들었다.

"그때부터 저는 매일 사과밭에 다녔어요. 그 꽃에 카메라를 대고 셔터를 계속 눌렀죠. 사과나무 꽃은 무정하고 수수해. 금세 떨어져버리는 데다 벚꽃처럼 인기도 없지. 그래도 좋아해. 작지만 열심히 살아가지. 아저씨가 했던 말이 떠올랐어요. 일주일이 지나고 사과 꽃이 떨어지기 시작한 날에 아저씨는 세상을 떠났죠. 사진을 보여줄 순 없었어요."

"보여드리고 싶었겠네."

후지시로가 다시 앨범을 들척이기 시작했다.

"아뇨, 그거면 됐어요. 저는 아저씨에게 사진을 보여줄 생각은 없었어요. 그렇지만 아저씨를 위해서 찍었죠. 내가 그때 아저씨에게 품었던 마음은 여기 남아 있어요."

별안간 바로 앞에 있는 중고옷 가게의 셔터가 올라가더니, 거대한 스피커에서 힙합뮤직이 뿜어지듯 흘러나왔다. 후지시로는 중저음 리듬에 쫓기면서 앨범을 넘겼다. 눈 같은 순백색이 겹쳐지며 번져 보였다.

"……후지지로 선배는 어떤 걸 찍고 싶어요?"

굉음 사이를 뚫고 하루의 목소리가 들려왔다. 갑작스러운 질문에 후지시로는 아무 대답도 하지 못했다. 찍고 싶은 것을 찾아 눈을 돌렸다. 멀리 보이는 길거리 광고 화면에서는 또다시 금발 여성가수가 허리를 꿈틀대고 있었다. 교차점을 건너는 사람들 무리가 밀려들었다.

"인물사진을 찍고 싶어. 사람의 얼굴을 정면에서 찍을 수 있게 되고 싶어."

후지시로가 하루를 바라보며 대답했다. 오늘 처음으로 그녀의 눈을 보며 얘기할 수 있었다.

"인물사진은 어렵잖아요. 저도 서툴러요."

하루도 후지시로의 시선을 맞받았다.

"좋은 인물사진을 찍기 위해서는 그 사람을 알고 싶다는 마음이 필요할 것 같아. 그런데 나한테는 그런 욕구가 없어."

"욕구, 요?"

"그래. 인간의 깊은 내면에 다가가고 싶은 마음이 별로 없다고 할까."

"그 느낌, 알 것 같긴 해요."

"이요다는 앞으로 어떤 걸 찍고 싶지?"

하루는 말없이 파인더를 들여다봤다. 눈앞에 스쳐지나가는 무수한 발들로 렌즈를 돌렸다. 프레임 속을 통과하는 빨간 바닥 하이힐, 형광색 운동화, 검은 가죽구두, 철 지난 비치샌들. 한참동안 신발들을 쫓던 하루가 대답했다.

"찍히지 않는 거라고 할까요?"

카메라를 들고서 희한한 소리를 다 한다며 후지시로가 웃자, 하루가 파인더를 들여다보며 "그러네요"라고 대답했다. 그 옆얼굴은 기분 탓인지 미소 짓고 있었고, 예쁘장한 귀는 열기를 띤 것처럼 붉어져 있었다.

"저는 비 냄새나 거리의 열기, 슬픈 음악이나 기쁜 듯한 목소리, 누군가를 좋아하는 마음 같은 걸 찍고 싶어요."

"분명 찍히지 않는 것들이긴 하네."

"네. 그렇지만 확실하게 거기 있는 것들이죠. 카메라를 들고 다니는 이유는 찍히지는 않지만 아름답다고 여겨지는 것들과 만나고 싶기 때문이에요. 그때 내가 이곳에 있으면서 느꼈던 뭔가를 남기기 위해 셔터를 누르죠."

"난 절대 못 찍겠군. 하지만 그런 사진을 보는 건 좋아해."

열심히 할게요. 그녀가 카메라에서 얼굴을 들며 말했다. 희고 가녀린 손으로 앨범을 살며시 건네받았다.

검은 페인트를 거칠게 칠한 벽에 설치해둔 스테인리스 개수대가 무디게 빛났다. 벽돌 건물 지하에 차려놓은 비좁은 암실에 있으면, 시간 감각이 점차 사라진다. 하루가 물결치는 현상액 속에서 인화지를 흔들었다. 30초, 40초. 후지시로가 시계를 봤다. 빨간 안전등 불빛을 받아 인화지에 흐릿한 상이 떠올랐다. 붉은 하늘에 떠 있는 붉은 소나기구름. 숨이 막힐 것 같은 아세트산 냄새 때문에 머리가 몽롱해졌다.

"조금만 더." 후지시로가 등 뒤로 다가가며 하루에게 말했다. 봄 잔디 같은 냄새가 났다. 머리칼 냄새일까 목덜미 향기일까. 화들짝 놀라며 한 걸음 물러섰다. 열기가 가셨다. 현상액 속의 붉은 소나기구름에 음영이 드리워지기 시작했다. "이제 조금만 더." 후지시로가 되풀이했다. 그런데 하루가 갑자기 집게로 인화지를 끄집어냈다. 아니 아직, 이라는 후지시로의 목소리가 들리지 않는지, 상이 흐린 인화지를 그대로 정착액 쟁반에 흘리듯 미끄러뜨렸다. "조금 빠른 거 아닌가?" 후지시로의 목소리를 그제야 들은 하루가 "네?"라고 놀라더니, 미안하다며 고개를 살짝 숙였다.

인화지가 마를 때까지 두 시간. 암실 소파에 나란히 앉아서 기다렸다. 후지시로는 드문드문 몇 권이 빠진 개그만화를 읽고, 하루는 독일 카메라맨의 사진집을 들척였다. 실험 결과를 기다리는 것 같은 이 시간이 좋았다. 두 시간 후, 암실을 열고 사진을 클립에서 빼서 빛 속으로 들고 나왔을 때 결과를 알 수 있다. 그 사진이 정말로 찍고 싶은 것이었는지 아니었는지.

후지시로는 암실 구석에 기분이 좋을 정도로 딱 들어맞게 자리를 차지한 냉장고에서 우롱차 캔 두 개를 꺼내서 하루에게 하나를 건넸다. 그녀 옆에 앉아 뚜껑을 따려 했지만, 잘 따지질 않았다. 단둘만 있는 암실은 평소와 다름없이 살짝 시원했지만, 이마에서 땀이 배어나왔다. 간신히 뚜껑을 따고, 쑥스러움을 감추듯 입을 댔다. 냉장고는 늘 최저 온도로 설정해놔서 지나치게 차가워진 우롱차가 목을 타고 흘러내렸다. 밖에서는 색소폰과 클라리넷, 플루트와 오보에 소리가 희미하게 들려왔다. 취주악부 회원들이 동아리 방 건물의 규칙을 깨고 제각각 복도에서 연습하고 있지만, 아무도 타박하지 않았다.

문이 열리고 뒤섞인 악기 소리가 흘러들었다. "여어, 펜탁스"라며 후지시로가 손을 들었다. 펜탁스사의 티셔츠에 최신 디지털 일안리플렉스카메라를 들고 키가 큰 남자가 들어왔다. 2년 전, 거의 매일같이 똑같은 옷차림으로 동아리 방에 오는 그에게 동기인 후지시로가 '펜탁스'라고 이름 붙였고, 그는 조금 쑥스러워하면서도 기분이 나쁘지는 않는 기색으로 그 별명을 받아들였다. 사진부의 수다쟁이 회장. 이제부터 최소한 30분은 그의 얘기를 들어줘야 한다.

"이요다, 컨디션은 어때?"

펜탁스가 영어로 '한 획을 긋는 명기. 그 의심할 나위 없는 우수성'이라고 적힌 티셔츠 소매를 걷어 올리며 편의점에서 사온 닭튀김 도시락을 먹기 시작했다. 아주 즐겁다고 하루가 대답하자, 그는 그때부터 한동안 펜탁스사에서 만든 카메라의 우수성에 관해 열변을 쏟아냈다. 그가 그 사랑을 얘기할 때는 늘 흡사 팝콘이 튀듯 말들이 잇달아 흘러넘친다. 프레젠테이션이 한 차례 끝나자, 시부야에서 뭘 촬영했냐고 하루에게 물었고, 고개를 깊이 끄덕이며 "도쿄라는 도시를 여성적인 시선으로 포착해서 좋군"이라는 비평을 덧붙였다. 그는 지난달에 찍었다는 노선이 폐지된 사설 철도 사진을 보여주면서 "지금의 너만 찍을 수 있는 사진을 찍어야 해"라고 얘기를 매듭지었다. 하루가 그 사이에 뱉은 단어는 채 열 개가 되지 않았다.

얘기가 끊긴 틈을 타서 후지시로는 하루를 데리고 암실로 돌아가 클립에서 사진을 살며시 빼냈다. 인화가 끝난 사진은 색소가 옅어서 하루처럼 보였다. 빌딩숲 계곡으로 보이는 구름, 불규칙하게 이어지는 계단, 살짝 어긋난 초점으로 잘라낸 전광게시판, 튀어 오르듯 걸어가는 여고생들의 뒷모습, 그 모든 것이 얇은 베일에 덮인 부드러운 세계였다. 그것은 어린 시절에 멍하니 바라보던 거리의 풍경 같았다.

후지시로와 하루가 동아리 방으로 돌아가자, 펜탁스와 여학생 회원 세 명이 안쪽 테이블을 둘러싸고 앉아서 각자 사온 과자를 먹으며 트럼프 게임에 빠져 있었다. 누시는 여전히 소파에 앉아 무표정인 채로 드래건과의 전투를 계속하고 있었다. 떠들썩한 방 한구석에서 후지시로가 하루에게 작은 목소리로 말을 건넸다.

"이요다의 사진, 난 아주 좋은데, 어딘지 모르게 색이 좀 옅은 이유는 뭐야? 노출 부족 같은 이유도 있겠지만."

"왜 그런지 잘 모르겠어요. 찍을 때인지, 인화할 땐지, 아니면 양쪽 다인지. 나중에 보면 늘 옅어요."

"희한하네."

"저도 잘 모르겠는데. 그런데."

"그런데?"

"내가 보고 싶은 경치에 가까워지려고 하는 것 같아요."

내가 보고 싶은 경치, 라고 중얼거리고 후지시로는 벽 한 면에 가득 붙어 있는 사진들을 바라보았다. 브루스 웨버, 해리, 캘러헌, 브레송과 만 레이. 전설의 사진들에 뒤섞이듯 회원들이 찍은 사진이 붙어 있었다. 벚꽃이 눈발처럼 휘날리는 속으로 달려가는 열차와 해바라기로 가득한 밭, 버려진 세발자전거에 아무도 없는 수영장 등등, 시대와 공간이 막연한 세계가 펼쳐져 있었다.

"그런 생각은 해본 적도 없는데. 나에게도 있을까, 그런 경치가?"

"틀림없이 있을 거예요. 알아채지 못했을 뿐이에요."

"그럴까."

후지시로는 여전히 아세트산 냄새가 남아 있는 하루의 사진들을 들척였다. 사각형 빌딩에 잘려나간 하늘 사진이 이어지다가 뜬금없이 남자 얼굴이 나타났다.

포커스가 안 맞는 옆얼굴. 은색 빛이 쏟아져 들어오는 전철 안에서 문 옆에 선 채 온 얼굴을 구기며 웃고 있었다. 아이가 노래하는 것처럼 보이기도 했다. 어느 틈에 찍혔을까. 마음이 술렁이고, 심장 고동소리가 귓전에 울렸다. 그것은 한 번도 본 적 없는 자신의 웃는 얼굴이었다.

5월의 옆얼굴

시야 한쪽 끝에서 빨간색이 튀어 올랐다.

여자아이가 있는 힘껏 손을 뻗어 아빠가 들어 올린 손바닥에 닿으려고 점프를 계속하고 있었다. 이제 갓 걸음마를 뗐을까. 그 손은 닿지 않고, 몸의 중심이 무너져 바닥에 나뒹굴고, 빨간 원피스 자락이 팔랑거렸다. 터지듯 쏟아져 나온 웃음소리가 흰색을 또다시 표백한 것 같은 공간에 울려퍼졌다.

"완전히 사라졌나봐."

가느다란 손가락으로 잡지를 팔랑팔랑 넘기던 야요이가 어느새 손길을 멈추고 빨간 원피스를 입은 여자아이를 바라보고 있었다.

"어? 뭐가?"

후지시로가 파르스름하게 빛나는 스마트폰 화면에서 눈을 들었다.

"우리의 연애."

야요이가 잡지를 기울이며 손가락으로 제목을 덧그렸다. 웨딩드레스 차림의 신부 사진 위에 핑크색 문자가 춤추고 있었다. 결혼의 현실. 우리의 연애는 어디로 사라졌을까?

"뭐야, 그게?"

후지시로는 웃으면서 스마트폰으로 시선을 되돌렸다. 어미 돌고래에게 바짝 붙어서 헤엄치는 새끼 돌고래 사진이 나왔다. 캐나다 수족관에서 큰돌고래 새끼가 태어났다는 뉴스. 몸길이는 130센티미터, 몸무게는 30킬로그램. 돌고래 새끼는 민감하고 생존율이 낮기 때문에 일반 공개는 한동안 미뤄질 것 같다.

"이젠 결혼은커녕 연애하기도 힘들다. 돈도 들고 시간도 뺏긴다. 자기 페이스를 흐트러뜨리고 싶지도 않다. 요컨대 혼자가 부담 없고 좋다는 게 남자들의 본심이다."

야요이가 장난스러운 말투로 기사를 읽은 후, 추궁하듯 후지시로를 쳐다봤다. 옅은 갈색 눈동자. 굵게 말린 긴 머리칼 사이로 하얀 얼굴이 보였다.

"혼자는 외로울 것 같은데."

후지시로가 씁쓸한 웃음으로 답했다.

"정말로?"

"거짓말 같아?"

"결혼하고 2년만 지나면 그런 감정도 사라진다. 사랑이 정으로 변해버리는 것이다."

음독을 끝낸 야요이가 지면을 물끄러미 내려다봤다. 꿈도 희망도 없네, 라고 중얼거리며 후지시로는 스마트폰으로 눈길을 돌리고 화면을 스크롤했다. 아이슬란드에서 관측된 개기일식 뉴스. 다음은 1년 후, 인도네시아에서 태양과 달이 겹쳐지는 모습을 볼 수 있다. 어린 시절만큼 일식이 설레지 않는 이유는 뭘까.

"그런데…… 확실히 최근에는 없네."

야요이가 잡지 페이지를 팔랑팔랑 넘기며 말했다.

"뭐가?"

후지시로가 그녀의 옆얼굴을 향해 물었다.

"누군가를 생각하며 마음 아파하거나 잠을 못 이룰 정도로 질투한다거나, 뭐 그런 거."

분명 그렇긴 하네, 라고 말하려던 후지시로는 그 말을 입 밖에 내지 않았다. 곁눈으로 야요이를 쳐다봤다. 몸에 익숙지 않은 멋진 감색 정장을 입고, 빨간 원피스 여자애를 바라보고 있었다. 대화의 공백을 메우듯이 스피커에서 클래식 음악이 조용히 들려왔다. 바흐의 G선상의 아리아. 멀리 있는 자리에서는 엄마가 바닥에 뒹군 여자애를 안아 일으켜서 젖혀진 원피스 자락을 매만져주었다. 조용히 하라고 야단을 치지만, 표정은 부드럽다. 미안해, 아빠가 잘못했지, 라며 아빠가 딸의 머리를 쓰다듬었다.

"오래 기다리셨습니다." 머리를 땋아 올리고, 광택이 도는 검은색 바지정장을 입은 여성이 눈앞의 자리에 앉았다. 옷깃에 장식이 많은 하얀 셔츠가 재킷 사이로 엿보였다.

"여기에 플랜 몇 개를 가져 왔으니 살펴보시죠."

고맙습니다, 라고 말하면서 야요이가 잡지를 덮고 눈을 들었다. 그녀에게 맞추듯이 후지시로도 스마트폰을 린넨 재킷 주머니에 넣고, 바지정장 여성을 쳐다봤다. 30대 후반쯤 됐을까. 완벽한 미소와는 대조적으로 그 손에는 피곤이 배어 있었고 은반지가 유난히 반짝거려 보였다.

"성함을 다시 한번 확인하겠습니다. 신랑분은 후지시로 슌 씨, 신부님은 사카모토 야요이 씨. 한자도 맞나요?"

야요이가 맞다고 대답했고, 후지시로도 고개를 끄덕였다.

대리석 바닥에 똑같은 실루엣의 바지정장을 차려 입은 웨딩 플래너들의 발소리가 메트로놈처럼 규칙적으로 울려퍼졌다. 호화로운 샹들리에, 무수한 웨딩드레스. 고급 호텔 안에 자리

한 웨딩숍에 늘어선 유리 테이블에서는 여러 쌍이 동시에 예식 절차를 정하고 있었고, 호들갑스럽게 풍성하게 꽂아둔 백합이 당신들은 행복하다고 외치고 있었다.

"대답하기 곤란하지 않다면 여쭙겠는데, 두 분의 직업은?"

"저는 의사고, 이 사람은 수의사입니다."

"두 분 다 의사시군요. 잘 어울리시는 두 분께 최적의 예식을 제안해드리겠습니다."

역겹기 그지없는 그 말에 후지시로가 씁쓸하게 웃었다. 야요이도 옆에서 똑같은 표정을 짓고 있었다. 안 봐도 알 수 있다.

"웨딩드레스는 정하셨나요?"

"아직 못 정했어요, 지금부터 정하려고요."

야요이가 대답했다.

"둘 다 늘 시간이 촉박해서."

후지시로가 말을 덧붙였다.

"그럼, 신혼여행도?"

"그렇죠, 아직 아무것도."

"저나 이 사람이나 휴가가 좀처럼 맞질 않아서."

"유럽을 돌아보고 싶긴 하지만."

"고작해야 하와이나 갈 수 있을까."

호흡이 척척 맞는 대답. 야요이가 웃는 얼굴로 대답했고, 후지시로가 뒤이어 인정했다.

드레스는 화려한 것보다는 소재가 좋은 것. 케이크는 모조품 말고 다 같이 나눠 먹을 수 있는 것. 스틸 카메라는 필요하지만, 비디오카메라는 필요 없다. 부모님에게 드리는 편지는 할애한다. 답례품은 카탈로그에서, 청첩장은 모노톤. 뭘 하고 싶은지가 아니라, 뭘 하고 싶지 않은지로 선택한 것들. 의견 대립은 없었다.

웨딩플래너는 기분 좋은 맞장구를 치고, 때로는 다른 시점의 조언을 곁들이면서도 공감을 이끌어냈다. 불쾌한 것, 싫은 것, 추하다고 생각하는 것. 후지시로와 야요이가 공유하고 있는 부정적인 감각을 적확하게 파악하고 있었다.

흡사 진찰 같다고 후지시로는 생각했다. 신랑신부에게는 일생에 단 한 번뿐이지만, 그녀에게는 수백, 수천 번 중의 하나에 지나지 않는다. 그런데도 '우리는 특별하다'는 환상을 깨뜨리지 않았다. 필요한 것은 감정이입이 아니라, 완벽하게 훈련받은 행동거지다.

"어머!" 별안간 큰 소리가 들렸다. 쳐다보니 빨간 원피스 여자애가 야요이의 팔을 잡고 장난스럽게 웃는 표정을 짓고 있었다. 깜짝이야! 야요이가 눈을 휘둥그레 떴다. 여자애가 까르르르 웃음을 터뜨렸다. 이리 와, 라고 부르는 엄마 목소리가 들렸다. 후지시로가 쳐다보니 아빠가 미안해하며 고개를 숙였다.

기다리기 힘들지, 라며 여자애의 머리를 쓰다듬은 야요이가 커피에 곁들여 나온 과자를 건네주었다. 여자애가 고개를 까딱 숙이고, "엄마!"라고 부르며 엄마 곁으로 달려갔다.

"저쪽 분들도 결혼식인가요?"

후지시로가 아빠에게 안겨서 봉제인형처럼 의자에 앉혀진 여자애를 바라보며 웨딩플래너에게 물었다.

"맞아요. 최근에는 자녀분이 태어난 후에 결혼식을 올리는 분들도 많거든요."

그녀는 모든 것을 긍정하는 듯한 미소를 지으며 대답했다.

"활기차고 즐거운 결혼식이 되겠네."

야요이가 웃었다.

"그렇겠지."

후지시로가 말을 받았다.

"그럼, 희망하시는 날짜는 1년 후인 4월로 잡으시겠다는 의견에 변동사항은 없나요?"

웨딩플래너의 질문이 막바지에 다다랐다.

잘 부탁드립니다, 라고 후지시로와 야요이가 입을 맞춰 동시에 인사했다.

어느새 음악은 G선상의 아리아에서 파헬벨의 캐논으로 바꿰어 있었다. 바이올린 소리를 좇듯이 쳄발로의 메마른 음색이 하얀 실내에 울려퍼졌다.

"4월이면, 이 호텔에서는 벚꽃도 아름답게 보이니까 틀림없이 아주 멋질 거예요."

웨딩플래너는 마지막으로 다시 한번 완벽한 미소를 지어 보였다.

*

플랫폼에서 전철을 기다리고 있었다. 몸은 무겁고, 왠지 우울했다. 정신을 차려보니 나는 달리기 시작했고 계단을 뛰어오르고 있었다. 반대편 플랫폼에 들어온 전철로 미끄러지듯 올라탔다. 나는 어디로 가려는 걸까? 전철에 흔들리며 도착한 바닷가를 정처 없이 걸어 다녔다. 여기에 왜 왔을까? 눈발이 흩날리는 그 바닷가에서 파란 머리칼의 여자와 만난다. 그녀가 일찍이 내가 가장 사랑했던 사람이었다는 것도 모른 채.

검은 가죽 소파에 앉아서 후지시로와 야요이는 영화를 보고 있었다. 수많은 뮤직비디오로 널리 알려진 프랑스 감독이 만든 색다른 연애영화를 야요이가 빌려왔다. 사람들은 왜 바닷가를 좋아할까? 영화 속에서 바다를 바라보며 파란 눈을 가진 남자가 중얼거린다. 고작해야 작은 돌멩이 알갱이가 모여 있을 뿐인데.

창밖에는 도쿄의 거리가 바큇살처럼 펼쳐져 있었다. 도심의 타워맨션 28층. 실내에는 검은색으로 통일된 최소한의 가구만 놓여 있다. 소파와 테이블은 후지시로가 갖춰놓았고, 조명과 의자는 야요이가 샀다. 테이블 위에는 근처 상점가 꽃집에서 발견한 노란색 거베라가 꽂혀 있었고, 유일하게 그 꽃만 실내에 밝은 빛을 부여해주었다.

야옹 하고 울면서 후지시로의 무릎 위로 고양이가 올라탔다. 검은색과 흰색과 회색의 앙상블이 멋진 수컷 새끼고양이. 3년 전에 이 맨션을 둘이 임대할 때 같이 데려왔다.

"새끼고양이가 다섯 마리나 태어났는데, 구경하러 오지 않을래?"

후지시로와 야요이 두 사람 공통으로 아는 수의사 친구가 불러서 그를 만나러 갔다. 다섯 마리라고 듣고 갔는데, 새끼고양이는 한 마리뿐이었다. 남겨진 새끼고양이는 커다란 눈동자로 조심스럽게 이쪽을 쳐다봤다. "다른 녀석들은 남들이 다 가져갔어"라고 친구가 말했다. 후지시로와 야요이는 자기 어필이 서투른 탓에 홀로 남겨진 그 새끼고양이를 데려오기로 했다. 이제 와 생각하면, 친구한테 완전히 당한 것이다. 애당초 새끼고양이들을 맡아서 키울 네 사람이 있었고, 후지시로 커플은 마지막에 남는 새끼고양이를 만나도록 미리부터 결정되어 있었다.

그 녀석은 왜 선택되지 못했을까? 이유는 단순했다. 낯가림이 너무 심해서 사람을 잘 따르지 않았다. 처음에는 안는 것조차 허락하지 않는 새끼고양이였다. 그렇지만 영화를 볼 때만은 곁으로 다가와서 무릎 위로 올라온다. 낯을 가리고 영화를 좋아하는 이 새끼고양이에게 후지시로는 '우디 앨런'이라는 이름을 붙이자고 제안했고, 야요이는 웃으면서 찬성했다.

"사실은 편지가 왔어."

후지시로가 영화 속에서 어슬렁어슬렁 걸어 다니는 파란 눈의 남자를 보면서 말했다.

"편지?"

화이트와인을 한 손에 들고, 미몰레트 치즈를 먹고 있던 야요이가 후지시로를 쳐다봤다.

"옛날 여자친구한테서."

아하, 라는 흥미가 있는 건지 없는 건지 알 수 없는 목소리가 들려왔다.

"대학시절 여자친구야."

후지시로가 비디오 화면에서 눈을 떼지 않은 채 말을 이었다.

"몇 번째 여자친구?"

"으음, 첫 번째 여자친구였을까. 고등학교 때 손을 잡은 정도는 있었지만."

"그녀 쪽은?"

"첫 번째."

"아주 소박한 대학생들이었네."

"지금도 별로 다를 건 없어."

"글쎄, 어떨지."

야요이가 웃으며 와인 잔을 비웠다. 병이 빈 걸 알아챈 후지시로가 소파에서 일어나서 자그마한 와인셀러를 들여다봤다. 레드와인 병을 집어 들고, 야요이가 고개를 살짝 끄덕이는 모습을 확인한 후 서둘러 소파로 돌아왔다. 화면 속에서는 남자가 의료회사에서 온 통지서를 건네받고 있었다. 거기에는 옛날 애인이 그에 관한 기억을 소거했다고 적혀 있었다. 왜 나를 지웠을까? 그토록 서로 사랑했는데! 코미디영화에서 활약해온 스타 배우가 펼치는 열연. 그가 품은 비애가 황당무계한 이야기를 친숙해지기 쉽게 해주었다.

"그녀는 우유니에 있는 모양이야."

"아아, 소금의 도시."

"그래. 호수가 거울처럼 변하는 곳."

"페루였나?"

"아깝군, 볼리비아야. 거기서 아르헨티나 사람한테 사랑 고백을 받았나봐."

코르크 타는 소리가 나지막이 울리고, 후지시로가 천천히 레드와인을 따랐다.

"멋지다. 그래서 그녀는 뭐라고 했대?"

야요이가 감사를 표하듯 인사하며 잔을 받아들었다.

"그 얘기까진 안 썼던데."

"아쉽네."

야요이가 웃었다. 어딘지 모르게 메마른 그 웃음소리에 영화의 사운드 트랙이 겹쳐졌다.

당신에게는 새로운 인생이 기다리고 있다. 의사가 파란 눈을 가진 남자에게 다정하게 얘기를 건넸다. 망각하는 자에게 복이 있나니. 사진, 책, 스케치북, 스노돔과 머그컵. 그가 지워 없애야 할 그녀와의 추억을 모조리 긁어모았다. 네가 날 지웠기에 나 역시 널 지우기로 결심했다.

"우리 쪽 말인데, 최근에 좀 힘들어."

야요이가 한숨을 내쉬었다.

"무슨 일인데?"

후지시로의 시선은 여전히 영화에 가 있다.

"토이푸들을 키우는 젊은 직장여성이 있는데, 심리상태가 좀 안 좋은 것 같아."

"그러면 반려동물에게도 영향을 미치나?"

"아무래도 그럴 수밖에 없지. 그래서 토이푸들까지 상태가 이상해져서 자기 다리털을 물어뜯어서 뽑게 된 거야. 산책을 전혀 안 시키나봐."

"그건 안됐네."

"아무리 덩치가 작아도 개는 개니까 산책은 꼭 시켜주라고 당부했더니, 이 녀석은 나랑 집에 있는 걸 더 좋아한다면서 말을 안 들어."

푸른 눈의 남자가 과거의 자기를 보고 있었다. 필름이 갑자기 빨리 돌거나 띄엄띄엄 넘어가면서 기억이 사라져갔다. 머릿속은 공간도 크기도 제멋대로고, 어질러진 아이들 방 같았다. 후지시로가 기묘한 영상에 시선을 뺏기면서 물었다.

"그럴 때는 어떡해?"

"포기하지 않고 설득하지. 하지만 주인이 안 따라주면 어쩔 도리가 없어."

"그렇겠군."

"그렇지. 우리 고객은 동물이 아니라 키우는 주인이니까."

너를 지워서 해피하다! 영화 속에서 남자가 외쳤다. 아이를 원했던 그녀에게 응해줄 수 없었다. 식사 중에 대화가 없는 자신들이 비참했다. 그런데도 두 사람의 추억은 거슬러 올라갈수록 아름다운 것으로 변해갔다. 침대 속에 파묻혀 서로의 어린 시절 이야기를 했다. 고백했던 날. 사랑해. 처음 만났던 날. 사랑했었어.

"전에도 얘기했었지."

키스를 주고받는 파란 눈의 남자와 파란 머리칼의 여자를 바라보며 후지시로가 중얼거렸다.

"뭘?"

"동물에게는 복잡한 연애 감정이 없다고."

"뭐, 생물학적으로는 그렇게 말하지."

"그럼, 질투 같은 감정도 없겠네."

우디 앨런이 후지시로의 무릎에서 뛰어내려서 야요이의 허벅지로 자리를 옮겼다. 그녀는 쿠션과 하나가 되듯 몸을 동그랗게 만 고양이를 어루만지며 말했다.

"근데 이 녀석을 키우기 시작한 후로는 그런 감정도 있지 않을까 싶을 때가 있긴 해."

"수의사도 그런 생각을 갖게 되는군."

"하지만 그래도 동물을 진찰하는 게 더 편하지. 정신과 의사 같은 걸 왜 하는지 속을 모르겠어."

야요이가 후지시로에게 미소를 던졌다. 그 손은 우디 앨런의 이마를 계속 쓰다듬고 있었다.

"여기에 속을 알 수 없는 사람이 있는데요." 후지시로가 씁쓸하게 웃으며 말을 이었다. "인간만이 누군가를 생각하는 동물이니까 재미있는 거야. 타인의 일로 기뻐하거나 슬퍼할 수 있어. 그렇지만 최근에는 인간이 개나 고양이 쪽에 가까워지는 듯한 기분도 들긴 해."

"정말 그래. 다들 자기만 소중해서 어쩔 줄을 모르지."

행복은 무구한 마음에 깃든다. 망각은 용서하는 것. 태양 빛에 이끌린 티 없는 기도가 운명을 움직인다. 영화 속에서 알렉산더 포프의 시가 흘러나왔다. 후지시로는 밖을 내다봤다. 열린 창으로 따뜻한 바람이 불어왔다. 희미한 바다 냄새. 무수히 퍼져가는 네모난 창의 빛이 숲처럼 빽빽이 늘어선 빌딩의 윤곽을 그려냈다. 그 고독한 빛들이 가까스로 빌딩을 지탱하는 것처럼 보였다.

"그렇긴 해도 자기보다 소중한 사람을 찾아낸 사람이 더 행복하겠지."

후지시로는 술잔에 아주 조금 남은 레드와인을 다 마셨다.

우유니의 천공의 거울에 홀로 서 있는 하루의 모습이 머릿속에 스쳐지나갔다. 그녀는 왜 거기에 있을까. 왜 갑자기 편지를 보냈을까. 그녀가 전하고 싶었던 말은 무엇일까.

"그 웨딩숍에 있었던 사람들은 분명 그런 희소한 만남을 이뤄낸 거겠지."

야요이도 따라오듯 술잔을 비웠다.

꼭 남 얘기처럼 하네, 라고 후지시로가 지적하자, 물론 나도 그중 한 사람이지, 라며 그녀가 웃었다.

엔딩롤이 흐르기 시작하자, 야요이가 말없이 일어서서 두툼한 유리판이 깔린 테이블 위를 정리하기 시작했다. 후지시로는 개수대에서 설거지를 했다. 야요이가 뱅앤올룹슨 전원을 켜자, 빌 에반스의 피아노곡이 나지막이 흘러나왔다. 먹다 남은 치즈와 바게트가 담긴 큰 히스세라믹 접시, 리델 와인 잔과 샴페인 잔, 선이 가는 실버 포크. 몸에 밴 익숙한 공동작업은 막힘이 없다.

동거한 지 3년. 서로가 모든 일에서 최적의 해답을 알고 있다. 커뮤니케이션은 늘 과부족 없이 주고받는다. 집에서 보내는 시간도 그런 대로 편안하다. 이것인 남자와 여자의 최종적인 형태일지도 모른다.

"으음, 후지시로 군."

화장실에서 나온 야요이가 말을 건넸다.

"왜?"

후지시로가 칫솔을 입에 문 채 대답했다.

"전에 상의했었지. 이제 슬슬 새 소파로 바꾸자는 얘기."

"그런 얘길 했었나?"

"아이 참, 했지. 내 말은 통 안 들어."

"그랬나."

"매번 이런다니까."

"뭐 하긴, 비슷한 얘기를 한 것 같긴 하네."

"제대로 안 들으니까 같은 얘기를 계속되지. 알긴 알아?"

미안, 하고 웃으며 후지시로가 입을 헹궜다. 야요이가 옆에서 비누로 손을 씻었다. 허브 향이 세면대로 풍겨왔다.

"그건 그렇고." 거실로 돌아와 조명 스위치에 손을 얹은 후지시로에게 야요이의 목소리가 들려왔다. "왜 갑자기 편지를 보냈을까, 그 여자는?"

"왜 그랬을까……."

그만 자자, 라는 야요이의 목소리에 제정신이 들었다. 후지시로가 말없이 고개를 끄덕이고 불을 껐다. 도쿄의 고층빌딩들이 발하는 빛이 어두운 방 안에서 그녀의 옆얼굴을 비췄다.

모노톤으로 바뀐 고도 109미터 세계에서 "편지, 또 올까?"라는 목소리가 들렸다. 그러나 표정은 보이지 않았다. 아니, 보이지 않는 건 아니다. 알 수 없는 거라고 후지시로는 깨달았다.

이 기억도 이제 곧 사라져. 파란 머리칼 여자가 말했다. 그래도 계속 사랑해! 파란 눈의 남자가 외쳤다. 조금 전에 봤던 영화의 한 장면이 되살아났다. 겨울바다. 모래사장을 뛰어다니는 두 사람. 이 바닷가에서 다시 만나자! 지워져가는 의식 속에서 약속했다.

그 후 두 사람은 어떻게 됐을까. 라스트신의 기억을 더듬어보지만, 도무지 떠오르질 않았다.

후지시로와 야요이는 각자의 방으로 들어가서 각자의 침대에서 잠들었다.

그럭저럭 2년, 섹스는 없다.

6월의 여동생

　하얀 스포트라이트가 무대 중앙에 쏟아졌다. 빛으로 된 가
느다란 관 속에서 마른 백인 남자가 눈을 감고 노래하고 있었
다. 통기타, 베이스, 드럼, 현악기 4중주. 밴드 멤버들이 그 노
랫소리에 맞춰 음악을 연주했다. 아름다운 피아노 멜로디 후
렴구에 겹쳐지는 들어본 적 없는 외국어는 작은 새의 지저귐
처럼 들리기도 했다.

　"아이슬란드 언어야."

　오시마가 하루의 귓가에 대고 말했다. 검은 테 안경을 고쳐
썼다.

　"아이슬란드?"

　하루가 발돋움을 하며 오시마의 귓가에 대고 물었다. 밴드
소리에 파묻히지 않으려고 조금 큰 목소리로.

　"그래. 화산과 빙하의 나라. 밴드 이름도 아이슬란드어야."

"그래서 못 읽은 거구나."

펜탁스가 옆에서 끼어들었다. 오늘도 눈에 익은 티셔츠 '한 획을 긋는 명기. 그 의심할 나위 없는 우수성.'

"무슨 의미일까요?"

그들보다 조금 뒤에 서 있던 후지시로가 옆으로 다가와서 오시마에게 물었다.

"승리의 장미. 아이슬란드어로 그런 뜻이야."

소년처럼 웃으며 그가 대답했다.

오시마의 머리칼은 흰머리가 섞인 아름다운 잿빛이었다.

8년 전 대학을 졸업한 그는 예전에 라이카의 필름카메라를 즐겨 썼다고 한다. 그렇지만 후지시로는 그를 만난 후로 카메라를 손에 들고 있는 오시마를 한 번도 본 적이 없었다. 언제나 왼쪽 어깨가 살짝 처진 새우등으로 걸어 다녀서 멀리서도 바로 알아볼 수 있다. 잿빛 머리칼은 동안과 어우러져서 그를 서양 소년처럼 보이게 했다.

그의 등장은 늘 뜻밖이었다. 정해진 요일이나 시간 없이 나타나다 보니 많은 회원들은 오시마가 어떤 생활을 하는지 신기해하며 물었다. "간단해." 그럴 때마다 그는 늘 똑같은 대답을 했다. "다 포기해버리면, 시간이 날 맞춰주게 돼."

사진뿐만 아니라 영화와 소설, 음악 지식도 풍부했지만, 대학 밖에서 자기가 설 자리를 찾지 못하는 것 같았다. 낯가림이 심하면서도 외로움을 많이 타는 사람. 아이 같은 어른. 그 자유로운 애매함에 많은 부원들이 매료되었다. 그의 주위에는 늘 후배들이 모여들었다.

동아리 방 벽에는 오로라 사진이 장식되어 있었다. 밤하늘에 펄럭이는 에메랄드그린 커튼은 오시마가 대학 시절에 여행 갔던 아이슬란드에서 찍은 사진이었다. "아이슬란드에는 요정이 있는 모양이야. 그들은 화산과 빙하와 함께 요정과 살아가고 있지." 자못 심각한 표정으로 들려주는 그의 얘기를 회원들은 웃으면서도 왠지 모르게 진지하게 들었다.

"아이슬란드의 이 밴드는 한번쯤 봐두는 게 좋아."

오시마가 그런 말을 꺼낸 건 지난주였다. 평소와 다름없이 갑작스러운 제안이었다. 일본을 방문한 그들이 바닷가 연안의 라이브하우스에서 공연을 한다고 했다. 이번 앨범은 걸작이야. 하루는 그 라이브 공연에 가고 싶다고 했다. 후지시로와 펜탁스도 흥미를 드러냈다. 그럼, 다 같이 갈까, 라고 오시마가 제안해서 넷이 라이브하우스에 왔다.

플로어 맨 뒤쪽에 자리 잡은 후지시로의 눈앞에는 수백 명의 인파가 모여 있었다.

어두운 조명을 받는 '승리의 장미'의 연주에 맞춰서 사람들 그림자가 파도치듯 흔들렸다. 연주가 시작된 순간부터 가슴이 옥죄어들며 괴로웠다. 감정이 움직이기 전에 반드시 찾아오는 고통. 몸이 그렇게 기억하고 있었다. 예감했던 대로 연주가 계속될수록 고통과 교체되듯 부드럽고 따뜻한 기운이 마음속으로 흘러들었다. 그것은 딱히 이유도 없이 후지시로의 깊은 밑바닥을 흔들었다. 옆을 보니 하루의 눈에 눈물이 그렁거렸다.

"음악에 매료된다는 건 그 가수, 그리고 그가 보고 있는 세계에 매료되는 거야. 하루짱도 나중에 아이슬란드에 한번 가 보면 좋을 거야."

손가락으로 눈물을 훔쳐내는 하루를 보면서 오시마가 말했다.

하루가 고개를 살짝 끄덕였다. 목에 걸린 무거워 보이는 카메라가 흔들렸다.

"사진도 마찬가지야." 그 카메라로 시선을 옮기며 오시마가 말을 이었다. "사진에 매료된다는 건 그걸 찍은 카메라맨의 마음에 매료된다는 뜻이지."

쥐어짜내는 듯한 가성이 울려퍼졌다. 후지시로는 얼굴 방향은 그대로 둔 채, 눈만 움직여서 하루를 봤다. 휘둥그렇게 뜬 눈동자는 오로지 무대만 주목하고 있었다. 4중주 연주가 높아지고, 뿜어 올리는 듯한 가성이 하늘 높이 치솟으며 춤췄다. 오열을 토해내는 소리처럼 들리기도 했다.

무대를 비추던 조명이 객석으로 돌려지자, 사람들 무리가 실루엣이 되었다. 후지시로는 역광에 눈을 가늘게 떴다. 하루의 회색빛 눈동자가 빛나고 있었다. 몸은 얼어붙은 듯이 움직이지 않았다. 이를 악물고 뭔가를 참아내는 것 같았다. 웃으면서 하루의 머리를 거칠게 쓰다듬는 오시마. 괜찮아요. 그녀는 얼음이 녹듯이 웃으며 두 번, 세 번 고개를 끄덕였다. 색이 옅은 행복한 세계. 그곳은 오직 둘만 들어갈 수 있는 장소로 보였다.

일곱 가지 색깔을 띤 빛이 빙글빙글 맴돌고 있었다. 라이브 회장을 나오자, 눈앞에 우뚝 솟은 관람차가 폭력적으로 빛을 발하고 있었다. 소리의 여운을 몸에 남긴 채, 그 빛을 바라보고 있으니 마치 SF영화 속에 있는 기분이 들었다.

"밥이나 먹으로 갑시다!" 인파에 떠밀려 걸어가는 후지시로 일행을 향해 펜탁스가 소리 높여 말했다. "이 근처에는 먹을 만한 데가 별로 없으니까 전철 타고 시부야 같은 데로 가죠."

후지시로는 식욕도 없어서 집에 가고 싶었다. 하루도 무슨 생각에 골똘히 빠진 것처럼 고개를 숙이고 있었다.

펜탁스는 그 분위기를 알아채지 못했는지, "빨리 타! 린카이선은 이쪽이야, 이쪽!"이라며 앞장서기 시작했다.

"저기!"

갑자기 하루가 소리를 높였다.

"왜?"

펜탁스의 얼빠진 목소리.

"전 사진 찍고 갈게요. 바닷가에 올 일이 별로 없으니까. 야경 연습도 할 겸."

하루가 관람차를 올려다보며 말을 이었다.

"어어? 그러지 말고, 다 같이 가자! 바닷가야 언제든 올 수 있잖아. 안 그래요, 오시마 선배?"

펜탁스는 물러서지 않았다.

조금 앞서 걸어가던 오시마가 돌아보고, "그렇지"라고 중얼거리며 후지시로와 하루를 쳐다봤다.

하루가 애원하는 듯한 눈빛으로 오시마를 쳐다보았다. 두 사람은 한동안 서로를 바라보았다. 아홉 시를 알리는 음악이 연안 지역에 울리기 시작했다.

"음 그럼, 후지시로 군." 오시마가 후지시로에게 시선을 돌렸다. "하루짱이랑 같이 있어줘, 담당이니까."

알겠습니다, 라고 후지시로가 멍한 목소리로 대답했다. 죄송해요, 라며 하루가 고개를 숙였다. 아 그래, 라며 기세가 꺾인 펜탁스가 등을 구부정하게 숙였다.

세 사람의 모습을 한동안 지켜보던 오시마가 "왠지 부럽다!"라며 갑자기 큰 소리로 웃기 시작했다. 그러다 "야, 펜탁스! 나랑 둘이면 불만이야?"라며 어깨를 감싸 안았다. 가늘고 긴 팔이 펜탁스의 목을 휘감았다.

"그런 건 아닙니다! 오히려 선배님이랑 둘이서만 대작하고 싶습니다!"

펜탁스가 우렁차게 대답했다.

"됐어, 그럼 결정 났군. 오늘 밤은 남자 둘이 마셔보자."

힘차게 말한 오시마가 역을 향해서 바닷바람이 부는 살풍경한 콘크리트 길을 걸어갔다. 하루는 왼쪽 어깨가 살짝 처진 오시마의 등이 멀어져가는 모습을 물끄러미 바라보았다.

시커먼 바다 끝으로 도쿄의 시가지가 떠오르듯 반짝거렸다.

하루는 해변에 오도카니 서 있는 우체통 위에 카메라를 내려놓고, 셔터 버튼을 눌렀다. 누가 여기에 편지를 넣을까. 후지시로가 그런 생각을 하는 몇 초 사이에 천천히 셔터가 눌렸다.

"괜찮아요? 술 마시러 못 갔는데?"

하루가 우체통에서 카메라를 집어 들며 후지시로에게 물었다.

괜찮아. 후지시로가 파인더를 들여다봤다. 어두운 해변은 모두 다 초점이 흐린 사진이 됐겠지. "그리고 야경을 연습해 두면, 불꽃놀이 촬영을 잘할 수 있어."

"이제 곧 여름이잖아요."

"그렇지. 불꽃놀이 좋아해?"

"네. 올 여름에는 많이 찍을 생각이에요."

"우연이네. 나도 그런데."

"후지시로 선배는 어떤 종류 불꽃놀이를 좋아해요?"

하루는 맞은편 기슭의 야경을 뚫어져라 바라보고 있었다. 인공 바다에서는 파도소리가 들리지 않는다.

"난 한 가지 색깔 불꽃놀이가 좋다고 해야 할까."

"한 가지 색?"

"그래. 붉은 선향 불꽃놀이 같은 거. 직접 들고 즐기는 노란색 소형 불꽃놀이도 좋고. 하얗게 치솟는 불꽃놀이도 좋고. 아무튼 색이 섞이지 않은 불꽃놀이."

"한 가지 색깔 불꽃놀이라, 좋네요."

"하루는?"

"저는…… 멀리서 보는 불꽃놀이가 좋아요."

"멀리서?"

으음 설명하긴 어려운데, 라면서 하루가 시계를 봤다.

"지금이면 딱 좋을지 모르겠다. 후지시로 선배, 같이 볼래요?" 그렇게 말한 하루가 갑자기 모노레일역을 향해 달려가기 시작했다. "시간이 빠듯할지 몰라요!"

머리는 채 이해하지 못한 채로 다리만 움직여서 하루를 쫓아갔다. 드문드문 서 있는 가로등이 이따금 자그마한 등을 비춰서 하루가 나타났다 금세 다시 사라졌다. 어두운 해변에서 숲을 빠져나가자, 형광등 불빛을 과하게 들쓴 모노레일역이 모습을 드러냈다. 가차 없이 쏟아지는 눈부신 불빛에 무심코 실눈을 떴다. 역으로 뛰어들어 계단을 성큼성큼 올라갔다. 숨이 찼다. 발바닥이 뜨거워졌다. 자동개찰구를 빠져나가 달려들어온 모노레일에 올라탔다. 늦지 않았다. 하루가 콜록거리며 옅은 파란색 자리에 앉았다. 후지시로도 흔들리는 모노레일 안에서 비틀비틀 걸어서 하루 옆자리에 앉았다. 고속으로 뛰는 심장 고동소리가 귓전에 울렸다. 하루는 대체 어디에 가려는 것일까. 혼란과 함께 우습기도 해서 웃음이 터질 것 같았다. 전속력으로 달려본 게 과연 몇 년 만일까.

모노레일 차량에는 두 사람뿐이었다. 말끔하게 닦인 차창으로 나란히 앉은 후지시로와 하루의 모습이 비쳤다. 모노레일은 어둑한 해변을 따라 미끄러지듯 달려갔다. 운전은 모두 전

자동이고, 바다 너머에서 별처럼 빛나는 야경을 바라보고 있으니 은하철도의 승객이 된 것 같은 기분이 들었다.

"어디서 철 지난 불꽃놀이 대회라도 열리나?"

가까스로 심장박동이 가라앉은 후지시로가 묻자, 하루가 "다 왔어요"라고 대답했다. 그 눈은 어두운 밤바다에 고정되어 있었다. "무슨 소리야?" 모노레일이 서서히 선회했다. 창밖으로 드넓은 바다가 보였다. 난바다로 나온 것이다.

"늦지 않았어요."

속삭이는 듯한 하루의 목소리가 들렸다. 그와 동시에 모노레일 창으로 맞은편 기슭에 조그맣게 치솟는 불꽃이 보였다. 머나먼 바다에서 작은 생명이 울부짖듯 피었다가 밤하늘로 사그라졌다. 모든 소리가 사라진 기분이 들었다.

"후지시로 선배를 좋아해요."

하루가 후지시로를 바라보고 있었다. 그 커다란 눈동자에 자기 모습이 비쳤다. 지금 그녀에게 전하고 싶었던 말을 상대가 먼저 말해버렸다. 목이 바짝 마른 후지시로는 목소리를 짜내듯이 대답했다.

"나도 하루를 좋아해."

그 순간, 하루의 눈에서 눈물이 흘러내렸다.

이런 기분은 처음이라 마음을 어떻게 전해야 좋을지 몰라 줄곧 괴로워했다고 그녀는 말했다. 그렇지만 이제 마음을 전할 수 있어서 행복하다며 웃었다. 떨리는 웃음소리가 두 사람밖에 없는 차량에 울려퍼졌다. 강렬하게 빛나는 눈동자, '지금 여기에 살아 있다!'고 외치는 듯한 목소리. 후지시로는 그 마음에 압도당했다. 마음속에 '승리의 장미'의 음악처럼 부드럽고 따뜻한 기운이 순식간에 흘러들며 눈물이 솟구쳤다. 두 사람은 흐릿하게 번져 보이는 맞은편 기슭의 불꽃놀이를 그저 말없이 계속 바라보았다.

사랑은 감기와 비슷하다. 사랑할 때마다 후지시로는 생각했다.

그것은 어느새 시작되어 있다. 감기 바이러스가 자기도 모르는 새에 몸속으로 침투해서 알아챘을 때는 이미 열이 나듯이. 그러나 하루와는 달랐다. 그녀와 사랑에 빠진 순간을 후지시로는 또렷하게 기억한다. 그토록 마음이 흔들린 순간은 앞으로 아무리 오래 살아도 두 번 다시 없을 것 같았다.

후지시로는 하루의 첫 번째 연인이 되었다.

그날부터 그녀는 그렇게 좋아하던 커피를 못 마셨다. 어느 순간 갑자기 못 마시게 되었다. 보는 것도 맛도 다 받아들일 수 없게 되어버렸다.

"누군가를 좋아하게 되면, 좋아하던 것 하나를 잃게 되나요?"

대학 뒤편에 있는 오래된 찻집에서 어쩔 수 없이 주문한 밀크티를 마시며 하루가 물었다. 내부 장식이 차분한 찻집과는 어울리지 않는 글램 록이 흐르고 있었다.

"설마."

후지시로는 웃음으로 넘기며 개의치 않고 커피를 마셨다. 선명한 남색을 띤 커피 잔. 덴마크 앤티크라고 가게주인이 알려주었다.

"사람과 대화할 수 있는 검은고양이가 암컷을 사랑하는 순간부터 말을 못 하게 되는 장면이 있었잖아요? 옛날 영화에."

"음, 있었지. 애니메이션 영화야."

"어릴 때 보고 굉장히 충격이 컸어요."

"그렇지만 좋아하는 것의 총량이 미리 정해진 사람은 좋아하는 게 무한히 늘어나는 사람보다 행복할지 모르지."

후지시로가 농담처럼 말하자, 하루가 괴로운 듯이 "으윽" 하는 소리를 흘리며 후지시로의 커피로 카메라를 돌렸다.

그때부터이긴 하지만, 하루는 후지시로가 마시는 커피 사진을 계속 찍었다. 마치 한풀이라도 하듯이. 하루가 너무 집요하게 사진을 찍어서 후지시로는 얼마 후 커피를 마시지 않게 되었다. 찻집에 가면 후지시로는 레몬티를, 하루는 밀크티를 마셨다.

　두 사람은 서로 사진을 찍었고, 제각각 현상해서 봉투에 담아 선물했다.

　도로변에 놓인 우산, 젖은 맨홀, 장기판, 콘트라베이스, 만담가, 작은 건널목. 후지시로는 자기가 좋아하는 것들을 끊임없이 사진에 담아서 하루에게 건넸다. 자기가 좋아하는 것을 하나라도 더 그녀가 좋아해주길 바랐다.

　"내가 아름답다고 생각하는 걸 후지에게 전하고 싶어." 하루가 말했다. "서로 다른 두 가지가 겹치는 순간을." 그렇게 되풀이해 말했다. 어두운 하늘에 뜬 오렌지색 구름. 눈부신 모래밭에 짙게 드리워진 사람 그림자. 아무도 없는 오락실. 울면서 웃는 아이. 비 내리는 교차점에 쏟아지는 태양 빛. 사람도 사물도 시간도 색도 소리도. '서로 다른 두 가지가 겹치는 순간'을 하루는 옅은 색의 세계 속에 감금해갔다.

　하루는 후지시로의 얼굴도 자주 찍었다. 대부분은 언제 찍혔는지 알 수 없는 사진이었다. 후지시로는 색이 옅은 세계 속에서 늘 웃고 있었고, 모두 다 자기는 본 적조차 없는 웃는 얼굴이었다.

　후지시로는 여전히 정면에서 인물을 찍지는 않았다. 그렇지만 자기 옆에서 잠든 하루의 얼굴을 찍게 되었다. 잠든 하루를 파인더 너머로 보면, 가슴이 아팠다. 하루를 사랑스럽게 여기는 자신을 알아챘다. 후지시로는 그 사진을 몰래 현상했다. 그런데 그것은 파인더로 본 얼굴과는 전혀 달라서 하루에게 보여주지 않고 책상서랍 속에 처박히는 신세가 되었다.

하늘에는 어스름하게 구름이 끼고, 빗방울이 차창을 적셨다. 쾌속 전철이 작은 역들을 잇달아 통과해갔다. 후지시로는 흘러가는 빌딩들을 바라보고 있었다. 이따금 엇갈려 지나가는 전철이 잿빛 마을에 오렌지색 꼬리를 남겼다. 차량 끝에서 책가방을 등에 진 초등학생들이 습기로 부예진 창문에 손가락으로 동그라미와 사각형을 그리고 있었다.

"이혼하기로 했다."

어머니가 갑자기 전화를 해서 부부의 결단을 담담히 전했다.

오랫동안 가정 내 별거를 해온 아버지와 어머니. 분명 새삼 이혼할 필요조차 없을 만큼 차가워질 대로 차가워졌다. 그럭저럭 그대로 변통해나가겠거니 믿고 있었다. 이혼은 당돌하고도 뜻밖의 결론이었다.

도쿄 교외의 자그마한 도시에 개업해서 내과 의사로 일했던 아버지. 지적이고 붙임성이 좋아서 지역 주민들에게 사랑을 받았다. 그러나 그에게는 인간에 대한 기대가 없었다. 어딘지 모르게 결정적으로 절망하고 있는 것처럼 보였다. 늘 남들이 필요로 하는 말을 건네고, 그들이 원하는 미소를 보여주지만, 거기에서는 애정을 느낄 수가 없었다. 그런 태도는 가족에게도 마찬가지였다. 후지시로는 아버지가 자기를 만진 기억이 없었다. 어머니와 접촉하는 모습도 본 적이 없었다. 아버지는 누군가와 속을 터놓고 마음을 나누는 데 별 흥미가 없었다고 볼 수밖에 없다.

고향집에 도착해서 유리 미닫이문을 열었다. 옛날에는 크고 빛이 났던 그 집도 지금은 낡고 작은 집으로 보였다. 늙은 고양이가 후지시로를 맞아주었고, 그 뒤를 쫓듯이 어머니가 거실에서 얼굴을 내밀었다. 보나마나 풀이 많이 죽었을 거라고 후지시로는 예상했다. 그런데 그 표정이 놀라울 정도로 후련해 보여서 소나기 후에 맑게 갠 하늘을 떠올리게 했다. 그와 동시에 왠지 모르게 마음의 심지 같은 게 빠져버린 것처럼 보이기도 했다.

식탁에 마주 앉아 어머니가 끓여준 홍차를 마시면서 얘기를 들었다. 이혼은 어머니의 의지라는 말, 아버지와 오랫동안 의논을 해왔다는 말, 지난 주말에 이혼신고를 했다는 말, 아무런 상의도 없이 우리끼리 결정해서 미안하다는 말.

어머니의 약손가락에서 반지가 빠진 것을 대신하듯, 꽃무

늬 식탁보 위에는 후지시로가 좋아했던 초콜릿 과자가 유리 접시에 수북이 담겨 있었다. 어릴 때 푹 빠져서 정신없이 먹었던 과자. 분명 오늘을 위해 준비해뒀겠지. 그렇지만 과자에 손을 댈 기분이 아니었다.

후지시로는 고등학교까지 지냈던 자기 방의 작은 침대에 누워 천장을 올려다봤다. 금방 잠들어버리길 바랐지만, 눈은 말똥말똥했다. 수성, 금성, 지구, 화성, 목성, 토성, 천왕성, 해왕성, 명황성. 태양계 포스터가 붙어 있었다. 별을 보려고 사달라고 졸랐던 망원경은 어디로 가버렸을까. 도감과 문고본이 늘어선 책장 한구석에 아버지와 어머니와 셋이서 찍은 작은 사진이 놓여 있었다. 초등학생 시절, 가족끼리 유원지에 놀러 갔을 때 찍은 사진이겠지. 사진 속의 아버지는 빨간 풍선을 손에 들고 웃고 있었다.

"저래 봬도 옛날에는 사랑이 깊은 사람이었어." 어머니가 찻잔을 바라보며 말했다.

"너무 많은 사람들을 만나는 바람에 남의 마음에 어떻게 다가가면 좋을지 모르게 돼버렸는지도 몰라."

후지시로는 고개를 끄덕이면서도 어머니의 말은 틀렸다고 생각했다. 요컨대 아버지는 애초부터 애정이 결핍된 인간이라고 후지시로는 확신하고 있었다. 천성적으로 타인을 사랑할 수 없는 인간이 일시적으로나마 타인을 사랑하려고 애썼던 데 지나지 않는다. 그것을 깨닫게 되자 두려웠다. 어느새 자기 자신도 남에게 기대하는 마음이 사라지고 없었다. 별다른 목적의식도 없이 아버지와 같은 의학부에 들어갔다. 동조는 얼마든지 가능하지만, 자기감정을 전하지는 않았다. 언젠가 나 역시 타인을 사랑할 수 없게 될까. 머지않아 타인을 사랑하는 마음조차 품을 수 없게 되는 날이 올까.

"누군가를 사랑하고, 누군가에게 사랑받는 인생을 포기할 수 없었어." 마지막에 어머니는 미소를 지었다. "내 인생은 아직 20년이나 남았으니까."

웬일로 술을 마시고 한밤중에 돌아온 아버지는 "미안하다"는 한마디만 남기고, 자기 침실로 들어갔다.

다음 날 아침, 후지시로가 집으로 돌아가니 아파트 앞에 하루가 있었다.

아침 해가 구름에 가려져 우울한 하늘 아래서 인기척 없는 콘크리트 길가에 앉아 있었다. 까마귀와 참새의 울음소리가 무기질적인 앙상블을 연주하고 있었다.

집안 사정은 이미 다 전했다. 걱정할 거 없다. 언젠가는 일어나야 할 일이 일어나야 할 타이밍에 일어났을 뿐이다. 집에 도착하면 연락할 테니 편히 자라고.

후지시로의 얼굴을 보자마자 하루의 눈에 눈물이 그렁거렸다. 카메라를 들고 셔터를 눌렀다.

"더 이상 후지의 슬픈 얼굴은 보지 않기를."

좀 지쳤을 뿐이야. 후지시로가 입꼬리를 올리며 대답했다. 마음과는 반대로 잘 웃어지질 않았다. 하루는 이쪽을 물끄러미 바라보았다.

"아아…… 이제 고향집이 사라져버렸네. 설은 어디서 쇠나."

후지시로가 그 눈길에서 도망치듯 중얼거린 순간, 몸이 휘청거렸다. 하루가 그를 끌어안았다. "나는 늘 있을 거야." 후지시로의 귓가에 대고 쥐어 짜내듯이 말했다. 어깨를 떨며 신음하는 듯한 소리를 흘렸다. "계속 후지 곁에 있을 거야."

먼저 울지 마, 라며 후지시로가 조용히 웃었다. 가슴이 가득 차올랐다. 일찍이 이토록 힘껏 포옹을 받아본 적이 있을까. 숨김없이 사랑을 고스란히 전하는 하루. 그 영혼에 항상 구원을 받았다.

사랑은 감기와 비슷하다.

감기 바이러스는 어느새 몸속으로 침투하고, 알아챘을 때는 이미 열이 난 상태다. 그러나 시간이 지날수록 그 열은 사라져간다. 열이 났던 게 거짓말처럼 여겨지는 날이 온다. 누구에게나 피할 수 없이 그 순간이 찾아온다.

그 무렵, 하루는 말했다. 나는 언제까지고 후지 곁에 있을 거야. 아무런 의심도 없이 그 말을 되풀이했다.

그러나 후지시로와 하루만 예외일 리는 없었다.

*

민소매 밑으로 하얗고 육감적인 팔이 드러났다.

"언니도 드디어 결혼하네."

루콜라 샐러드를 다 먹은 준이 혼잣말처럼 중얼거렸다. 윤기가 도는 검은 머리칼을 귀에 걸자, 귓불 위에서 강렬하게 빛나는 다이아몬드 귀걸이가 보였다.

"내년 4월이지. 아직 멀었지만, 할 게 너무 많더라."

야요이가 바게트를 조그맣게 찢으며 대답했다. 바게트는 갓 구워내서 아직 따뜻했다.

"언니, 왠지 무슨 업무처럼 표현하네."

준이 웃었다. 어린 목소리, 빛나는 젖은 입술. 어린아이처럼 어지러울 정도로 표정이 휙휙 바뀐다. 네 살 위인 언니를 쏙 빼닮은 옅은 갈색 눈동자가 깊은 쌍꺼풀 속으로 보이지만, 몸은 언니보다 희고 통통하다. 광택이 도는 소재로 된 넉넉한 실루엣의 원피스에 가려 있지만, 큰 가슴의 볼륨은 드러난다. 그것은 그녀의 식생활에 따른 결과일까, 태어날 때부터 타고난 체형일까. 후지시로는 둘 중 어느 쪽일까 생각하며 그 모습을 바라보았다.

장마 사이에 맑게 갠 일요일. 후지시로와 야요이는 결혼식 참석자에게 대접할 식사를 시식하러 왔다. 레스토랑 창밖에는 어젯밤에 내린 비를 머금은 신록이 생기 넘치게 우거져 있고, 테라스 자리에서는 정장을 차려입은 흑인남성 둘이 화려한 원피스를 입은 젊은 백인여성과 식사를 하고 있었다. 이미 꽤 취했는지, 이따금 창 너머로 큰 웃음소리가 들려왔다.

시식회는 네 사람까지 참석할 수 있다. 웨딩플래너는 통상적으로는 부모님을 초대하는 경우가 많다고 했지만, 야요이는 여동생 준과 그녀의 남편인 마쓰오를 초대하자고 제안했다. 후지시로도 야요이도 부모님과 함께하는 식사가 그다지 편치는 않았다.

"식장은 정했는데, 다른 건 아직 못 정했어. 후지시로 군이랑 도무지 시간이 안 맞아서."

새로 따라준 화이트와인을 마시면서 야요이가 말했다.

"둘 다 불규칙적인 생활을 하다 보니 그러네. 난 야요이가 결정하면 그냥 따라가겠는데."

후지시로가 테이블에 나온 접시를 살며시 만졌다. 적당하게 데워져서 열기가 뭉근하게 손끝에 전해졌다. 혀가자미 푸알레라고 웨이터가 알려주었다.

"툭하면 저 소리." 야요이가 노골적으로 찡그린 표정을 지었다. "남자는 잘 모르니까 다 맡기겠다는 말, 정말 열 받아. 존중해주는 척하면서 자기만 편하겠다는 거지."

"잔소리하는 것보다는 낫지 않나?"

"아무래도 상관없다는 거잖아, 결국은."

"그런 건 아니야."

후지시로가 웃으면서 옆에 앉은 야요이를 쳐다보았다. 그녀는 고개를 흔들며 "늘 대충대충이라니까"라고 중얼거렸다. 찬찬히 살펴보니 앞머리가 전보다 짧았다. 그리고 보니 오늘 아침에 "앞머리를 잘라봤는데 어때?"라고 그녀가 물었던 것 같기도 했다. 그때 뭐라고 대답했을까. 분명 샤워를 하고 나와서 드라이기로 머리를 말릴 때였다. 틀림없이 뭐라고 감상은 전했을 테지만, 기억이 가물가물했다.

"같이 정해주는 것만 해도 형부는 다정한 거지. 마쓰오 씨는 자기 취향이라는 게 전혀 없어서 준비하는 내내 얼마나 화가 났는지."

준이 혀가자미 요리에 나이프를 갖다 대며 말했다. 말끔하게 닦인 실버 나이프가 부드러운 살코기 속으로 쓱 들어갔다.

"준은 그렇게 말하지만, 아무것도 모르는 걸 어떡하나. 드레스니 꽃이니 고르라는데, 난 그런 감각도 전혀 없고."

모두 요리에 맞춰서 화이트와인을 마시는데, 마쓰오 혼자만 계속 맥주를 마셨다.

공립고등학교에서 수학교사로 일하는 마쓰오는 후줄근한 회색 재킷을 입고 있었다. 다림질할 필요가 없는 싸구려 형상기억 와이셔츠에 철 지난 니트 넥타이. 가느다란 은색 테 안경은 부옇게 흐렸다. 후지시로가 그를 만난 후로 그 안경 말고 다른 걸 본 적이 없다.

"아까 입가심으로 먹었던 소르베, 어때?"

야요이가 오늘의 목적을 떠올린 듯이 물었다.

"뭐, 다 그 정도 아닌가? 원래 입가심이 맛있는 전례가 없지."

후지시로가 무뚝뚝하게 대답했다. 말해본들 메뉴가 크게 바뀔 리도 없다.

"애당초 입가심을 할 필요나 있나?"

"뭐, 일종의 의식 같은 거겠지."

"하지만 민트 빙수 같은 걸 내놓으면 어쩔려고."

"언니는 여전히 깐깐해."

준이 씁쓸하게 웃었다.

"난 워낙에 미각이 둔해서 뭐든 맛있습니다."

나이프를 쓰지 않고 포크로만 혀가자미를 먹고 있던 마쓰오가 말을 받았다.

"마쓰오 씨, 요즘 고등학생들은 어때요?"

후지시로가 마쓰오 쪽으로 화제를 돌렸다. 석사가 시작된 후로 그와 관련된 얘기가 거의 없었던 게 마음에 걸렸다.

"으음, 지나치다 싶을 정도로 성실해요. 다들 자기 자신에 관해 잘 알고 있죠. 자기의 학력이나 외모나 성격, 학급 안에서의 자기역할 같은 것도."

"우리 환자분 중에도 고등학생이 있는데, 모두 놀라울 정도로 자기 문제를 잘 파악하고 있더군요. 내가 고등학생일 때는 아무 생각 없었는데."

"그렇지만 고등학교 교사는 정말 힘들어요." 준이 참을 수 없다는 듯이 옆에서 끼어들었다. "수업 외에도 행사니 특별활동이니 여러 가지로 바빠요. 게다가 급료도 낮아서 나도 아르바이트를 그만둘 수 없다니까."

준은 인재파견회사에서 사무직으로 일하면서 아르바이트도 하고 있다는 말을 야요이에게 들은 적이 있었다.

"보나마나 네가 쓸데없이 낭비를 해서겠지. 옛날부터 툭하면 이것저것 사들였으니까."

야요이가 나무라듯 말하자, "아니거든. 정말 어처구니가 없네"라며 준이 웃었다. 희고 통통한 목덜미에서 진주조개를 네 잎클로버 모양으로 만든 목걸이가 흔들렸다.

시식회는 두 시간에 걸쳐 이어졌고, 마지막 디저트에 다다랐다.

1인분짜리 작은 어뮤즈로 시작해서 루콜라 샐러드, 꽃게 수프, 혀가자미 푸알레, 단각우(원산지가 일본인 뿔이 짧은 소) 스테이크로 이어졌다. 티 나지 않게 개성을 발휘한 프렌치. 결혼식 참석자는 팔십 명 예정이다. 그 최대공약수를 만족시킬 수 있는 메뉴. 디저트는 두 가지 종류에서 선택할 수 있었다. 퐁당쇼콜라나 프루트타르트.

"아, 나 그것도 먹고 싶어. 마쓰오 씨, 반씩 바꿔 먹자."

준이 한껏 신이 나서 말했다. 마쓰오가 "어떻게 자르지?"라고 곤혹스러워하며 자기 접시에 담긴 퐁당쇼콜라를 자르자, 그 속에서 농후한 초콜릿 소스가 흘러나왔다. "이건 뭐지? 녹

아내려”라며 당황하는 마쓰오. “원래 그런 거야”라며 웃은 준
이 마쓰오의 손에 묻은 초콜릿 소스를 집게손가락으로 훑어
서 핥았다. 그리고 쑥스러워하는 미소를 지으며 후지시로를
힐끗 쳐다봤다.

“애들처럼 그게 뭐야.”

야요이가 미간에 주름을 잡았다.

“정말 죄송합니다.”

마쓰오가 포크와 나이프를 양손에 든 채로 고개를 숙였다.
옆에서 준도 똑같은 몸짓을 해보였다.

후지시로는 잔에 남은 레드와인을 입으로 가져갔다. 테라스
에서는 흑인남성 둘과 백인여성이 다 같이 손뼉을 치며 웃고
있었다. 그 모습이 마치 연극 같았다.

“그건 그렇고”라며 준이 갑자기 야요이의 얼굴을 들여다봤
다. “언니, 아이는 어떡할 거야?”

“무슨 소리야, 느닷없이?”

“아니, 결혼하니까 그런 생각도 하겠지 싶어서.”

“그런 생각 아직 안 해봤어. 너야말로 어떡할 건데?”

야요이가 준의 눈빛을 맞받았다. 옅은 갈색 눈동자끼리 서
로를 응시했다.

“언니는 나한테 관심도 없으면서.”

웃음 섞인 목소리지만, 그 얼굴에는 표정이 없었다.

"하지만 결혼한 지 벌써 3년 됐잖아?"

야요이가 담담하게 말을 이어갔다.

"집요하긴. 뭐, 그런 거야 아무렴 어때."

준이 표정 없는 얼굴로 후지시로를 쳐다봤다.

"야요이, 지금 그런 얘길 할 필요는 없잖아? 이 퐁당쇼콜라 맛있는데. 프루트타르트도 조금 먹어봐도 될까?"

"넌 옛날부터 그랬잖아. 빨리 아이 낳고 싶다고."

야요이는 멈추지 않았다. 프루트타르트를 반으로 잘라서 후지시로의 접시 한쪽에 놔주며 말을 이었다.

"마쓰오 씨, 지금 일이 많이 힘든 시기야. 그리고 생활에 좀 더 여유가 생겨야지."

한동안 입을 다물고 있던 준이 마쓰오를 바라보며 중얼거렸다. 준의 재촉을 받은 그가 고개를 살짝 끄덕였다.

자리를 다시 재정비하듯 웨이터가 커피를 내왔다. 쌉쌀한 향기가 네 사람 사이를 떠다녔다. 테라스 자리의 백인여성이 한 단계 높은 소리를 내며 웃었다. 그 소리가 야생동물의 울음소리처럼 울려퍼졌다.

후지시로는 프루트타르트를 한 입 먹었다. 너무 달다는 생각이 들었다. 디저트는 다른 선택지를 상의해봐야 할지도 모르겠다. 대각선 앞쪽에 앉아 있는 준을 보았다. 그녀의 눈은 마쓰오의 접시 위에서 서서히 흉하게 번져가는 초콜릿 소스를 바라보고 있었다.

결혼한 지 3년, 준은 아직도 남편을 성으로 부른다.

*

한 차례 간단한 안주요리를 먹고, 주먹밥을 먹기 시작했다.

"전 약해요"라고 말하면서도 준은 술을 잘 마셨다. 유리 카라페에 담긴 미야기산 전통주는 어느새 다섯 홉째라 후지시로의 눈은 느슨하게 풀려 있었다.

일요일 밤, 후지시로는 준과 함께 카운터에 나란히 앉아 있었다. 뺨이 살짝 붉어진 준이 옆에서 간장을 바른 붉은 생선살 주먹밥을 집어 들었다. 손톱은 옅은 핑크빛으로 칠해져 있었다. "으음, 맛있다"라며 눈을 감고, 스스로에게 들려주듯 맛을 음미하는 그 모습을 후지시로가 곁눈으로 쳐다보았다. 가슴 윤곽이 또렷하게 드러나는 하얀 트윈니트. 짧은 베이지색 플레어스커트 아래로는 살집 좋은 허벅지가 드러났다. 푸른 혈관이 투명하게 비칠 정도로 살갗이 희다. 지난번 시식회 때는 몸의 윤곽을 가늠할 수 없는 복장이었는데, 오늘은 그것을 노골적으로 강조하고 있었다. 가느다란 왼손 새끼손가락에는 다이아를 빙 두른 반지가 반짝거려서 약손가락에 낀 결혼반지가 칙칙해 보였다. 은으로 된 손목시계는 에르메스 제품이고, 에나멜 하이힐은 크리스찬 루부탱이겠지.

후지시로는 마쓰오의 모습을 떠올렸다. 후줄근한 회색빛 재킷에 다림질이 필요 없는 싸구려 와이셔츠. 3년 전부터 변함이 없는 은테 안경. 안경알은 늘 부옇게 흐렸다. 하나부터 열까지 어울리지 않는 남편이었다.

지난번에 만났을 때, 준은 아르바이트를 그만둘 수가 없다고 했다. 생활에 여유가 없어서 아이를 가질 수 없다고. 그런데 옷차림, 화장, 액세서리, 그것들 모두는 고가였다. 자기가 좋아하느냐 아니냐가 아니라, 남자들이 원하는 게 뭔가 하는 기준으로 갖춘 고급품으로 보였다. 윤기가 흐르는 검고 긴 머리칼은 오늘은 예쁘게 묶었다. 하얀 목덜미에서 어렴풋이 풍기는 달콤한 재스민 향기. 저항하지 못하고 몸의 깊숙한 곳에서 뭉근한 뻐근함을 느끼기 시작했다.

"준이 자기한테 상의할 게 있대."

시식회에 다녀온 날 밤, 소파에서 뉴스 프로그램을 보고 있던 후지시로에게 야요이가 말을 건넸다.

"고민이 많은가봐. 부부 관계도 좀 그렇고. 자기랑 둘이 얘기를 나눠보고 싶대. 병원에서도 그런 상담을 해줄 때가 있지?"

"뭐, 없진 않지만, 아무리 그래도 단둘이만 만나는 건 좀 그런데."

야요이의 말을 흘려 넘기듯 후지시로가 대답했다. 준과 단둘이서 식사를 한다는 것에 본능적인 위험이 감지되었다. 텔레비전에서는 뉴스 진행자가 미국 국무장관이 자전거 주행 중에 사고를 당해 대퇴골이 골절됐다는 소식을 전하고 있었다.

"내가 있으면 상의하기 어려운 얘기도 있겠지. 자매라는 게 상당히 미묘하거든. 난 괜찮아, 신경 안 써. 맛있는 거라도 좀 사줘."

후지시로의 대답도 듣지 않고, 야요이가 자기 침실로 들어갔다. 뉴스가 바뀌어서 진행자가 인공지능의 자기학습능력이 발달해서 마침내 프로그래머에게 분노의 감정을 품기 시작했다고 소개하고 있었다.

"형부, 섹스해요? 언니랑?"

준이 느닷없이 물었다. 대화도 거의 없이 초밥을 줄곧 먹었고 아키타 전통주도 벌써 여덟 홉째로 접어들고 있었다. 시야는 흐릿하게 일그러지고, 주위 소리는 모두 뒤늦게 귀에 들려왔다. 준도 분명 같은 양을 마셨을 텐데, 변함없는 기색으로 술잔을 기울였다. 가게에는 후지시로와 준만 남았고, 주인도 분위기를 알아채고 안으로 물러났다. 보나마나 이 카운터에서 무수한 남녀의 교섭이 이뤄졌겠지.

"글쎄, 어떨지? 보통 수준은 되는 느낌이랄까."

후지시로가 술잔을 입에 댔다.

"에이." 준이 웃었다. "무슨 대답이 그리 싱거워." 후지시로의 옆구리로 팔을 넣어 손등을 잡았다.

그 손은 희미하게 땀이 배어 있었다. 후지시로의 위팔에 부드러운 가슴이 눌렸다. 왠지 모르게 야수 같은 냄새가 재스민 향기와 뒤섞이며 콧속을 자극했다.

"준짱은 어때?"

"뭐가?"

장난기 어린 준의 웃음.

"아니, 그 뭐냐……."

그 기대에 부응하며 후지시로가 난처한 척했다.

"난 이미 4년 동안 섹스 안 했어."

준이 컷글라스에 가득 담긴 투명한 액체를 흔들었다.

"그렇지만 결혼은 3년 전에 했잖아?"

후지시로는 예상보다 심각한 상황에 당황했다.

"나도 정리가 잘 안 돼 있어서 그런데, 처음부터 얘기해도 돼?"

"물론이지."

"처음 만난 건 대학교 2학년 때. 나는 교육학과 학생이고, 마쓰오 씨는 대학원생이었어. 세미나 수업을 함께했고, 그 사람은 교수 조수를 했었지. 나이 차이가 열 살이나 나다 보니 처음 2년간은 아무 일도 없었어. 난 같은 학년에 남자친구가 있었고, 마쓰오 씨는 내 타입도 아니었거든. 그런데 그쪽에서 날 좋아하게 됐나 봐. 그 후에 남자친구가 바람을 피워서 끔찍하게 차였는데, 그때 우연히 상담을 하던 중에 '좋아한다'는 말을 무지무지 에둘러서 해서 사귀게 된 거지. 그렇지만 섹스한 건 반 년 정도뿐일까. 결혼 1년 전쯤부터 안 하게 됐어."

"그러면서 왜 함께 살 생각을 했지?"

"목소리가 좋았으니까. 계속 듣고 싶어지는 목소리였거든. 같이 있어도 피곤하질 않았어."

"정이 많은 사람인가?"

"자기 일에 능력이 있다거나 재능이 있다거나, 뭐 그런 면에서 뛰어난 사람은 아니야. 그렇지만 부모를 소중히 여기고 친구에게는 다정하지. 마쓰오 씨랑 사귀고 반년쯤 지났을 때,

그 사람이 친한 친구에게 돈을 빌려줬는데 바로 도망쳐버렸어. 100만 엔 정도 됐을까. 주위 친구들이 울면서 동정도 하고, 화가 나서 행방을 수소문도 했는데, 정작 마쓰오 씨는 '자식, 마지막까지 까부는군'이라며 웃는 거야. 그건 재능이라고 부를 만큼 정이 많을 거라는 생각이 들었어. 그때 이 사람과 함께할 수도 있겠다는 생각이 들었는지도 모르지."

"그런데 섹스는 안 하게 됐다?"

후지시로가 준의 손을 슬그머니 떨치고 술잔을 들었다. 반쯤 차 있던 술잔을 비웠다.

"응."

준은 갈 곳이 사라진 손으로 전통주가 든 유리 카라페를 들고, 후지시로의 잔에 술을 따랐다. 깊은 쌍꺼풀 속의 옅은 갈색 눈동자는 젖어 있었고 초점이 어긋나 있었다. 술이 잔에서 흘러넘쳐서 노송나무 카운터를 적셨다. 후지시로의 심장박동이 빨라지며 귓속에서 농구공을 튕기듯이 울려퍼졌다. 팔에 닿는 가슴의 감촉과 달콤한 짐승 냄새. 완전히 잊고 지냈던 감각이 하반신으로 퍼져갔다.

"그런 상태로 결혼한다는 데 저항감은 없었나?"

"평생을 같이 살아가려면 수입이나 재능 같은 조건보다 더 소중한 게 있다고 무의식적으로 생각했거든. 결혼을 결정한 무렵에는 그 사람도 이제 갓 고등학교에서 일하기 시작한 때라 돈도 없었지. 결혼식을 위해 둘이 열심히 일해서 죽어라 저축했지…… 그래서 결혼식은 정말 즐거웠어. 아, 맞다. 결혼식 마지막에 서프라이즈로 프러포즈를 받았지. 제대로 된 프러포즈도 못 받았거든. 준 씨, 결혼해주세요, 라는 거야. 그때 처음으로 이름을 불렀어. 그때까지 2년간 줄곧 '사카모토 씨'라고 불렸으니까 기뻤지. 난 엉겁결에 울어버렸어. 마쓰오 씨도 따라 울었고. 우린 지금 굉장히 행복하구나 생각했지."

초밥가게의 카운터는 여전히 둘만의 공간이었다. 나란히 놓인 가느다란 대나무 젓가락, 짙은 은색 회칼. 광이 나게 닦아놓은 구리 주전자. 고요하고 정갈하게 정돈된 작업장이 노송나무 판 너머로 보였다. 요리사들은 분명 그 뒤에 있을 테지만, 소리 하나 들리지 않았다. 슬그머니 떼어냈던 준의 손이 또다시 후지시로의 손등 위에 얹혀졌다. 희고 가느다란 손가락이 후지시로의 손가락을 휘감았다.

"그때, 마쓰오 씨가 처음으로 내 앞에서 울었던 기억을 떠올렸어. 그 사람이랑 처음 섹스했을 때, 내가 위에 올라가 있는데 마쓰오 씨가 갑자기 울기 시작한 거야. 아직 한창 하는 중이었는데, 이렇게 기분 좋게 해주는 건 난생처음 받아본다면서. 어린애처럼 눈물을 뚝뚝 흘리면서 울었어. 난 그 사람이 가슴이 에일 정도로 사랑스러웠어. 그를 확 덮치면서 꽉 끌어안아줬지. 이 사람이랑 계속 같이 있어줘야겠다는 생각이 들었어.”

“그렇게 아끼는데도 섹스리스가 되는군.”

“정말 다정한 사람이야. 그렇지만 사귀기 시작했을 때부터 우리는 이미 가족 같았어. 마쓰오 씨도 원래 성욕이 별로 없는 편이고. 결국 내가 그를 남성으로 본 적은 없는 것 같아. 그 첫 섹스에서조차.”

준이 속삭이듯 말한 후, 눈을 감았다. 그제야 대화에 공백이 생겼다. 그러자 모든 타이밍을 살피고 있었다는 듯이 가게 주인이 얼굴을 내밀었다. 후지시로는 따뜻한 차 두 잔을 부탁하고, 계산을 해달라고 말했다. 가게 주인은 마치 긴 만담을 끝낸 만담가처럼 고맙습니다 하며 고개를 숙였다.

택시는 고속도로를 미끄러지듯 달려갔다.

준은 후지시로의 팔을 잡고 그 어깨에 머리를 얹었다. 각자 양쪽 창밖에 펼쳐지는 경치를 바라보고 있어서 표정은 보이지 않았다. 준 쪽으로 시선을 돌리자, 무릎에 덮어둔 옅은 하늘색 숄 밑으로 하얀 허벅지가 엿보였다. 조금 전까지는 얌전하게 모으고 있던 그 다리가 주먹 한 개 정도 공간이 벌어져 있었다. 가슴의 탄력이 더욱 느껴지자, 심장박동이 빨라졌다. 하반신을 뒤덮고 있던 뻐근함이 마취약처럼 온몸으로 번지며 냉정했던 사고를 탁하게 흐려놓았다. 고속도로에 늘어선 오렌지색 가로등 불빛이 택시 안으로 날아들었다 금세 다시 날아갔다. 그럴 때마다 준의 옆구리에 놓인 베이지색 가죽 핸드백에 달린 금빛 고리가 번쩍이며 빛났다.

"나, 실은 사과해야 해."

옆을 바라본 채로 준이 말했다.

"왜?"

후지시로가 물었다. 목이 말라서 목소리가 갈라졌다.

"아까 4년 동안 섹스를 안 했다고 했는데, 그건 거짓말이야."

"거짓말?"

"물론 마쓰오 씨랑 안 한 건 맞아."

준이 어깨에 기댔던 얼굴을 들고 후지시로의 얼굴로 다가왔다. 옅은 갈색 눈동자가 눈앞으로 육박해왔다. 후지시로는 엉겁결에 시선을 피했다. 준의 몸이 다가오며 무릎이 부딪쳤다.

"마쓰오 씨 말고 섹스하는 사람이 있거든. 많을 때는 다섯 명쯤. 지금은 조금 줄어서 세 명. 아주 야하게 해주는 사람부터 얼굴이 내 타입인 사람, 돈이 아주 많은 사람, 그리고 살짝 변태인 사람도 있고. 그때그때 기분에 따라 조금씩 바꿔가면서 사흘에 한 번 정도는 해. 그중에는 만날 때마다 5만 엔에서 10만 엔을 주는 사람도 있어. 난 돈은 딱히 아무래도 상관없지만, 거절할 일도 아니다 싶어서 주면 받아. 그래서 그 사람의 마음이 편하면 그만이지."

말문이 막힌 후지시로를 보고 미소를 지으며 손가락을 휘감았다. 후지시로는 택시 차창에 비친 자기 얼굴을 보았다. 그 모습이 섹스를 하며 눈물을 흘리는 마쓰오와 겹쳐졌다.

"거짓말해서 미안해. 하지만 피차 마찬가지니까, 뭐."

"피차 마찬가지?"

"형부도 거짓말했잖아."

"어?"

"언니랑 안 하잖아."

허를 찔린 후지시로는 할 말을 잃었다. 아니야, 라고 바로 받아치려 했지만, 목소리가 나오지 않았다.

"아, 정말 그렇구나."

준이 기쁜 듯이 웃었다. 후지시로는 아 글쎄, 아니라니까, 라고 말하는 대신 웃음으로 답했다. 정신과 의사의 자부심일까. 마지막 순간까지 냉정함을 잃지 않으려는. 그것도 이미 훤히 꿰뚫어보였겠지. 준의 젖은 입술이 귓가로 다가왔다.

"나랑 해도 돼. 물론 비밀로. 내가 원한 거니까 형부는 잘못 없잖아."

말이 모두 한 글자씩 토막이 난 것처럼 들렸다. 후지시로가 도망치듯 창밖을 보자, 고층빌딩 사이로 그림자처럼 우뚝 솟은 도쿄타워가 모습을 드러냈다. 눈부신 빛을 받아 붉게 반짝이는 평소의 모습은 아니다. 모든 빛이 사라지고, 밤의 빌딩들 사이에 깎아지른 듯이 우뚝 서 있는 그것은 어둠속을 방황하는 거대한 괴수처럼 보였다.

7월의 프라하

석 달 만이네요.

체코 프라하에서 편지를 보냅니다.

이 도시의 중심에는 600년 전부터 쉬지 않고 움직이는 시계가 있어요.

내가 묵고 있는 언덕 위에 자리 잡은 조그만 숙소. 그곳에서 언덕길을 내려가 성인들의 상을 세워둔 긴 다리를 건너 미로 같은 길을 빠져나간 끝에 있는 커다란 천문 시계.

현재 시간과 옛날의 체코 시간, 그리고 일출과 일몰 시각을 몇 겹으로 겹쳐진 문자판이 알려줍니다. 현재와 과거와 우주가 하나의 시계속에서 복잡하게 뒤얽히는 모습을 나는 계속 사진에 담았습니다.

프라하의 거리 한복판에서 생물처럼 모습을 바꾸는 천문 시계를 만났을 때, 무의식적으로 셔터를 누르고 있었죠. 그때는 내가 뭘 찍고 싶은 건지 몰랐어요. 그런데 사진을 계속 찍다보니 신기하게도 내 마음이 읽혀졌죠.

나는 시계가 아니라, '시간'을 찍고 싶었던 거라고.

오늘, 나는 체코인 시계 장인과 하루를 같이 보내고 숙소로 돌아왔어요.

프라하에서 나고 자란 서른두 살의 청년. 나보다 피부가 하얗고, 짙은 초록빛 눈을 가진 그를 만난 장소는 천문 시계 앞이었어요.

파인더 너머로 시계를 바라보는 나에게 왜 매일 똑같은 사진을 찍느냐고 그가 영어로 물었죠. 이유를 잘 설명하지 못하고 머뭇거리자, 자기는 저 시계 정비를 하고 있다는 얘기, 자가 아버지와 할아버지와 증조할아버지도 시계 장인이라 저 시계를 계속 고쳐왔다는 얘기를 들려줬어요. 그리고 증조부 대부터 모두 새우등에 극도 근시라고 얘기하며, 쑥스러운 듯이 알이 두꺼운 둥근 테 안경을 들어 보였죠.

그가 안내해줘서 둘이 오래된 목조 건물로 들어갔어요.

이 도시에서 가장 마음에 드는 장소라고 그가 말했어요. 그곳은 벽이 모두 나무로 뒤덮인 부채꼴 형태의 도서관이었는데, 그와 나는 서로 좋아하는 책을 찾기로 했죠. 나는 수평선을 계속 찍어가는 일본 사진작가의 작품집을, 그는 전설적인 프랑스의 코레오그래퍼(무용 안

무가)의 자서전을 찾아와서 서로 교환했어요.

　밤에는 그가 어린 시절부터 다닌다는 이탈리아 레스토랑에서 식사했어요.

　빨간 지붕의 아담한 가게로 들어서자, 퉁퉁하게 살이 찐 가게주인이 만면에 미소를 머금고 맞아주었어요. 바로 옆 브루어리에서 가져온, 갓 만든 수제 맥주를 마시면서 그 가게에서 직접 만든 생햄과 신선한 토마토에 버펄로 모차렐라치즈를 얹은 카프레제를 먹었고, 중간부터는 와인 병을 들고 온 가게주인과 동석하고, 마지막에는 토마토소스와 조개가 올리브오일과 절묘하게 어우러진 봉골레로쏘를 깨끗하게 비웠습니다.

　이 레스토랑도 우리랑 똑같이 이 녀석의 증조부 때부터 대를 잇고 있다. 시계 장인인 그는 취기가 깊어질수록 말이 많아졌어요. 나나 이녀석이나 4대째고 초등학교 동급생이라고. 언뜻 보기에 가게주인이 꽤 연상일 거라 예상했던 내가 눈을 휘둥그레 뜨자, 그가 크게 웃으며 봐라, 이 아가씨도 놀라지, 살 좀 빼라, 라고 하더군요. 가게주인도 따라 웃으면서 자랑하듯 퉁퉁한 배를 문질렀어요.

　가게에서 나와 황금빛 가로등 불빛에 반짝이는 돌바닥 길을 걸어가는 중에 왜 그런지 후지 생각이 났어요. 모든 면에서 후지와는 다른 그와 얘기를 나누면서.

후지와 만났던 무렵의 기억을 떠올리면, 누시 씨가 늘 게임을 하던 동아리 방과 비좁아서 현상액 냄새가 코를 찌르던 암실. 점심은 학교 식당의 다누키소바(메밀국수에 튀김가루를 넣은 음식)를 먹었고, 같이 잠든 곳은 좁은 원룸 아파트였어요. 이도 저도 다 다르죠.

누군가를 사랑하고 있다는 감정이 한순간이란 걸 지금은 알아요.

그때의 난 그것이 영원하리라 믿었어요. 너무나 어리고 무방비했죠. 그렇지만 그 무렵의 내가 지금의 나보다 몇 배는 힘차게 살았던 것 같은 기분이 드네요.

좋아하는 사람에 관한 모든 걸 알고 싶다. 그 사람이 지금 어디서 무엇을 하는지. 어떤 책을 읽고, 뭘 먹고, 어떤 옷을 입고 있는지. 그 모든 걸 알고 싶었어요.

사랑한다, 그리고 사랑받는다. 그걸 절실히 확인하고 싶었죠.

그 무렵의 청렬한 감정에 난 지금도 압도되어 있는 듯한 기분이 드네요.

후지와의 이별은 갑작스러웠죠.

9년 전의 그날을 잊을 수가 없어요. 그날부터 나는 줄곧 생각했어요. 우리는 왜 헤어져버렸을까.

후지는 기억하나요?

사진부에서 갔던 짧은 여행. 해변의 낡아빠진 작은 여관에서 다 함께 묵고, 바다를 찍었던 그 여름. 당신과 나는 아직 사귄 지 한 달밖에 안 됐었죠.

회원들 모두에게는 비밀로 했고. 왠지 어색해서 일부러 시간을 다르게 해 동아리 방에 갔고, 집에 돌아갈 때도 각자 따로 나오기도 했죠. 모두의 앞에서 같이 있을 때는 갑자기 말수가 줄어들어서 그러면 오히려 더 수상하다고 후지가 웃으면서 말하곤 했어요.

좋아한다고 소리치고 싶을 만큼 강렬한 감정을 품었죠. 그런데도 아무에게도 말할 수가 없었어요. 나는 분명 두 사람만의 특별한 시간을 누구에게도 나눠주고 싶지 않아서였다고 생각해요. 지금 이 순간 느끼는 행복을 두 사람만의 것으로 간직해두고 싶었기 때문이죠.

그렇지만 오래 감추지는 못했죠.

대절한 버스가 산길을 넘어서는 순간, 너무 흥분한 내가 엉겁결에 "후지, 바다야!"라고 외치고 말았죠. 눈앞에 펼쳐진 군청색 바다에 정신을 잃어버렸어요.

별안간 선배 이름을 편하게 불러버린 신입생을 보고, 모두가 놀라서 날 쳐다봤어요. 그러는 중에 몇몇은 전부터 수상하다고 여겼는지, 드디어 증거를 잡았다는 투로 히죽 웃었죠. 둔감한 펜탁스조차 너희 뭔가 수상하다며 쫓아왔어요. 마지막에 오시마 선배가 후지시로 군이랑 하루짱이랑 사귀니? 라고 모두의 속마음을 대변하며 물었죠. 당신과 나는 고개를 숙인 채 얼버무리려 했지만, 줄곧 말없이 옆에 앉아 있던 누시 선배가 "난 한참 전부터 눈치 챘어"라고 하듯이 고개를 크게 끄덕이는 모습을 보고, 결국 포기했어요.

그때부터 버스 안은 축제처럼 떠들썩해졌죠.

언제부터 사귄 거야? 첫 데이트는 어디서 했어? 서로 어떤 점을 좋아해? 키스는 벌써 했니? 꼬리를 물며 잇달아 질문을 퍼부었어요. 후지와 나는 때로는 그 질문에 대답해주고, 때로는 흘려 넘기면서 미소를 주고받았죠. 다들 큰 소리로 떠들어대며 웃었어요.

그때 오시마 선배가 매우 기쁜 듯이 우리 모습을 바라봤어요. 아주 좋아하는 사이다를 마시고, 적당한 노래를 부르며 축복해줬죠. 카메라를 손에 든 오시마 선배의 모습을 그때 처음 봤어요. 라이카 매뉴얼 카메라. 살짝 처진 왼쪽 어깨에 가죽 끈을 걸치고 카메라를 잡은 모습은 외국에서 온 카메라맨 같았죠. 깜짝 놀랄 정도로 가까이 다가와서 모두의 얼굴을 찍었어요. 나중에 현상한 사진을 보니 초점도 노출도 엉망이었지만, 정말이지 모두가 멋진 웃음을 머금은 얼굴이었어요.

축제처럼 떠들썩한 시간이 지나간 버스는 쥐 죽은 듯 고요해졌고, 차 안에서는 잠든 숨결 소리가 들려왔어요. 버스는 해변을 따라 난 길을 하염없이 달려갔죠. 숙소는 반도 끝자락에 있어서 도착하려면 아직 시간이 한참 더 걸릴 것 같았어요. 기우는 석양빛이 바다 표면에 반사되어 반짝반짝 빛나기 시작했어요. 모두가 고요히 잠든 버스의 맨 뒷좌석에서 후지와 나는 나란히 앉아 황금빛으로 빛나는 바다를 바라봤어요.

기억나요? 그때 살며시 내 손을 잡아줬던 걸. 난 또렷하게 기억해요. 후지의 손이 너무나 뜨겁고, 어렴풋하게 떨렸던 걸. 내 손도 긴장과 기쁨으로 떨리고 있었던 걸.

그날 밤, 나는 수학여행을 온 중학생처럼 잠이 오질 않아서 혼자 숙소에서 빠져나와 바닷가를 산책했어요.

밤바다는 마치 먹물을 부어놓은 것처럼 시커멓고, 파도는 낮보다 난폭한 소리를 내며 모래사장으로 밀려들었죠. 그 파도소리 틈새로 희미하게 노랫소리가 들려왔어요. 노랫소리가 나는 쪽으로 걸어가보니 오시마 선배가 모래사장에 홀로 앉아 우쿨렐레를 치며 바다를 바라보고 있었어요.

나는 살며시 그 옆에 앉았죠. 멜로디가 부드러운 영어 노래였어요. 그 노래를 듣고 있다 보니, 거칠게 들리던 파도소리도 어느새 온화한 소리로 변해갔죠.

노래를 마친 오시마 선배에게 내가 노래 제목을 물어봤어요.

4월이 되면 그녀는, 이라고 오시마 선배가 가르쳐줬죠. 사이먼 앤 가펑클. 4월에 찾아온 그녀를 나는 사랑했다. 하지만 그녀의 마음은 차츰 멀어지고, 마침내 떠나간다. 그런데도 나는 그때의 마음을 잊지 못한다.

오시마 선배는 내 고향에 관해 알고 싶다고 했어요. 하루짱이 어린 시절에 어떤 걸 좋아했는지 알려달라고.

고향집 옆에 있었던 오래된 사진관, 빈 터에 우뚝 서 있는 사과나무. 역 앞 빵집에서 팔던 팥빵. 아득히 보이는 눈으로 뒤덮인 거대한 산. 나는 아오모리에서 태어난 후로 지금까지 내가 좋아했던 것들을 하나씩 떠올리며 오시마 선배에게 얘기했어요. 얘기하면서 그 모든 것들이 후지처럼 부드럽고 다정하다는 걸 깨달아갔죠.

오시마 선배는 항상 내 속마음을 알아챘어요. 그런 기분이 들었죠. 나 자신도 알아채지 못한 마음속 깊은 곳에 있는 진짜 마음까지 알고 그것을 살짝 가르쳐주는 것 같았어요.

동아리 방에 훌쩍 나타나 화제의 중심이 되었으면서도 어느새 자취를 감춰버리는 오시마 선배. 늘 우리 얘기를 들어주지만, 자기 얘기는 한 적이 없었던 오시마 선배. 나는 그를 좀 더 알고 싶어졌어요. 왜 우리와 항상 같이 있어주는지. 내가 묻자, 오시마 선배가 자기 자신에 관한 얘기는 서툴고 거북하다고 미리 다짐을 두면서도 얘기하기 시작했어요.

    대학 졸업 후, 대형 출판사에서 문화 관련 잡지 편집을 했던 얘기. 그런데 5년 전 겨울 어느 날 아침, 갑자기 일어날 수 없어서 출근할 수 없게 된 얘기.

    그날 이후로 난 나 자신밖에 돌볼 수 없게 됐지.

    오시마 선배가 웃으며 말했어요. 꼬박 1년간 저축해둔 돈으로 가까스로 연명하며 편의점과 집만 오간 결과, 단골로 다니던 헌책방에서 일자리를 줘서 살아났다고. 그곳에서 계속 일하면서 대학 3학년 때부터 사귄 은행원 여성과 결혼한 지 3년이 됐다고 알려줬어요.

    다 포기해버리면, 시간이 날 맞춰주게 돼.

    오시마 선배는 마지막에 늘 입버릇처럼 하던 말을 되풀이하더니, 우쿨렐레를 치며 노래하기 시작했어요. 꽤 많이 취해서 그 노래는 겉치레 인사말로도 잘 부른다고 할 수는 없었지만, 살며시 다가오는 듯해서 듣다 보니 눈물이 날 것 같았어요.

    왜 그래? 울상이 된 내 얼굴을 보며 물었어요. 나는 불안해진다고 대답했어요.

    내가 후지에게 필요한 존재인지 아닌지, 이따금 견딜 수 없을 만큼 불안해진다고.

    이 세상에 필요 없는 건 없어. 길바닥에 뒹구는 돌도 밤하늘에 빛나는 별도 마찬가지야.

오시마 선배가 말했어요. 옛날 이탈리아 영화에 나오는 대사. 고독한 어릿광대 소녀에게 줄타기 곡예사가 해준 말이라면서.

나는 말없이 고개를 끄덕였고, 오시마 선배는 다시 노래를 부르기 시작했어요.

눈앞의 바다는 여전히 새카맸지만, 그날 밤의 파도소리는 언제까지고 부드럽게 들려왔어요.

너무 길어졌으니, 이쯤에서 펜을 놓을게요.

시계 사진 한 장을 동봉합니다.

현재의 시간과 옛날의 체코 시간. 두 시간이 겹쳐진 사진이에요.

이요다 하루

*

후지시로는 벽돌로 지은 오래된 건물 사이를 걸어갔다. 이른 아침인데도 공기는 뜨겁고 습해서 재킷 안에 받쳐 입은 와이셔츠가 땀으로 젖어 있었다. 대학 캠퍼스를 지나 작은 숲을 빠져나가면 병원이 모습을 드러낸다. 정면의 큰 현관 옆에 있는 직원용 입구로 들어가면, 새로 지은 신축 외과병동, 이어서 내과병동이 늘어서 있다. 인기척이 없는 개원 전의 실내 바닥이 형광등 불빛에 반사되어 하얗게 빛났고, 천장에 설치된 에어컨은 윙윙 소리를 내며 차가운 바람을 토해냈다. 병원 안은 지나치게 시원해서 등에 밴 땀이 순식간에 가시며 몸서리가 쳐졌다.

평소처럼 냉방이 지나치게 세다고 마음속으로 중얼거리며 잰걸음으로 걸어갔다. 바닥에 부딪치는 가죽구두의 새된 소리만 말끔하게 닦인 실내에 울려퍼졌다. 저쪽에서 흰 가운을 입은 중년 남자 둘이 나란히 걸어왔다. 내과 의사일까. 최근에 그들은 늘 다른 의사들보다 일찍 출근한다. 최근에 새로 바뀐 의국장의 방침일까.

잠시 후 하얀 바닥을 통과하자, 안쪽 깊은 곳에 여전히 낡은 병동이 모습을 드러내기 시작했다. 입구에 붙어 있는 '정신과' 간판. 후지시로가 대학을 졸업하고 부속병원에서 일하기 시작한 무렵부터 이 병동만 새로 짓지 않고 벽돌 구조 그대로 그 옛날 자취를 간직하고 있다.

보안카드를 대고 문을 열었다. 탈의실에서 짙은 남색 재킷을 벗고, 말끔하게 다림질한 흰 가운을 걸친 후, 옆에 있는 진찰실로 들어갔다. 심플한 스틸 책상 위에는 하얀 윈도우즈 데스크톱 컴퓨터. 같은 종류의 검은색 볼펜 네 자루가 줄지어 있다. 벽에는 포스터나 그림은 없고, 모노톤의 심플한 달력만 걸려 있다. 간소하고, 정보가 깎여나간 방. 그곳에서 후배 의사인 나나가 예약 환자의 진찰기록부를 정리하고 있었다. 후지시로는 다른 의사보다 일찍 출근하지만, 그녀는 훨씬 더 일찍 병원에 도착한다. 어서 오라는 인사를 받는 사람은 늘 후지시로다.

"안녕하세요. 오전 중에 볼 진료기록부는 한번 훑어봤으니 여기 둘게요."

나나의 눈높이는 후지시로보다 아주 살짝 낮을 뿐이다. 팔다리가 길고, 계란형 얼굴은 아주 작다. 일 년 내내 화장을 안 해서 그런지 피부는 도자기처럼 희고 매끈하며, 등줄기가 곧게 뻗은 자세는 발레리나 같다. 의대생 시절에 길거리에서 자주 모델 스카우트 제의를 받았다는 얘기를 그녀의 동기에게 들은 적이 있다.

"안녕. 오늘도 잘 부탁해."

후지시로가 진료기록부를 훑어보며 말했다. 오늘도 오전부터 좋지 않은 심리상태를 호소하는 환자가 줄을 서 있다.

"오늘은 구와바라 씨가 오실 거예요."

"이번에는 또 무슨 말을 꺼낼지……."

"약만 제대로 먹고 있으면, 안정됐을 텐데."

낮지만 또렷한 맑은 목소리로 말하며 나나는 아주 살짝 긴장한 표정을 지었다.

1년 전부터 병원에 다니는 구와바라라는 20대 초반으로 경계성 성격장애가 있었다. 언뜻 봤을 때는 호감 가는 청년인데, 가정에서나 학교에서나 툭하면 감정적으로 변하고, 대인관계가 안정되지 않아서 간헐적으로 정신과 진찰을 받고 있다. 그는 의사를 무조건적으로 부정했다. "그 녀석들은 날 바보 취급한다." 계속 그렇게 말하며 얘기를 듣지 않고 병원을 잇달아 바꿨다.

몇 년 전, 그랬던 그가 마침내 교외의 한 병원에 정착했다. 간호학교를 갓 졸업한 신입 간호사가 그를 바꾼 것이다. 그 간호사는 첫 환자였던 구와바라에게 최선을 다했고, 인내심 강하게 지리멸렬한 그의 얘기를 들어주었다. 그도 그녀의 헌신에 감동받아 차츰 치료를 받아들이기 시작했다. 그녀 앞에서는 의사 말도 조용히 들었다.

그런데 반년 후, 그 간호사가 갑자기 우울증 상태가 돼서 병원을 그만두었다.

동료가 이유를 묻자, "수간호사의 험담을 견디기 힘들어서"

라고 그녀는 대답했다. "내 앞에서는 늘 칭찬해주면서 뒤에서는 일이 더디네, 머리가 나쁘네, 금세 우쭐거리네, 온갖 이상한 소문을 퍼뜨리잖아. 더 이상 수간호사를 못 믿겠어"라고 울면서 호소했다.

그 말을 들은 수간호사는 충격을 받았다. 그녀의 험담을 한 번도 한 적이 없기 때문이다. 그뿐인가, 수간호사는 열심히 일하는 그녀를 다른 사람보다 두 배는 아꼈다. 그래서 의사들에게도 물어보니, 그 젊은 간호사가 아무래도 뒤에서 의사들이나 수간호사 험담을 하고 다녔던 것 같다고 했다.

진상은 수수께끼로 남은 채 젊은 간호사는 병원을 떠났고, 몇 개월 후에 뜻밖의 이유가 판명되었다.

원인은 구와바라에게 있었다. 그는 자기에게 한때나마 친절하게 대해준 그 간호사에게 "수간호사가 네가 일이 더뎌서 애를 먹는다고 했어", "그 애는 자기 머리가 나쁜 걸 모른다고 중얼거리던데"라는 식으로 헛소리를 했던 것이다. 구와바라는 통원치료를 올 때마다 그녀에게 말을 걸어 하찮은 얘기를 나누며 웃은 후, 걱정스러운 듯이 목소리를 낮추고 그런 사실을 그녀에게 전했다. 나도 솔직히 충격이었어, 라는 뒷말을 덧붙이며.

한편 의사나 간호사들에게는 "그녀가 동료 험담을 한다"는 말을 퍼뜨렸다. 그리고 구와바라의 헛소리로 인해 병원의 인간관계는 붕괴되었다. 그 병원에서 쫓겨난 그가 후지시로의 병원으로 보내진 것이다.

"지난번에 구와바라 씨가 그러던데. 자네가 나를 좋아하는 거 아니냐고." 후지시로가 진료기록부를 보면서 씁쓸하게 웃었다. "선생님은 눈치 채지 못했을지 모르지만, 그런 눈빛으로 쳐다본다면서."

"저한테도 얘기했어요." 나나가 그 씁쓸한 웃음에 응하지 않고 담담하게 말을 이었다. "선생님이 저를 어떻게 유혹하면 할지 몰라서 고민하고 있다고. 계기가 없단 말이야, 라면서 투덜거렸다고."

"여전하군. 뭐 하긴, 그래도 나쁜 건 아니지. 그가 거짓말을 할 때는 그 사람이 마음에 들었을 때니까. 나나 자네나 좋아한다는 뜻이야."

"좋아하는 사람을 조정하면서 쾌감을 느끼니까요."

"그런데 지난주는 상태가 좋아서 약을 안 먹었다고 하던데. 자기 판단으로 그렇게 약을 먹다 말다 하지 않아야 하는데 말이야. 허언보다 오히려 그쪽이 더 성가셔."

후지시로가 고개를 왼쪽으로 기울이고, 자기 손으로 어깨를 주물렀다.

"후지시로 선생님, 피곤하신가 봐요."

나나가 후지시로의 얼굴을 들여다보며 물었다.

"그런가?"

후지시로가 능청을 떨어 보였다. 준과의 일이 있은 뒤로 잠을 깊이 못 자는 날이 이어졌다.

"네. 눈에 띄게."

나나가 후지시로의 눈을 바라보며 천천히 대답했다. 그 말에는 겉치레가 없다. 오로지 사실만을 말한다. 극단적으로 짧은 쇼트커트가 목소리와 어우러져서 그녀의 지적인 분위기를 더욱 돋보이게 했다.

눈에 띄게 피곤해 보인단 말이지, 라며 후지시로가 다시 씁쓸하게 웃었다. 나나의 분위기가 너무 쌀쌀맞아 보여서 환자에게 차가운 인상을 준다고 걱정하는 선배 의사도 많았다. 머리를 조금 더 기르고, 화장을 해보면 어떻겠냐는 성희롱 비슷한 충고를 받은 적도 있다. 그러나 그녀는 전혀 귀담아듣지 않았다.

"으음, 사실은 최근에 친구한테 이상한 상담을 받아서."

"무슨 상담인데요?"

"여자관계."

"아하, 과연."

"정신과 의사를 하다보면, 자주 있는 일이지."

"자주 있죠. 심리상담사나 점쟁이로 혼동하고 상담을 청하는 친구들."

"그런데 좀 재밌어, 이 케이스는."

"얘기해주세요."

나나가 인조가죽으로 된 작은 공책을 펼치고, 왼손에 펜을 들더니 후지시로의 맞은편 의자에 앉았다. 눈은 맑고 빛이 났다. 늘 냉정해서 감정을 읽어낼 수 없는 그녀가 인간의 결핍 부분을 접할 때만 생기 띤 표정을 짓는다. 후지시로는 그런 모습을 볼 때마다 정신과 의사라는 직업이 그녀에게는 천직이라고 느낀다. 실제로 그녀는 젊은 의사들 중에서도 뛰어나게 우수했다.

"꽤 많이 취했을 때 일어난 일 같긴 한데"라고 말문을 연 후지시로가 얘기를 시작했다.

그 친구는 머지않아 결혼을 앞두고 있다. 그는 약혼녀의 여동생이 남편과의 관계에 관해 상담할 게 있다는 말을 듣고, 둘이 식사하러 갔다. 그 자리에서 그녀는 남편과 4년간이나 섹스를 하지 않았다고 밝힌다. 술을 마시며 얘기를 나누는 사이, 한편으로 그녀에게는 섹스프렌드가 세 명이 있다는 사실을 알았고, 그에게도 똑같은 유혹을 했다고 한다. 택시를 타고, 아슬아슬한 순간까지 다다랐는데, 그쯤에서 모든 걸 꿰뚫어본 듯이 약혼녀에게 전화가 와서 큰일로 번지지 않고 끝날 수 있었다.

"아주 비싼 초밥이었는데, 뭘 먹었는지, 어떤 맛이었는지 기억조차 안 난다더군. 성욕이 모든 미각을 앗아간 것 같다나."

후지시로가 웃으며 말했다.

"여기까지 들어본 한에서는 별로 고민할 얘기 같진 않은데요."

나나가 오른손에 찬 시계를 봤다. 후지시로도 덩달아 컴퓨터 화면 오른쪽 위에 표시된 시각으로 눈길을 돌렸다. 진료 시작까지는 앞으로 15분쯤 남아 있었다.

"물론 이어지는 얘기가 있지."

"실례했습니다. 계속하세요."

"그는 처제를 택시로 집까지 바래다주고 혼자 귀가하는 길에 생각했던 모양이야. 그때 약혼녀에게 전화가 안 왔다면 나는 어떻게 됐을까. 만약 섹스를 했다면, 약혼녀와의 관계는 변했을까, 하고. 왜냐하면 그 친구도 약혼녀와 2년간이나 섹스리스 상태였으니까."

흐음, 하고 나지막한 한숨을 내쉰 나나가 노트에 '4년' 그리고 '2년'이라고 적고, 각각에 동그라미를 쳤다.

"상당히 복잡기괴하지?"

후지시로가 동그라미를 치는 펜 끝을 바라보며 감상을 구했다. 나나가 어떤 반응을 보일지 흥미로웠다.

"전해듣기만 한 얘기라 좀처럼 판단을 내리긴 어려운데, 그들은 애당초 왜 결혼하려 했을까요. 그 친구도 그렇고, 처제도 그렇고. 윤리적인 문제는 별개로 치면, 결혼이라는 관계성만 없으면 문제될 건 전혀 없을 것 같은데요."

"그럴지도 모르지. 다만, 그 처제가 단지 섹스 목적으로 내 친구를 불러낸 것 같진 않아. 정말로 상담하고 싶은 문제도 분명 있었겠지."

"그런데 얘기를 하다 보니 섹스 쪽으로 흘러가버렸다?"

"아마도."

"그 처제라는 분이 그토록 자유분방하게 살면서 혼인관계에 집착하는 이유도 잘 모르겠고."

"하지만 그 집착이 강하기 때문에 밖에서 섹스하는 거겠지. 자기 나름대로 균형을 잡고 산다고 할까."

"그들뿐만 아니라, 대부분의 사람들이 결혼이나 섹스에 거는 기대가 너무 큰 것 같아요. 그것이 자기를 행복하게 해준다고 착각하고 있달까."

"뭐, 분명 그렇지."

"참고로 그 처제라는 사람에게는 전혀 공감하지 않지만, 이해되는 부분은 있어요." 나나가 펜과 노트를 내려놓고 말을 이었다. "많은 사람들이 사랑에 빠지거나 섹스하는 것과 사랑하는 감정을 혼동해요. 단지 피가 머리로 치솟은 상태일 뿐인데, 그걸 사랑의 강도의 증거라고 믿죠."

후지시로는 표정 하나 변하지 않고 정론을 펼쳐놓는 나나를 물끄러미 바라보았다. 미모는 여전하다고 내심 감탄했다. 그 외모에 시선을 뺏기는 남성은 많았지만, 그 이상 다가오는 사람은 없었다. 그녀에게는 어딘지 모르게 결정적으로 남성을 거부하는 공기가 감돌았다.

"그렇지만 우리가 살아가는 사회에서는 남자와 여자는 사랑에 빠지고, 섹스하고, 그 다음 결승점으로 결혼하게 돼 있지. 그걸 부정하면, 다들 어쩔 줄을 모르고 당황해버려."

"애정이면 뭐든 게 용서되는 게 싫어요. 사랑하는 두 사람은 무조건적으로 아름답고 멋진 존재라고 느끼는 감각이. 애정은 훨씬 볼품없고 고독하다고 생각하니까."

이미 4년 이상 애인이 없고, 이성과의 관계는 없습니다. 애인이 있느냐는 질문을 받을 때, 나나는 거리낌 없이 이렇게

대답한다. 흥미도 미련도 없다고. 합리주의자가 많은 정신과
의사들 중에서도 나나의 특이성은 유독 두드러졌고, 그녀를
이상한 사람으로 취급하는 동료도 적지 않았다.

"누군가를 진심으로 사랑한다는 생각이 드는 건 한순간이
잖아요."

오른손에 하루의 떨리는 작은 손을 느끼며 손바닥을 내려다
봤다. 그때 자기의 손도 떨렸다는 건 기억하지 못했다.

"그 한순간이 영원히 계속될 거라고 믿는 건 환상이에요.
그런데도 남자와 여자가 운명적으로 만나 사랑에 빠지고, 평
생 동반자로 서로를 사랑하는 게 전제가 된다는 건 이상하죠.
누구랑 연애를 하든 다다르는 종착지는 똑같아요. 그러니 결
혼 후의 섹스리스도 당연하단 생각이 드네요."

"그렇게 절망적으로 말하진 마."

후지시로가 쓸쓸하게 웃으며 내려다보던 오른손을 움켜쥐
었다. 손바닥의 감촉이 멀어져갔다.

"절망이고 말 것도 없죠. 그게 현실이에요. 오히려 그렇게
생각하는 게 긍정적일걸요. 주위를 둘러봐도 연애 같은 건 거
의 안 하잖아요. 분명 저처럼 그게 인생에서 중요하지 않다고
생각하는 사람도 적지 않을 거예요."

나나가 또다시 손목시계를 보고, 말을 이었다.

"다들 타인이 만들어놓은 가치관에 지나치게 민감해요. 연애나 섹스를 안 하면 안 된다고 누가 정했죠? 잡지나 텔레비전이잖아요? 남녀의 연애가 전제된 시대는 이미 끝났다고 생각해요."

나나가 얘기를 마치는 동시에 병원 안에 진료 시작을 알리는 안내방송이 울려퍼졌다. "좋아, 그럼 오늘도 절망하면서 힘을 내보자고." 후지시로가 나나의 눈을 바라보며 말하자, 그녀가 "네, 무한히 긍정적으로"라며 오늘 처음으로 미소를 지어 보였다.

예수 그리스도가 하늘을 우러르고 있다. 거대한 십자가 뒤로 펼쳐진 스테인드글라스 속에서 하늘을 나는 천사들에게 둘러싸여 기도를 올리고 있었다. 왼쪽 벽에는 파이프오르간. 몇 개나 되는 은색 파이프가 천장을 향해 뻗어 있다. 짙은 갈색의 나무의자가 늘어서 있고, 스테인드글라스에서 쏟아지는 일곱 색깔 빛이 드리워진 대리석 바닥에는 버진로드를 암시하는 로열블루 융단이 깔려 있었다.

"후지시로 씨, 사카모토 씨, 이 예배당의 스테인드글라스는 독일 교회에서 직접 물려받은 거예요." 웨딩플래너의 목소리가 인기척 없는 공간에 울려퍼졌다. 하이든의 피아노 소나타가 희미하게 흐르고 있었다. "파이프오르간도 영국에서 배편으로 가져온 역사 깊은 악기죠."

두 사람의 휴진일이 겹친 화요일 낮. 후지시로와 야요이는 호텔과 가까운 교회를 견학하러 왔다. 후지시로는 아홉 달 후에 턱시도를 입고 이곳을 걸어가게 될 자기 모습을 도무지 현실로 받아들일 수가 없었다. 야요이가 옆에서 신랑신부의 예식 당일 동선에 관해 세세한 질문을 하고 있었다. 어디에서 들어와서 어디까지 걸어가고, 어느 쪽을 향해 무슨 얘기를 하는가. 그 모습은 무대 위에서 펼칠 연기의 동선을 확인하는 여배우 같았다. 그녀는 자기가 웨딩드레스를 입고 이 로열블루 길을 걸어가는 모습이 상상이 되는 걸까. 그날이 왔을 때, 무수한 신부들과 똑같이 그녀 역시 행복의 눈물을 흘릴까.

"예식은 하루에 얼마나 있죠?"

흐릿하게 들려오던 음성에 초점이 맞았다. 야요이가 웨딩플래너에게 묻고 있었다.

"후지시로 님께서 예약하신 날은 오전, 오후, 밤까지 모든 예식장이 다 찼습니다. 그렇지만 저희는 시간적으로 여유 있는 일정을 짜기 때문에 겹쳐질 일은 없어요."

자주 묻는 질문이겠지. 웨딩플래너는 당신들은 특별한 축복을 받고 있다고 깨우쳐주듯 만면에 미소를 머금었고, 둘이 천천히 구경하라며 교회 밖으로 나갔다.

"피로연장 네 군데에서 오전과 오후와 밤에 결혼식이 세 번씩이나 열려." 야요이가 목소리를 낮추고 말했다. "하루에 결혼식을 한 다스씩 돌리는 셈이네." 목소리가 높은 천장에 반사되었다.

"정말 컨베이어시스템이군."

"그건 당연하지 않나? 하루에 몇 팀씩 하려고 예식장을 많이 만들어놨을 테니까. 장례식도 마찬가지야."

"그런 소린 하지 마."

"그런데 좀 얄궂지 않아? 오직 나만을 위해 사람들이 몇 십 명, 몇 백 명씩 모이는 건 결혼식과 장례식뿐이잖아. 그런데 그런 인생 일대의 이벤트가 컨베이어시스템으로 돌아가다니."

야요이가 파이프오르간 건반을 만지며 말했다. 건반에서 메마른 소리가 났다.

뭐 그렇긴 하지, 라고 후지시로가 동조하며, 작년 겨울에 참석했던 사촌형의 장례식을 떠올렸다.

사촌형은 젊은 나이에 대장암에 걸려 마흔두 살의 나이로 세상을 떠났다. 화장장에서 형수와 중학생 딸, 초등학생 아들이 관에 매달리며 울었다.

어릴 때는 교류가 있었던 이종사촌형이지만, 대학을 졸업하자 소원해져서 어느새 먼 친척이 되었다. 장례식장에서 할머니에게 들은 얘기에 따르면, 그는 체인 음식점의 영업사원이라 아침부터 밤까지 일에만 매달려 살아서 과로사가 이상할 게 없을 정도였다고 한다.

도쿄에서 전철로 한 시간 반쯤 걸리는 요코스카 변두리에 자리 잡은 기념관. 눈앞에는 채소밭이 펼쳐져 있었다. 장례업체 종업원들이 능숙한 솜씨로 관을 장례식장에서 화장장으로 옮기며 유족들을 유도했다. 그곳에서는 그날 여덟 개의 고별식이 예정되어 있었고, 앞뒤로도 일정이 꽉 차 있었다. 죽은 후에도 앞뒤 일정이 차서 재촉을 당하듯 타서 재가 되어갔다. 슬픔보다는 무상함이 후지시로의 마음을 뒤덮었다.

쇠로 된 레일 위에 관이 얹히고, 시신이 화장될 시간이 왔다. 아내와 아이들은 토하듯 오열하기 시작했다. 초상이 났을 때부터 계속 울어서 이제 더는 눈물이 안 나올 것 같은 상태인데도 눈물은 끊임없이 흘러넘치며 멈출 줄 몰랐다. 그때까지 조용히 장례 절차를 지켜보던 친족들까지 울기 시작해서 화장장에는 비통한 공기가 퍼져갔다.

그 자리에 초로의 남성 하나가 뛰어들었다. 친척 중에서 나이가 가장 어린 숙부였다. 독신으로 몇 년 동안 소식이 끊겼던 숙부가 어젯밤에 갑자기 장례식장에 모습을 드러냈다. 대체 어디서 소식을 들었는지 친척들이 모두 놀라는 와중에, 그는 계속 술을 퍼마시고 친척들에게 닥치는 대로 시비를 걸며 큰 소리로 웃어댔다.

어젯밤에 과음한 탓이겠지. 숙부는 술이 덜 깬 몽롱한 상태로 호텔 잠옷에 상복 재킷만 걸치고 뛰어온 것이다. 상황도 이해하지 못한 채 허둥지둥 분향을 하는데, 재가 발에 떨어졌다. 그러자 엉겁결에 "앗, 뜨거"라고 소리를 질렀다. 발에는 아무렇게나 꿰신은 샌들이 보였다. 아아, 늦어버렸네. 미안, 미안하다. 오사카 출신인 숙부는 머리를 꾸벅꾸벅 숙이며 향을 올렸다. 용서해라. 그곳에서 날 미워하지 마. 정말 고생 많았다. 횡설수설 중얼거리며 시신을 향해 합장을 올렸다. 바로 그 순간, 지금까지 울고 있던 아내와 아이들이 웃기 시작했다. 잘됐네, 여보. 숙부님이 오셨어. 잠옷이지만 늦지 않게 오셨어. 잘됐지. 그리고 눈물을 훔치자, 요란한 소리를 내며 활활 타오르는 불길 속으로 관이 들어갔다.

별 희한한 일도 다 있구나. 시신이 화장되는 동안, 친척들은 대기실에서 맥주를 마시며 감개무량한 듯 말했다. 그렇지만 잘됐어. 그 녀석 덕분에 밝게 보내줄 수 있었잖아. 허 참, 그런 녀석이라도 도움이 될 때가 있군. 그들은 자기들이 체험한 특별한 일들을 얘기하며 취기에 빠져드는 것 같았다.

후지시로는 친척들 얘기에 맞장구를 쳐주며 입구에 걸린 간판을 멍하니 바라보고 있었다. 이시이 님. 야마가미 님. 하세가와 님. 다케우치 님. 이제 곧 네 사람의 시신이 화장될 예정이었다. 후지시로는 생각했다. 오늘 이 영락한 화장장에서 앞으로도 네 번이나 더 '비극의 무대'가 개막된다. 그것들은 틀림없이 모두 사람들 입에 특별한 일로 오르내리겠지, 하고.

"결혼식이란 건 분명 눈 깜짝할 사이겠지. 예식이 끝나면 바로 생활이 찾아와."

정신을 차려보니 야요이가 등 뒤에서 교회 문에 손을 얹고 있었다.

"그 생활을 시작하기 위해 필요한 의식이잖아? 모두의 앞에서 사랑을 맹세함으로써 책임도 생겨나고."

"그야 그렇지. 하지만 사랑이라고 표현해도 금세 정으로 바뀌는 거 아닌가?"

야요이가 캐묻는 듯한 눈빛으로 후지시로를 쳐다봤다.

"그게 가족이 된다는 걸지도 모르지."

후지시로가 웃음으로 받아넘겼다. 가능한 한 의미가 담기지 않도록.

"난 그런 식으로 결론짓고 싶진 않은데."

"나도 그래."

"정말 그렇게 생각해?"

"어어, 노력하자."

야요이는 고개를 끄덕인 후, 양손으로 힘차게 문을 밀었다. 문이 양쪽으로 단번에 열리며, 7월의 눈부신 태양이 후지시로의 눈으로 날아들었다. 눈이 부셔서 무심코 실눈을 떴다.

"그날, 준은 행복해 보였어. 웨딩드레스를 입고 버진로드를 걸어가면서 그 애는 울었지."

"전혀 상상이 안 되는데."

"그래? 준은 그런 애야."

그제야 밝은 햇볕에 눈이 익숙해졌다. 야요이가 빛 속에 있었다. 바깥 도로에서 자동차들이 활발하게 오가는 소리가 들려왔다.

"그러고 보니 그때 상담은 어땠어?"

교회에서 나온 두 사람을 마중하듯 멀리서 잰걸음으로 달려오는 웨딩플래너를 보며 야요이가 물었다.

"어땠냐니?"

후지시로가 야요이와 같은 방향을 바라보며 되물었다.

"지난번에 준이랑 둘이 만났을 때 얘기, 제대로 못 들은 것 같은데."

"아, 아아, 일단은 얘기만 들어줬으니, 이제부터 시작이랄까."

준이 유혹한 얘기는 해서는 안 된다고 판단했다.

"그 애, 나랑은 성격이 다르지?"

"그럴지도 모르지."

후지시로는 예쁘장한 야요이의 뒤통수를 바라보며 생각했다. 나는 그녀의 어떤 점에 매력을 느꼈을까. 세월이 갈수록 야요이의 성격은 막연해서 점점 더 파악하기 어려웠다.

후지시로가 문득 등 뒤에서 시선을 느끼고 돌아보았다. 교회 안의 예수 그리스도는 여전히 하늘을 우러르고 있었다.

8월의 거짓말

　빨간 깅엄체크 식탁보 위에 생굴이 늘어서 있었다.

　"이게 나가사키에서 온 굴이고, 이쪽은 오스트레일리아산. 저건 이시카와, 그 옆이 뉴질랜드였나."

　투박하게 깨진 얼음 위에 입을 벌리고 있는 크고 작은 다양한 생굴들을 손으로 가리키며 준이 기쁜 듯이 웃었다. 달콤하게 휘감는 것 같은 목소리. 희고 가는 손가락 끝에는 광택이 나는 핑크색 매니큐어. 손톱 끄트머리만 하얀 테두리가 그려 있었다.

　"형부는 어떤 것부터 먹을래?"

　가늘고 긴 잔에 가득 찬 황금빛 액체. 그 속에서 자잘한 기포들이 나선형 모양으로 치솟아 올랐다. 노란 라벨이 붙은 샴페인 병은 이미 절반쯤 비었고, 시야는 흐려지기 시작했다. 술잔을 단숨에 비우자, 벌꿀 향기가 났다.

지난번에는 죄송했어요. 너무 취해서 폐를 끼쳤습니다.

지난 주말에 도차한 문자 내용은 매우 정중해서 초밥집에서의 준과는 다른 사람 같았다. 나야말로 취해버려서 미안. 답장을 보내자마자 천천히 얘기를 나누고 싶은데, 이번에는 집에서 만나면 어떨까요? 라고 요청했다. 대답을 어떻게 해야 할지 몰라 망설이고 있는데, 곧바로 '걱정할 건 없어요. 마쓰오 씨에게도 형부한테 상담받는다고 말했더니 배려하는 차원에서 천천히 들어오겠다고 했어요'라는 문자가 도착했다.

준의 집은 도쿄의 서쪽 변두리에 자리 잡은 베드타운에 있었다. 교외인데도 역을 감싸듯 거대한 쇼핑빌딩이 있어서 필요한 것들은 모두 가까운 곳에서 구할 수 있었다. 석양빛에 감싸인 큰 역은 젊은 부부들이 눈에 많이 띄었고, 아이들은 여름방학을 온 몸으로 만끽하듯 이리저리 뛰어다녔다. 높은 역 천장에 울려퍼지는 아이들의 웃음소리. 빨간색, 흰색, 핑크색. 아이들이 손에 들고 있는 풍선이 흔들렸다.

준은 개찰구 앞에서 기다리고 있었다. 아름답게 정돈된 머리칼이 윤기 있게 찰랑거렸다. 어깨에 스카프를 둘러 상반신을 감췄지만, 미니스커트 밑으로 생기 넘치는 하얀 다리가 드러나 보였다. 굽이 높은 샌들. 하얀 에나멜가죽이 작은 발을 동여맨 것 같았다. 발톱에도 하얀 페디큐어가 예쁘게 칠해져 있었다. 그 흰색이 어수선한 역 빌딩 안에서 두드러지게 여성적으로 보였다. 아이를 데리고 나온 남자들조차 품평을 하듯 그녀를 훑어보며 스치고 지나갔다.

준이 앞장서며 역에서 걸어갔다. 또각또각 울리는 힐 소리가 귓가에 들려왔다. 갈색 맨션 건물들이 언덕 위에 보이기 시작했다. 십여 동이 큰 녹지공원을 에워싸듯 늘어서 있었다.

제일 안쪽에 있는 건물로 들어가서 엘리베이터를 탔다. 3층, 5층, 7층. 최상층인 9층으로 올라갔다. 집 안에는 아담한 시스템키친이 설치되어 있었다. 바로 옆이 다이닝룸. 그 앞쪽으로 하얀 가구가 놓여 있는 거실이 보였다. 표준적인 패밀리 타입 맨션. 결혼해서 아이를 낳고 생활하기에 적합한 기본적인 틀 안에서 그녀는 살고 있었다.

그때부터의 기억은 사라지고 없다. 정신을 차려보니 샴페인을 몇 병이나 마시고, 몹시 취해 있었다. 그리고 눈앞에 생굴이 놓여졌다. 오늘, 형부랑 이걸 같이 먹고 싶었어요. 마쓰오 씨는 생굴을 잘 못 먹어서 계속 참았거든, 이라고 준이 말했다.

"으음, 형부, 어떤 것부터 먹을래?"

준이 재촉해서 둥그렇게 생긴 오스트레일리아산 생굴을 집어 들었다. 흡착하듯 입을 대고 흘려 넣고, 두 번 세 번 씹었다. 흐릿한 바다 향기가 코를 찌르고, 끈적끈적한 식감과 함께 혀 위로 단맛이 퍼져갔다.

"아, 호쾌하게 먹네."

준이 즐거운 듯이 웃더니, 울퉁불퉁한 껍질에 담긴 이시카
와산 생굴을 빨아들였다. 준도 꽤 많이 취했는지 입가에서 생
굴 즙이 줄줄 흘러내려 가슴 언저리를 적셨다. 얇은 하얀 니
트가 풍만한 가슴에 봉긋 솟아올라 탱탱하게 부풀어 있었다.
흰색과 검정색 가로줄이 그려진 미니스커트는 부드럽게 늘어
나는 옷감이라 허리 라인이 또렷하게 드러났다. 아주 살짝 발
그레하게 물든 허벅지는 헤프게 벌어져 있었고, 뭔가를 몹시
갈망하듯 꼼지락꼼지락 꿈틀거렸다.

"형부, 맛있다, 그치?"

정신을 차려보니 생굴을 잇달아 빨아들이고 있었다. 입 안으로
부드럽고 물컹한 살이 미끄러져 들어오고, 씹으면 씹을수록 끈끈
한 단맛이 혀 위로 퍼져갔다. 손은 온통 생굴 점액으로 범벅이 되
고, 입언저리도 타액과 생굴 즙으로 흠뻑 젖어 있었다. 갑자기 미끈
미끈하고 뜨뜻미지근한 뭔가가 손끝을 휘감았다. 옆을 보니 준이
후지시로의 집게손가락을 핥고 있었다.

"이것도 맛있네."

핥아줘. 소리 내서 말하려 했지만, 진공 세계 속으로 던져
진 것처럼 입만 뻐금거릴 뿐이었다. 준이 생굴 살을 손가락으

로 파내어서 후지시로의 입에 넣어주었다. 시야가 터지듯 번쩍이고, 정신을 차려보니 핑크색 손톱에 휘감긴 생굴을 필사적으로 핥고 있었다. 서로의 눈을 바라보며 손가락을 핥았다. 하반신이 마비될 정도로 강렬한 뻐근함이 밀려왔다.

준이 갑자기 손가락을 빼더니 입술을 가까이 댔다. 두툼한 혀가 입 속에서 춤췄다. 혀끼리 매달리듯 얽혀들었다. 다음 순간, 두 사람은 침대에 쓰러져 있었다. 꽃 같은 리넨 향기가 코를 찔렀다. 위험해. 몸을 비틀며 일어나려 했다. 남편이 돌아올 것이다. 그러면 끝이다. 생활의 냄새로 말미암아 일깨워진 어렴풋한 이성이 거칠게 날뛰었다. "괜찮아." 달래는 듯한 준의 목소리가 귓가에 들려왔다. "마쓰오 씨, 오늘 안 들어와." 곧이어 니트를 벗고, 치마 지퍼를 내렸다. 하얀 레이스 속옷에 감싸인 희고 육감적인 몸이 드러났다. 준은 후지시로의 셔츠 단추를 하나씩 풀더니 가슴을 입술로 핥기 시작했다. 자기도 모르게 신음소리가 나왔다. "형부, 기분 좋아 보이네." 준이 기쁜 듯이 웃었다. 안 돼. 이제 그만해. 몇 번이나 입 밖으로 소리를 내려 했지만, 나오지 않았다. 혀가 몸을 기어 다니듯 움직였다. 머리에서 자아낸 말들이 새하얘져서, 그저 허덕일 수밖에 할 수 없었다. "귀엽다, 형부." 준이 손을 잡고 천천히 자기 하복부로 끌고 내려갔다. 손끝으로 생굴처럼 부드럽고 축촉한 감촉이 퍼져갔다.

　발버둥을 치듯 몸을 비틀고 소리를 지르며 후지시로는 잠에서 깼다.
　꿈을 꾸었다.
　티셔츠 목 언저리가 땀으로 흠뻑 젖어 있었다. 소리를 죽이며 침대에서 일어났다. 옆방에서 자고 있는 야요이가 눈치 채진 않았을까. 주위를 둘러봤다. 혼자 잠든 조용한 침실. 벽에 걸린 임스 시계 바늘이 담담히 째깍째깍 흘러갔다. 네 시 반. 창밖은 아직 밝다. 오후였군. 그리고 오늘은 일요일이다. 혼란스러운 머릿속을 정리해갔다. 야요이는 아침부터 나갔다. 수의사 후배의 결혼식에 갔다. 베갯머리에는 읽다 만 문고본이 놓여 있었다. 오스터의 『유령들』. 아, 그래. 점심을 먹고 침대에서 책을 읽다 잠들어버린 것이다. 늘 그랬다. 낮잠은 악몽을 불러왔다.
　침실에서 나와 뜨거운 물로 샤워했다. 눈을 감자, 깅엄체크 식탁보와 생굴이 어둠 속에서 플래시를 터뜨린 것처럼 떠올랐다.
　머리를 말리며 우디 앨런에게 고양이용 우유를 주고, 냉장고에서 꺼낸 블루보틀 원두를 갈아서 케맥스 드리퍼에 커피를 내렸다. 습관적인 행동으로 마음을 진정시켰다. 쌉싸름한 향기가 서서히 이성적인 세계로 되돌려주는 것 같았다.

텔레비전을 켜자 오후 뉴스가 흘러나왔다. 요하네스부르크 근교 동굴에서 인류의 신종으로 보이는 화석 열다섯 개가 한꺼번에 발견되었다. 호모 날레디라고 이름 붙여진 이 신종은 현생 인류와 직립보행 영장류의 가교가 되는 존재라고 한다. 오후 뉴스는 밤 뉴스보다 진행자의 말투가 얼마간 부드러운 기분이 든다. 호모 날레디의 세계에도 결혼은 있었을까. 멍하니 그런 생각을 하며 커피를 마시고 있는데, 문자가 도착했다. 19시, 요요기. 늘 만나는 가게에서.

"후지 씨, 욕구불만이네요."

태스크가 온더락 잔을 기울이며 웃었다. 자그마한 얼굴이 온통 구겨졌다. 오똑한 코에 사근사근해 보이는 짙은 쌍꺼풀 눈, 굵게 웨이브진 머리칼. 라프로익 더블은 벌써 네 잔째. 그러나 얼굴색은 변함이 없다.

"어디까지나 꿈 얘기야. 아무리 그래도 약혼녀 여동생하고 사고치는 바보가 있겠냐."

후지시로가 속도를 맞추듯 술잔을 비웠다.

술기운을 빌려서 준과 있었던 일을 태스크에게 털어놓았다. 메이커스 마크 더블. 이쪽은 몇 잔째인지 이젠 기억나지 않는다.

"그런가? 나 같으면 저질러버릴 텐데."

낮지만 또렷하고 맑은 목소리. 몸은 말랐지만, 하얀 티셔츠에서 근육질 팔이 엿보인다. 강한 향을 뿜어내는 향수 냄새. 관절이 불거진 긴 손가락이 온더락 잔을 움켜쥐듯 잡고 있었다.

"난 너처럼 찰나적인 인생이 아니야."

후지시로가 웃으며 술잔 속에서 녹아드는 둥그런 얼음을 손가락으로 빙그르르 돌렸다.

요요기역에서 완만한 언덕을 내려가서 편의점과 입시학원을 빠져나간 앞쪽에 보이는 좁은 샛길로 들어서자, 갑자기 식물원을 본 따 만든 자그마한 거리가 나타났다. 입구부터 줄지어 늘어선 빵집과 카페를 지나 이국 식물들로 에워싸인 정글 같은 길을 빠져나가면, 그 앞에 호화로운 인테리어로 꾸며놓은 이탈리아 레스토랑이 보인다. 후지시로와 태스크는 그곳에서 가볍게 식사를 마치고, 그 옆에 있는 바로 한잔하러 갔다.

"그나저나 후지 씨, 야요이 씨랑 섹스리스죠?"

"그것도 다 꿰뚫어보더군, 처제가."

"그럼, 좋은 계기가 될 수도 있죠."

"멍청이, 쓸데없이 더 혼란스러워."

바 안은 어둡고, 벽은 모두 아날로그 레코드로 가득 차 있었다. 주인이 유명한 뮤지션이라 진공관 앰프와 영국의 노포 메이커의 고급 스피커를 세트해놔서 슈게이징 밴드가 연주하는 중층적으로 뒤틀린 기타 사운드가 듣기 좋게 울려퍼졌다.

"그런데 섹스리스 결혼이 요즘엔 그리 희한할 일도 아니에요." 태스크가 바텐더에게 '같은 걸로' 달라는 몸짓을 하며 얘기를 이어갔다. "게다가 결혼 후에 기다리는 건 지루하게 이어지는 일상이니까. 연애하고 싶으면, 밖에서 하란 말이지!"

"오, 많이 취했네, 태스크."

부추기듯 말한 후, 후지시로도 바텐더에게 '같은 걸로' 부탁했다.

"같이 사는 여자가 날 계속 사랑한다는 걸 어떻게 확인하죠? 내가 그 여자를 사랑하는지도 잘 모르겠는데."

"그야 그렇지만, 어느 정도 연령이 되면 결혼하고, 그 후에는 조강지처만 사랑하며 끝까지 함께해야 한다는 규칙이 있잖아."

기타 소리가 페이드아웃되고, 부드러운 하몬드 오르간의 음색이 울려퍼지기 시작했다. 프랑스에서 세계적인 붐을 일으킨 팝 듀오의 히트곡. 오르간에 우주 공간을 떠도는 듯한 스페이시한 신시사이저 소리가 겹쳐졌다.

"하지만 요즘 남자들은 그런 규칙에 어떤 의미에서도 얽매이질 않아요."

"하긴, 그래. 그러니 결혼할 이유가 정말 희박하지. 특히 남자에게는."

"그런데도 후지 씨는 결혼한다. 모순이군요."

"어어, 해결할 수 없는 모순이지."

후지시로와 태스크는 '점쟁이 소년' 앞에서 처음 만났다.

5년 전 여름이었다. 기치조지 외곽에 조그만 단독주택을 지은 친구가 집들이에 초대했다. 후지시로가 역 빌딩에서 와인과 치즈를 사들고 집으로 가자, 그 친구를 포함한 여덟 명 전원이 여성이었다. 예술 계통의 서양화를 매입하거나 소규모 국내영화를 제작하는 영화사에서 근무하는 그 친구의 동료들이었다. 여덟 명이나 되는 여성들에게 에워싸인 후지시로는 살짝 당혹스러우면서도 건네주는 샴페인을 핥듯이 마시고 있었다. 그때 키 큰 청년이 나타났다. 저 사람은 올해부터 우리 회사에 들어온 꽃미남 청년, 이라고 친구가 후지시로에게 태스크를 소개했다.

태크스의 소개가 끝나는 동시에 여배우 한 명이 들어왔다. 극단 출신인 실력파 배우로 연극무대나 작은 영화를 중심으로 활약하는 그녀 옆에는 피부가 하얗고 유리구슬처럼 생명력이 없는 눈을 가진 소년이 서 있었다. "이 애, 천재야"라고 그녀가 말했다. 점을 좋아하는 사람들 사이에서 화제가 된 시코쿠의 신동이라고 했다. "나도 여기저기서 점을 봐왔는데, 이렇게 잘 맞히는 건 처음이야"라고 여배우가 연설하듯 말하자, 나머지 여성들이 자기도 빨리 봐달라며 아우성을 치기 시작했다.

그때부터 소년이 2층 침실에서 한 사람씩 점을 봐주었다. 여성들은 완전히 취해서 그 해에 칸에서 재미있었던 영화나 싫어하는 영화평론가에 관한 화제로 이야기꽃을 피우고 있었다. 후지시로가 소파에 혼자 앉아 그 모습을 멍하니 바라보고 있는데, 옆으로 미끄러지듯 들어온 태크스가 품평을 하듯 그녀들을 훑어보았다.

"저기 안경 쓴 다리가 아름다운 그림매입 담당 여성이랑 앞머리를 가지런히 자른 문학소녀처럼 생긴 아르바이트 아가씨."

"응? 그 아가씨들이 뭐?"

"이미 했어요."

"우와, 너 꽤 노나 보네."

"노는 건 아니에요. 앞으로 일할 회사의 정보를 수집하는 거죠." 태스크가 상큼한 미소를 지어 보였다. "뒷얘기를 캐내려면, 같이 자는 게 제일 빨라요. 여자들은 일단 잠자리를 함께하면 대부분의 얘기는 들려주니까."

말하는 내용과는 대조적으로 그에게서는 왠지 모르게 맑고 고귀한 분위기가 풍겼다. 후지시로는 얕보는 마음보다 호기심이 더 앞서서 물어보았다.

"네 의견에는 전혀 공감할 수 없지만, 대단하긴 하군. 어떻게 그렇게 쉽게 하지?"

"확률을 낮추는 언동을 피하는 것뿐이에요."

"확률?"

"네, 맞아요. 후지시로 씨, 혹시 여성의 원피스 등 지퍼가 열려 있거나 스타킹에 올이 나간 걸 보면 알려주나요?"

태스크가 안경 쓴 여성에게 시선을 던지며 말했다. 레드와인을 마시며 입을 크게 벌리고 웃고 있었다.

"으음 뭐, 알려주겠지."

후지시로도 그 여성을 보면서 대답했다. 몸을 크게 흔들어서 잔에서 와인이 흘러넘칠 것 같았다. 분명 다리는 아름다웠다.

"으음."

"으음?"

"절대 안 돼요. 난 알려주지 않아요. 생각해봐요, 그때는 고맙다고 할지 모르지만, 섹스할 확률은 확실하게 낮아지니까."

"흐음, 과연."

"난 여성과 섹스하고 싶다는 마음이 들면, 그런 쪽의 배려나 매너는 무시해요. 뭔지 모르게 적극적으로 움직이면, 여성은 경계하게 마련이죠. 그래서 나는 오직 확률이 낮아지는 언동을 피한다. 단지 그것만으로도 대부분의 여성과 할 수 있어요."

"그만큼 세상 남자들에게 실점이 많다는 얘기군."

"그렇죠."

"선뜻 믿기지는 않지만 말이야."

영화회사 여성들이 가져 온 음식을 테이블에 펼쳐놓았다. 하몬 세라노, 미몰레트 치즈, 셀러리 피클, 블랙올리브. 와인 병을 레드와 화이트를 동시에 따서 각자의 취향에 맞게 따라 주었다.

"하지만 그렇게 너무 쉬우면, 재미없어질 텐데."

"맞아요. 그래서 최근에는 거짓말쟁이를 찾고 있어요."

"거짓말쟁이?"

"그래요. 예를 들면 난 지금까지 남자친구가 아닌 사람과는 절대 섹스한 적이 없다고 말하는 여자."

태스크는 샴페인 한 모금을 마시더니, 안주를 예쁘게 담으며 한껏 들떠서 떠드는 가지런한 앞머리의 아르바이트 아가씨에게 눈길을 돌렸다.

꽤 있을지도 모르겠군, 이라고 후지시로도 작은 목소리로 동의하며 아르바이트 아가씨를 쳐다봤다. 한여름인데도 검은 타이츠를 신은 통통한 다리. 장딴지가 이리저리 바쁘게 움직였다.

"그런 건 대부분 거짓말이죠. 그래서 그런 거짓말쟁이를 찾아내면 작업을 걸어봐요. 대체로 그날 안에 해요."

"우와, 그건 좀 심한데."

"그렇지만 정말이에요. 그런 여자는 오직 남자친구하고만 한 게 아니고, 남자친구가 아닌 사람과 한 섹스는 세질 않았을 뿐이죠."

"꿈이 깨지는군."

"여자는 어쨌든 외로운 생물이라고 생각해요. 그러니 난 그런 이들에게 사랑이 아니라 인간애로 대해줄 뿐이라고 할까."

너 아주 못된 녀석이네, 라며 후지시로가 태스크를 쿡 찌른 것과 동시에 다음은 후지시로가 점 볼 차례라며 부르는 소리가 2층에서 들려왔다.

후지시로는 2층으로 올라가서 침실로 들어갔다. 스탠드라이트만 켠 어스름한 방에서 소년이 수정을 들고 침대 위에 무릎을 꿇고 앉아 있었다. 소년이 후지시로에게 생년월일과 태어난 장소를 작은 종이에 적으라고 했다. 그 종이를 조그맣게 접어서 보라색 두루주머니 속에 넣었다. 그리고 수정을 문지르며 들여다보면서 뭐라고 읊조리기 시작했다. 민요 같은 서글픈 가락이었다. 마지막에 소년은 후지시로에게 두 가지 예언을 했다.

후지시로가 2층에서 내려가자, 교대하듯 태스크가 계단을 올라왔다. 스쳐지나는 순간, 어땠어요? 라는 분위기로 태스크가 손가락으로 2층을 가리켰다. 후지시로는 고개를 갸웃거리며 입을 삐죽이고, 글쎄 잘 모르겠네, 라고 대답했다.

"태스크 군이랑 얘기를 꽤 많이 나누던데."

후지시로가 와인을 잔에 따라서 자기 위치인 소파로 돌아가는 틈을 이용해서 친구인 여성이 옆으로 다가왔다.

"어어."

후지시로가 곁눈으로 그녀를 쳐다보았다. 꽤 많이 취했는지 얼굴부터 가슴팍까지 붉게 물들어 있었다.

"무슨 얘기했어?"

"그냥 남자끼리 하는 뻔한 대화지."

"연애 얘기라거나?"

"섹스 얘기 같은 것도."

"그랬구나. 근데, 저 친구는 게이야."

친구가 후지시로의 귓가에 입을 바짝 대고 작은 목소리로 속삭였다.

"게이야?"

후지시로는 친구가 한 얘기가 뭔지 그 자리에서 바로 이해하지 못해서 소리를 높였다. 당황한 그녀는 "쉿, 조용히 해!"라며 얼굴을 찡그렸다.

"으음, 게이랄까, 바이랄까. 일단 여성도 오케이이긴 한 것 같은데, 기본적으로는 남자를 좋아하는 것 같아."

"그걸 다들 아나?"

"아직은 모를걸. 저 친구를 소개해준 사람이 살짝 귀띔해줬을 뿐이니까. 태스크 군의 보이프렌드도 꽃미남 디자이너야. 우리 회사에도 자주 놀러 오는 걸 보면 틀림없을걸."

콩콩거리는 가벼운 발소리가 들렸다. 태스크가 긴 팔다리를 거북한 듯이 오므리고 계단을 내려왔다. 어떻게 된 영문인지 부자는 못 되겠다는 소릴 들었어요, 라고 웃으며 걸스토크의 소용돌이 속으로 뛰어들었다. 갈색 눈동자로 테이블에 펼쳐놓은 안주를 물색하는 태스크에게 여자들이 번갈아가며 음식 맛을 해설해줬다. 이건 맛있어. 그건 맛이 좀 덜해. 저건 조금 매워. 태스크는 고맙다며 자그마한 얼굴을 온통 구기며 웃었고, 관절이 불거진 긴 손가락으로 블랙올리브를 집었다. 대화를 멈춘 여성들이 그 손끝을 물끄러미 바라보았다.

그때부터 후지시로는 두 달에 한 번 꼴로 태스크와 술을 마시게 되었다. 매번 먼저 만나자고 연락하는 쪽은 태스크였고, 잊을 만하면 문자가 왔다. 마실 때는 늘 엉망으로 취했고, 그에게 아찔할 정도로 섹스 얘기를 많이 들었다. 그렇지만 아직까지는 그에게 게이라는 고백은 듣지 못했다.

그 후로 점쟁이 소년의 두 가지 예언 중 하나만 맞았다. 후지시로는 강 옆으로 이사하게 됐지만, 아직 무릎을 다치지는 않았다.

스피커에서 일렉트로닉 뮤직이 흘러나왔다. 몇 년 전에 갑자기 사망한 도쿄의 아티스트가 마지막으로 쓴 곡이다. 빗방울이 호수 표면을 때려서 파문이 퍼져나가듯 어스름한 공간에 기분 좋은 소리가 울려퍼졌다.

"옛날 여자친구한테 편지가 왔어."

후지시로가 중얼거리듯 말했다. 시선은 허공을 헤매고 있었다.

"언제 여자친구요?"

태스크도 똑같이 초점이 풀린 눈으로 물었다.

"대학 시절. 9년 만에 갑자기."

안쪽 소파에 앉아 있던 여자가 별안간 큰 웃음소리를 냈다. 그 옆에 있는 덩치 큰 남자가 여자의 어깨를 감싸고 있었다. 바 안쪽은 어두워서 표정은 보이지 않았다. 다만, 두 실루엣이 겹쳐 있다는 건 알 수 있었다.

"편지를 보내다니, 고풍스러운 아가씨네요." 태스크가 잔을 흔들자 얼음 부딪치는 소리가 났다. "마지막으로 써본 게 언제였더라…… 그렇게 정중하게 소식을 전하는 건 오랫동안 안 해봤어요. 무슨 순애보 같은 건가요?"

"으음, 연애소설 같은 얘기는 아니야."

"그렇겠죠. 슬픈 일이지만, 그런 스토리는 현실 연애와는 거의 관계없으니까."

"옛날에는 순애보는 언제든 가능하다고 믿었지. 지금은 그게 이야기 속에만 있다는 걸 깨달은 셈이지."

"늦진 않았잖아요? 옛날 여자친구한테 러브레터로 받았으니."

"지금 날 놀리는 거야?"

태스크가 후지시로의 말을 가볍게 받아넘기듯이 웃더니, 스마트폰을 꺼내서 재빠른 손놀림으로 여러 명에게 문자를 보냈다. 여성일까, 남성일까. 취했는데도 그 손가락 놀림만은 냉정해보였다.

"그런데 말이죠, 후지 씨. 인간이란 존재는 정말 무서워요. 미워하는 사람보다 곁을 지키면서 사랑해주는 사람에게 가혹하게 상처를 입히니까," 태스크의 얼굴이 스마트폰의 푸르게 한 빛에 비춰졌다. "나도 말로는 인간애니 뭐니 하지만, 분명한 사람만을 사랑할 수 없는 것뿐이에요. 이렇게 누군가와 섹스 얘기를 나누거나 픽션 속에서 사랑을 느낄 순 있지만, 곁에 있는 사람은 잘 사랑하지 못해요."

"아아, 그것 또한 해결할 수 없는 모순이지."

태스크가 히죽 웃더니 더 이상 못 마시겠다며 카운터에 푹 엎어졌다. 후지시로는 그 부드럽게 구불거리는 머리칼을 마구 흐트러뜨렸다.

바 안쪽으로 시선을 돌리자, 조금 전까지 웃음소리를 냈던 여자와 남자는 사라지고 없었다. 보랏빛 연기가 어둠에 녹아든 것처럼 흔적조차 없이 사라졌다. 단지 그곳에 감돌던 성적인 분위기만 소파 위를 떠돌고 있는 것처럼 보였다.

*

지난번에는 죄송했어요. 너무 취해서 폐를 끼쳤습니다.

후지시로는 스마트폰 화면을 바라보고 있었다. 꿈속과 똑같은 문자 내용. 이것만은 현실이다. 몇 번이나 확인했다. 준이 보낸 문자는 분명히 도착해 있었다. 답장을 망설이는 중에 그 악몽을 꾸었다.

둘만의 만남은 피해야겠다고 생각했다. 그렇지만 준은 여전히 후지시로와 얘기를 나누고 싶어 하는 눈치였고, 후지시로도 그녀와 나눠야 할 얘기를 남겨둔 것 같은 기분이 들었다. 다만, 무슨 얘기를 해야 할지, 그것만은 아직 찾아내지 못했다. 태스크와 밤새도록 술을 마시고, 술가운을 빌려 답장을 보냈다. 몇 번인가 문자를 주고받은 후, 다음 주 일요일 오후에 준의 집에서 걸어서 몇 분 거리에 있는 역 빌딩 카페에서 만나기로 했다.

준이 사는 마을. 분명 처음 방문한 역인데, 그곳은 꿈에서 본 풍경과 완전히 똑같은 장소였다. 역 위에는 거대한 쇼핑빌딩이 있고, 오렌지색 석양이 무수한 가족들을 비추고 있었다. 이리저리 뛰어다니는 아이들의 목소리가 메아리처럼 들려왔다.

역 빌딩 안에 있는 카페는 한눈에 보기에도 파리를 모방한 싸구려 오프화이트 인테리어였다. 아이스커피와 아이스카페라테를 주문하고 앉을 자리를 찾았는데, 가게 안은 붐벼서 바깥 테라스에 있는 둥근 테이블 자리에 앉았다. 대부분의 데자뷔는 과거의 비슷한 기억이 뇌 속에서 제멋대로 종합되었을 뿐이다. 그렇게 스스로를 타일렀다. 빨간색, 흰색, 핑크색. 풍선을 손에 든 아이들이 커다란 원을 그리며 뛰어다녔다. 어디서 본 광경인지 기억을 더듬어보았다. 그러나 조회된 풍경은 없었다.

다만, 찻집에 나타난 준의 모습만은 꿈속의 그것과는 달랐다. 넉넉한 크기의 하얀 티셔츠에 클래식 청바지. 몸의 윤곽선이 가려져서 가족들이 넘쳐나는 이 거리와 어우러진 그 모습에서는 성적 향기는 풍기지 않았다. 다만, 맨발에 신은 에나멜 하이힐과 그 힐이 나무 바닥을 두드리는 높은 소리만은 꿈의 자취 같았다.

"굉장히 더워졌네요."

자리에 앉은 준이 하얀 손수건으로 땀을 닦았다.

"습기도 엄청나."

후지시로가 아이스카페라테를 그녀에게 건네주었다. 고마워요, 라고 달콤한 목소리를 낸 준이 플라스틱 컵을 받아들었다. 오후인데도 매미가 요란하게 울어댔다.

"가게 안에 자리 나면 옮길까?"

"괜찮아요. 더운 건 좋아해요."

그래, 라고 말한 후지시로가 아이스커피 잔을 테이블에 내려놓았다. 맞은편 자리에서는 준이 눈을 내리깔고 빨대를 빨

고 있었다. 옅은 갈색 액체가 그 속으로 흘러들었다. 머리칼
을 건 귀에서는 작은 다이아몬드 귀걸이가 빛났고, 하얀 목덜
미에는 땀이 흘러내렸다.

"아 참, 그러고 보니 그날 밤 일, 언니한테 말했어요?"

준이 갑자기 얼굴을 들고, 후지시로를 쳐다보았다.

"자세한 얘기는 전혀. 마쓰오 씨한테…… 말할 수 없겠
지?"

후지시로는 그녀에게서 시선을 돌리고, 아이스커피 한 모금
을 마셨다.

"그야 물론이죠. 그런데 언니는 촉이 좋아서 눈치 챘을지도
몰라요."

"그럴지도 모르지."

"그래 보여도 질투는 심해요."

"그래?"

"형부, 진짜 아무것도 모르고 결혼하네."

어디선가 달콤한 향기가 떠왔다. 맞은편에 있는 도넛 가게
일까. 설탕을 입힌 광택이 도는 갈색 링이 쟁반 위에 줄줄이
늘어서 있었다. 미국에서 들어온 그 도넛 가게는 긴 행렬이 늘
어서기로 유명했는데, 언제부터인가 그런 혼잡도 사라졌다.
향기에 이끌려 대답이 늦어지는 사이, 준이 얘기를 이었다.

"지금 언니 모습에서는 상상도 안 되겠지만, 남자친구가 생기면 늘 지나치게 진지해서 힘들었어요. 그래서 매번 차였죠. 언제부터인가 자신의 그런 진지한 성격을 전부 떨쳐내고, 마치 그런 적이 없었던 것처럼 살지만."

도넛 가게 안에서는 두 커플이 상대를 품평하고 있었다. 그 지역의 대학생들 같았다. 두 남자는 양쪽 다 검은 재킷에 하얀 티셔츠를 맞춰 입고, 베이지색 면바지를 입고 있었다. 여자들도 옅은 핑크색 원피스를 맞춰 입었다. 카피&페이스트 같은 두 커플. 그 모습이 매우 어려 보였다. 10년 전의 나도 저런 모습이었을까.

"형부, 흥미 있어요?"

"뭐가?"

"언니에 관한 거. 아무것도 모르고, 알고 싶어 하는 것 같지도 않은데."

그렇진 않아, 라고 말하려다 후지시로는 그만두었다. 이럴 때마다 늘 생각한다. 그녀의 마음 이전에 자기 마음을 모른다. 게다가 지금은 무슨 말을 해도 이 여동생에게는 훤히 꿰뚫어 보일 것 같은 기분이 들었다.

"언니, 고등학교 때 2년 동안이나 짝사랑했었어요. 같은 역에서 전철을 타는 동급생 남학생이었죠. 졸업할 때 가까스로 결심하고, 자기가 먼저 고백해서 간신히 남자친구가 생겼어요. 재미없는 남자였어요. 못 생긴 건 아닌데, 왠지 모르게 수수하고, 말수도 적었고. 그런데도 언니는 그 사람이 너무 좋아서 어쩔 줄 몰라 했고, 데이트 때마다 이 옷은 어떠냐, 머리 모양은 괜찮냐 귀찮게 물어댔죠. 옷 취향이나 듣는 음악이 점점 변해갔어요. 난 상대한테 맞춰서 그렇게 변해가는 게 정말 싫었어요. 언니는 미인이고 머리도 좋았는데, 그런 남자 때문에 변해가는 게 참을 수가 없었죠."

오수로 가득 찬 탱크에 작은 구멍이 뚫려서, 그 구멍으로 물이 줄줄 흘러나오는 것 같았다. 준의 탁한 말들이 천천히, 그러나 막힘없이 흘러나왔다. 그녀가 테두리를 하얗게 칠한 손톱 끝을 깨물며 얘기를 이어갔다.

"언니가 방에서 남자친구랑 키스하는 모습을 본 적이 있었어요. 언니가 울더군요. 그때 아아, 저렇게 좋아하는구나 싶어서 깜짝 놀랐죠. 아마 그 다음에 처음으로 섹스했을 거야. 그 뒤로 언니는 점점 더 진지해졌어요. 데이트 때마다 일찍 일어나서 도시락을 싸거나 잠도 안 자고 반죽을 해서 빵을 만들거나, 요리책을 몇 권씩 사들여서 쿠키나 케이크도 만들고. 그래서 그걸 남자친구에게 갖다 주고 싶은데, 맛이 없으면 어쩌나 걱정해서 매번 나한테 맛을 보라고 하더군요. 맛있어,

괜찮아, 라며 내가 격려해줘도 아무래도 못 가져가겠다고 해서 결국은 늘 내가 집에서 먹었지만."

오늘 아침에 부엌에 서 있던 야요이의 모습이 떠올랐다. 아침으로 먹을 키위 껍질을 정성스럽게 벗기고 있었다. 후지시로는 옆에서 커피 원두를 갈았다. 전기 분쇄기가 드르륵드르륵 원두를 가는 소리가 들려왔다. 야요이는 껍질을 벗긴 키위를 도마 위에서 잘랐다. 몹시 따분해 보이는 표정으로 그것들을 접시에 담았다.

"어느 날, 언니가 크림빵을 구웠어요. 커스터드 크림까지 직접 만들어서. 그게 정말 맛있는 거예요. 그래서 난 깜짝 놀라서 이건 꼭 가지고 가라고 했죠. 언니는 드디어 결심이 굳히고 처음으로 남자친구에게 갖다줬고, 아주 맛있다고 했다며 기뻐하며 돌아왔죠. 그런데 그다음 일요일에 남자친구에게 좋아하는 사람이 생겼다나 뭐라나, 어쨌든 갑자기 차여버렸어요. 그때부터 언니는 집에서 내내 울기만 하더라고요. 빵이 맛이 없어서 그랬나, 내가 너무 진지해서 그랬나, 귀가 따갑도록 말하더군요."

와아! 아이들이 외치는 소리가 들렸다.

역 앞 광장 한복판에 있는 커다란 나무에 빨간 풍선이 걸려 있었다. 바람에 날려간 것인지 풍선을 놓친 어린 여자애가 울고 있었다. 모여든 다른 아이들이 큰 소리로 술렁거리며 나무를 발로 차고 흔들어댔다.

"놀랍네." 후지시로가 아이들을 바라보며 말했다. "처제 말대로 난 언니에 관해 아무것도 모르고 결혼하는지도 몰라." 씁쓸한 웃음을 흘렸다.

"언니는 나보다 훨씬 정이 많아요. 질투심도 강하고."

손톱을 내려다보고 있던 준이 퍼뜩 제 정신이 든 것처럼 천천히 눈을 들어 후지시로를 쳐다봤다.

"전혀 이해가 안 되는 건 아니야. 하지만 그런 그녀가 어떻게 지금의 야요이가 됐을까. 도무지 연결이 안 된다고 할까."

아이들이 외치는 소리를 들은 부모들이 모여들었다. 각자 나무 위를 올려다보며, 높은 가지에 걸린 빨간 풍선으로 시선을 던졌다. 그리고 모두 똑같이 저건 무리라는 표정을 지었다. 어린 여자애는 여전히 울고 있었다. 엄마가 등을 쓰다듬어주었다.

"언니는 남자친구한테 차인 뒤 마치 딴사람이 된 것처럼 공부에 매달렸어요. 재수해서 수의학과에 들어갔죠. 그런데 그러는 중에도 그 사람을 줄곧 좋아했다니까요."

"왜 그렇게 생각했지?"

"언니가 늘 먼 길을 돌아서 집에 왔으니까."

"먼 길을 돌아서?"

"응, 역에서 집까지. 제일 가까운 길로 안 오니까 시간이 두 배로 걸렸어요. 그래서 이상하다 싶어서 언니 뒤를 밟았던 적이 있었죠. 그때 알았어. 언니는 그 남자가 아르바이트하는 편의점 앞길을 지날 수가 없어서 늘 먼 길을 돌아온다는 걸."

"이젠 싫어서 마주치고 싶지 않았던 거 아닐까?"

"형부는 정말 뭘 모르네." 준이 웃었다. 입가에 댄 왼손 새끼손가락에서 다이아몬드 반지가 번쩍거렸다. "그때 나는 언니가 아직 그 남자를 좋아한다고 느꼈어요. 언니는 싫어서 피하는 사람이 아니니까요. 좋아하니까 만날 수 없는 거였지."

광장에 환호성이 터졌다. 조금 전에 도넛을 사고 있던 남자가 빨간 풍선을 향해 손을 뻗었다. 다른 한 남자가 어깨 위에 올린 다리를 꽉 붙잡고 그를 들어올렸다. 그 모습이 마치 쌍둥이 곡예사 같았다. 각자의 여자친구가 역시나 쌍둥이처럼 나란히 서서 그 모습을 바라보았다. 좀 더 위! 오른쪽으로 조금만! 아이들이 수박 깨기(눈을 안대로 가리고 수박을 깨는 놀이)를 즐기듯이 곡예사들에게 소리쳤다.

"난 그런 언니를 보면서 늘 생각했어요. 왜 원하는 걸 갖고 싶어 하면 안 되는 걸까. 왜 진지한 마음을 상대에게 들키면 안 되는 걸까. 자기감정을 상대에게 전하는 게 그렇게 부끄러운 일일까? 그렇지만 그건 상대를 아끼는 감정이 자신의 진지함을 추하게 여기는 감정에 졌을 뿐이라 생각하거든요."

그렇게 말하고 준은 자리에서 훌쩍 일어섰다. 광장을 향해 두 걸음, 세 걸음 걸어갔다. 하이힐이 또각또각 바닥에 부딪쳤다. 그러더니 숨을 한껏 들이마시고 소리쳤다.

"어이, 거기 남자들! 그래서는 안 닿지. 둘이 동시에 뛰어!"

별안간 뒤쪽 테라스에서 소리를 치자, 남자들은 목말을 태운 채로 천천히 돌아보았다. 시끄럽게 떠들어대던 아이들과 그 부모들도 모두 준을 쳐다봤다.

"빨리 해! 바람이 또 불잖아!" 가지가 흔들렸다. 나무에 안긴 빨간 풍선이 위태로워 보였다. "자, 이제 뛰어! 하나, 둘, 셋!

구령에 맞추듯 남자들이 동시에 주저앉았다 뛰어올랐다. 바로 그 순간, 세찬 바람이 불어왔고, 나뭇가지에서 벗어난 풍선이 단숨에 하늘 높이 치솟았다. 모두 동시에 하늘을 올려다보며 바람에 날아가는 빨간 풍선을 쳐다보았다. 어느새 빨간 점이 되어 파란 하늘로 빨려들 듯이 사라졌다.

아아, 아쉽네, 라며 준이 축 처진 눈썹으로 자리로 돌아왔다.

얼음이 다 녹아버린 아이스카페라테에 입을 대고, 옅은 갈색 눈동자로 후지시로를 쳐다보았다. 소리를 질러서 흥분했을까, 볼이 빨갛게 물들고, 핑크빛 입술은 젖어 있었다.

"형부, 사랑이 있는 섹스랑 사랑이 없는 섹스의 차이를 어떡하면 알 수 있을까?"

풍선을 좇아 여전히 멍하니 하늘을 바라보고 있는 후지시로에게 준이 물었다.

후지시로는 말없이 광장으로 시선을 돌렸다. 아이들이 남자들의 건투를 칭송하며 박수를 보냈다. 성과를 거두지 못해 쑥스러워하는 남자들. 여자애의 엄마가 고개를 숙였다. 여자친구들은 여전히 그들을 조용히 지켜볼 뿐이다.

분명 그것은 각자의 마음속에만 있다. 서로 사랑한다는 것은 누구도 확인할 수 없다. 후지시로는 그렇게 생각했다. 하지만 말로 표현할 수가 없었다. 그 꿈속에서처럼.

매미 울음소리가 사라졌다. 정신을 차려보니 주위가 어둑해져 있었다. 휘황찬란하게 빛나는 역 빌딩의 서점에서 점원이 나오더니 빨간 풍선 하나를 여자애한테 건네주었다. 소녀는 풍선을 들고 친구들과 나란히 걸어갔다. 빨간색, 흰색, 핑크색. 풍선들은 흔들거리며 어둠 속으로 녹아들었다.

9월의 유령

아주 큰 태풍이 도쿄의 한복판을 휩쓸고 간 다음 날 아침이
었다.

도와줘. 하루가 금방이라도 숨이 멎어버릴 것 같은 목소리
로 전화를 했다. 후지, 도와줘. 오시마 선배가 죽을 것 같아.
너무 떨어서 그런지 이 부딪치는 소리가 났다.

후지시로는 운동복 차림 그대로 위에 파카만 걸치고, 아파
트에서 튀어 나갔다. 얇은 철판 계단을 굴러떨어지듯 내려가
서 그녀가 있는 장소를 향해 젖은 아스팔트 위를 달렸다. 커
다란 물웅덩이를 몇 번이나 밟았다. 하얀 캔버스 원단의 운동
화로 진흙물이 번져갔다. 발소리 울림만 희미하게 들렸다. 폐
가 뜨거워져서 공기를 찾아 하늘을 우러러보았다. 제발. 신에
게 기도하듯이. 제발 도와주세요. 헐떡이며 숨을 들이마셨다.

그날은 놀라울 정도로 공기가 맑아서 비에 젖은 거리는 반

짝반짝 빛을 발했다. 올려다본 하늘에는 구름 한 점 없고, 고요하고 편안한 푸른빛이 펼쳐져 있었다.

사진부 여름합숙을 마치고 둘이서 짧게 해외여행을 다녀온 다음, 하루는 아오모리의 고향집으로 귀성했다. 혼자 남은 후지시로는 오후까지 창가에 붙여둔 작은 침대에서 뒹굴며 시간을 보냈다. 밤이 되면 정식을 파는 역 앞 식당에 가서 끼니를 때우고, 그 옆에 있는 오래된 비디오대여점에서 영화를 빌려와 밤새도록 영화를 봤다. 그런 하루하루를 되풀이하고 있었다. 「대결」, 「조스」, 「미지와의 조우」, 「레이더스」, 「E. T.」, 「인디아나 존스」. 후지시로는 스필버그의 영화를 초기작부터 찾아보면서 깨달았다. 자기를 늘 밖으로 이끌어준 사람은 하루였다.

닷새가 지나고, 영화가 「마이너리티 리포트」까지 다다랐을 때, 하루에게 전화가 왔다. 후지시로는 은둔형 외톨이나 다를 바 없는 생활에 관해 그녀에게 말했다. 밖에서 뭘 해야 좋을지 모르겠다고 한탄했다. 이대로 살다가는 달팽이가 되어버릴지도 몰라. 하루가 "그럼, 합숙 사진이라도 현상하면 어때?"라며 웃었다. 그때 수화기 너머에서 서늘한 공기가 전해졌다. 그녀가 정말로 아오모리에 있다는 느낌이 들었다.

촬영이 끝난 필름을 네 개쯤 들고 학교로 갔다. 여름방학을 맞은 인기척이 없는 대학 교정에서 매미들이 경쟁하듯 울어 대며 여름의 끝을 알렸다. 고요히 가라앉은 동아리 건물 복도를 홀로 지나서 암실 앞에서 걸음을 멈췄다. 노크를 하고 문을 열자, 붉은 조명을 받은 키 큰 남자가 있었다. 눈이 차츰 어둠에 익숙해지자, 왼쪽 어깨가 처진 뒷모습이 보였다. 오시마였다. 그도 똑같이 필름을 들고 트레이에 현상액을 붓고 있었다. 후지시로를 알아챈 오시마가 서로 마음이 통했다며 웃었다.

어둠 속에서 어깨가 부딪칠 정도 간격으로 나란히 섰다. 오시마가 확대기를 들여다보며 현상액에 인화지를 담갔다. 확대기 빛이 그의 얼굴을 희미하게 비췄다. 평소와 달리 오시마는 무슨 생각에 골똘히 잠겨 있는 눈빛이었다. 정착액에서 건져낸 인화지가 다섯 장, 여섯 장 클립에 끼워졌다. 조명 속에서 오시마가 찍은 하루의 웃는 얼굴이 흐릿하게 드러났다.

붉게 비춰진 웃는 얼굴을 바라보며 오시마가 중얼거리듯 말했다.

"하루짱을 좋아해."

"네? 무슨 뜻이죠?"

무슨 말인지 잘 이해되지 않아서 후지시로는 어색하게 웃었다.

"아니, 실은 나도 잘 모르겠어. 이게 연애 감정인지, 그런 게 아닌 건지."

"……그렇게 말하면 곤란하죠."

"그렇겠지. 미안해. 후지 군한테 왜 이런 말을 해버렸을까."

어둠 속에서 들려오는 오시마의 목소리는 종잡을 길 없이 애매했다. 그렇지만 붉은 빛에 어렴풋하게 보이는 그 눈은 스스로도 제어할 수 없는 무언가에 홀린 것처럼 흔들렸다.

"후지 군, 걱정할 건 없어. 하루짱한테는 아무 말 안 했어. 그녀는 분명 내 마음을 눈치도 못 챘을 거야."

"걱정이고 뭐고…… 오시마 선배는 아내가 있잖아요."

"어어, 난 아내를 배반하진 않아."

"하지만 그런 건 절대 안 그럴 거라고 장담할 순 없잖아요."

"아내와 난 서로를 너무나 잘 알아."

어떻게 그토록 굳게 믿을 수 있는지, 후지시로는 불가사의하게 여겨졌다. 누군가와 서로를 너무나 잘 알았던 적은 한 번도 없다. 하루와의 관계에서조차 그런 자신감은 없었다. 결혼을 함으로써 남자와 여자는 그런 마법에 걸리는 걸까.

"5년 전에 정신적으로 망가졌던 나를 그녀가 도와줬지. 회사 일도, 아무것도 할 수 없게 된 내 곁에 계속 있어줬어. 그녀는 내가 살아가는 데 뭐가 필요하고 뭐가 불필요한지 훤히 꿰 뚫고 있지."

오시마의 말은 왠지 암흑 자체로 향해져 있는 것 같았다. 후 지시로는 그의 본심을 파헤치려고 뚫어져라 쳐다봤다. 그러 나 암실 안이라 그 표정은 잘 보이지 않았다.

"그런데 서로를 그토록 잘 아는데도 지금 내가 아내를 사 랑하는지 어떤지는 잘 모르겠어. 더없이 소중하고 같이 가야 할 사람인 건 분명해. 그런데 이따금 우리 부부관계를 이어주 는 게 단순한 집착뿐인 것 같은 기분이 들어서 몹시 두려워지 지."

어둠 속에서 별이 보인 듯한 기분이 들었다. 수성, 금성, 화 성, 목성, 토성. 고향집 침대에 누워서 봤던 별들. 저녁 다 됐 다, 라며 어머니가 문을 열고 들어왔다. 이혼을 결심한 어머 니의, 마음속 심지가 빠져버린 듯한 얼굴. 슬펐다. 그때 후지 시로는 분명 슬펐던 것이다. 그런 후지시로를 하루가 울면서 꽉 끌어안아주었다.

"오시마 선배는 하루를 왜 좋아한다고 생각했죠?"

"말로 표현하긴 힘들어. 만약 그게 가능하다면, 마음을 전 부 펼쳐놓고 정리해서 벌써 포기했겠지. 후지 군에게 이런 말 을 해서 곤란하게 만들지도 않았겠지."

커피 사진을 찍는 하루의 모습이 떠올랐다. 이런 마음을 말로 표현하는 건 후지시로도 불가능했다. 만약 가능하다면, 그 마음의 행선지를 누구에게든 바꿔놓을 수 있겠지.

"하루짱이랑 같이 있으면, 마음이 계속 움직여. 태어나서 지금까지 줄곧 그녀와 내가 같은 장소에서 이 세상을 바라봤던 것 같은 기분이 들지."

오시마가 또다시 확대기를 들여다봤다. 희고 긴 손가락이 천천히 포커스를 맞춰갔다. 붉은 세이프티라이트 빛에 흔들리는 하루의 사진. 당장이라도 소리가 들려올 것 같은 웃는 얼굴. 구도도 초점도 제각각이었다. 거기에는 하루와 오시마 둘 만의 세계가 있었다. 그녀의 웃는 얼굴이 멀어져가는 것처럼 느껴졌다.

"하루짱은 자기 마음을 별로 말하진 않지만, 사진에는 찍혀 있다고 생각해. 그녀가 좋아하는 것. 싫어하는 것. 소중히 여기는 것. 그게 전부 여기에 찍혀 있지. 그러니 그녀가 너를 좋아하는 것도 진즉 알고 있었지."

"저는 잘 모르겠어요. 하루가 무슨 생각을 하는지, 가끔은 놓쳐버려요."

후지시로가 작은 목소리로 말했다. 그제야 마음이 소리로 나왔다.

오시마가 확대기에서 눈을 들더니 클립에 꽂힌 하루의 웃는 얼굴을 다시 한번 쳐다보았다.

"난 서로를 아는 게 다는 아니라고 생각해. 알지 못해도 그 사람과 같이 있고 싶어 한다. 조금이라도 마음을 알고 싶은 생각이 든다. 그녀에게는 그게 사랑이지 않을까."

그날 밤, 후지시로는 하루에게 전화를 걸었다. 오랜만에 집 밖으로 나갔다는 얘기. 사진을 현상한 얘기. 인기척이 없는 대학 교정 얘기. 두서없는 얘기를 일방적으로 늘어놓았다. 마지막에 추가하듯 암실에서 오시마를 만났다고 전했다. 거기서 무슨 얘기를 나눴는지는 말할 수 없었다.

하루는 조용히 듣고 있었다. 그리고 마지막에 "난 후지를 좋아해"라는 한마디만 했다. 그때도 또다시 수화기 너머에서 서늘한 아오모리의 공기가 흘러드는 듯한 기분이 들었다.

후지시로가 하루에게 달려갔을 때, 오시마는 호텔 침대 위에서 혼수상태였다.

베갯머리에 빈 알약 통이 굴러다녔다. 얼굴은 창백해서 셀룰로이드 인형처럼 질감이 없었다. 몸을 흔들며 이름을 몇 번이나 불렀지만, 눈을 뜰 기미는 보이지 않았다.

온 몸에서 힘이 빠지고, 목이 바짝바짝 탔다. 침대 옆에는 하루가 방심 상태로 앉아 있었다. 머리는 흐트러지고, 입은 반쯤 벌어진 상태로 거친 숨소리만 내쉬었다. 무슨 일이 있었 냐고 물어봐도 속삭이듯 도와달라고 되풀이하며 눈물만 흘렸 다. 곧이어 총알처럼 방으로 뛰어들어온 구급대가 오시마를 들것에 실어서 밖으로 데리고 나갔다.

9월의 두 번째 태풍이 다가왔을 무렵, 후지시로는 하루와 둘이 오시마가 입원해 있는 병원을 찾아갔다. 오시마가 의식 을 찾았다는 연락을 받고, 사진부를 대표해서 문병하러 간 것 이다.

그날부터 하루는 거의 밖에 나오지 않았다. 경찰의 참고인 조사를 몇 차례나 받은 후, 후지시로는 이따금 그녀의 집을 찾아갔지만, 오시마에 관한 얘기는 하지 않았다.

그때 무슨 일이 있었는지 말해줘. 후지시로는 병원 장소를 알려주며 가까스로 물을 수가 있었다. 마치 말이 나온 김에 묻는다는 말투로. 하루는 한동안 입을 다물고 있었다. 그러다 고개를 숙인 채 눈물을 흘리기 시작했다. 후지시로가 미안하 다고 나지막이 말하자, 얼굴을 들고 고개를 저었다. 후지한테 는 잘못이 없다는 듯이. 말 대신 눈물이 흘러나오는 것 같았 다. 후지시로는 아무 말도 할 수 없어서 만날 약속시간만 전하고, 그녀의 집에서 나왔다.

　하루와 제일 가까운 역에서 만나 버스를 탔다. 비좁은 2인
용 좌석에 나란히 앉았다.
　다섯 번째 정류장에서 학교를 마치고 집으로 돌아가는 초
등학생들이 우르르 올라탔다. 열 명 가까이 되겠지. 손잡이에
매달려서 장난을 치고, 떠들어대고, 좌석에 누워 큰 소리로
웃기도 했다. 뭐가 그리 재미있는 건지 신기했다. 그러다 후
지시로는 옆에서 해바라기 꽃다발을 들고 앉아 있는 하루를
보며 생각했다. 그날 바다로 향하는 사진부의 버스 안에서도
모두가 딱히 이유랄 것도 없이 웃어댔다. 그때는 마냥 즐거워
서 어쩔 줄을 몰랐다.
　20분쯤 흔들리는 버스에 몸을 싣고 가자, 오래된 대학병원
이 보였다. 눈앞에 보이는 버스정류장에서 내려서 드넓은 주
차장을 지나 병동으로 들어갔다. 녹색 리놀륨 바닥이 깔린 로
비에서 두 사람을 맞아준 사람은 오시마의 아내였다.
　생기가 전혀 없고, 볼품없을 만큼 비쩍 말라 있었다. 흐릿하
게 눈썹이 그려진 것 말고는 화장기라곤 찾아볼 수 없고, 흰
머리가 섞인 곱슬머리는 검은색 고무줄로 아무렇게나 묶고
있었다. 베이지색 티셔츠에 하늘색 카디건을 걸치고 있었는

데, 하나같이 근처 할인매장에서 산 옷처럼 값싸 보였다.

"바쁘실 텐데 여기까지 와주셔서 감사합니다."

오시마의 아내가 고개를 깊이 숙이며 하루가 들고 간 꽃다발을 건네받았다. 손에는 굵은 주름이 지고, 가늘고 마른 약손가락에서는 은반지가 둔탁하게 빛났다.

"병원으로 옮겨졌을 때는 이젠 틀렸다 싶었는데, 통보가 빨랐던 덕분에 간신히 살아났어요. 지금은 꽤 많이 좋아져서 주말에는 퇴원할 것 같네요."

오시마의 아내가 갈라진 목소리로 말했다.

그때 무슨 일이 있었나. 하루는 왜 같이 있었나. 그녀는 그런 말을 묻지는 않았다. 찔 듯이 무더운 병원 로비에서 그저 고마웠다며 고개만 숙였고, 땀이 밴 이마를 빛바랜 손수건으로 몇 번이나 훔쳐냈다.

그 사람이 오시마의 아내라고는 믿기 어려웠다. 기지가 넘치고, 밝고, 누구나 사랑할 수밖에 없는 남자와 같이 살아온 여성으로는 보이지 않았다.

"그 사람이…… 집에 행복하게 들어올 때는 위험해요."

오시마의 아내가 갑자기 힘을 쭉 빼고 웃으며 후지시로를 쳐다보았다. 그녀와 눈이 마주쳤다.

"……무슨 말씀이신지?"

후지시로가 그녀의 시선을 맞받으며 물었다. 웃는 그 얼굴
은 온화하고, 흡사 보살 같은 눈빛을 띠고 있었다.

"그 사람은 이런 행동을 몇 번인가 했어요. 그럴 때마다 예
외 없이 그 전에는 행복해 보였죠. 분명 사진부의 당신들과
함께한 시간이 즐거웠던 거예요. 그곳에서 마음을 줄 수 있는
사람이 생겼을지도 모르죠."

오시마의 아내는 부드러운 미소를 머금은 채, 말없이 고개
를 숙이고 있는 하루를 쳐다보았다. 그 미소에 왕년에는 자못
뽐냈을 미모의 편린이 떠올랐다. 그 아름다움을 눈으로 직접
확인한 후지시로는 그녀가 5년 내내 오시마의 부정적인 부분
을 혼자서 감당해왔을 거라고 짐작했다.

"그런데 그 사람은 행복을 느끼면 느낄수록 위험해져요. 망
가져버리기 전의 자기로는 더 이상 돌아갈 수 없다는 한탄을
내 앞에서 쏟아내며 울죠. 그래서 말인데요, 이요다 씨. 너무
마음에 두지 주세요. 그 사람은 늘 죽음에 쫓기고 있어요. 어
차피 이렇게 됐을 거예요."

후드득후드득 빗방울이 유리를 때리는 소리가 들렸다. 빗방
울이 투명한 생물처럼 유리창을 기며 흘러내렸다. 빗줄기가
차츰 강해지더니 바로 코앞도 안 보일 정도로 억수같이 쏟아
졌다.

후지시로는 침묵을 견디기 힘들어서 복도 끝에 보이는 병실 기척을 몇 번인가 살폈다. 그러나 아내는 끝까지 후지시로와 하루를 오시마의 병실로 들여보내주지 않았다.

하얀 비의 커튼이 병원을 뒤덮었다.

옛날에 읽었던 만화에 비가 그치지 않는 세상이 나왔다. 누시가 애독해서 동아리 방에 놔뒀던 만화다. 거기에서는 비가 커튼처럼 그려 있었다. 절망이라는 것은 이렇게 조용히 아름답게 찾아오는 건지도 모른다고 후지시로는 만화를 읽으면서 생각했다. 역까지 가는 택시를 기다리는 동안, 하루는 자동 유리문 안쪽에서 그 하얀 커튼을 내다보고 있었다.

갑자기 뒤에서 큰 발자국소리가 들렸다. 무심코 뒤를 돌아보았다. 오시마가 계단을 내려와서 복도로 달려왔다. 아내를 뿌리치고 뛰어왔겠지. 환자복은 흐트러지고, 숨결은 거칠었다. 하루쨩! 갈라진 목소리로 외쳤다. 하루가 도망치듯 문을 열고, 병원 밖으로 튀어 나갔다. 하루쨩! 하루쨩! 오시마는 미친 듯이 계속 소리쳤다. 하루는 아무도 없는 주차장을 지나 억수같이 퍼붓는 빗속을 달려갔다. 후지시로는 로비에 우뚝 멈춰선 오시마의 얼굴을 쳐다보았다. 보랏빛으로 변한 입술이 미세하게 떨리고 있었다. 떨리면서도 그 입술은 여전히 하루의 이름을 부르려고 어렴풋하게 움직였다.

후지시로는 파카 모자를 뒤집어쓰고, 빗속으로 뛰어들었다. 하루 뒤를 쫓아갔다. 굵직한 빗방울이 통증이 느껴질 정도로 얼굴을 때렸고, 물속에서 헤엄치는 것처럼 숨이 막혀왔다. 100미터, 200미터, 전속력으로 계속 달렸다. 하루는 뒤도 돌아보지 않고, 오로지 앞을 향해 달려갔다.

큰길에서 트럭에 가로막혀 그녀를 놓쳐버렸다. 젖은 얼굴을 소매로 훔치며 주위를 둘러보았다. 위에서 시선이 느껴져서 얼굴을 들었다. 하루가 저 먼 육교에서 후지시로를 내려다보고 있었다. 자그마한 하얀 얼굴이 일그러져 있는 걸 알 수 있었다. 후지시로는 그저 멍하니 그 하얀 얼굴을 바라보았다. 목소리가 나오지 않았다. 이미 늦었다. 하루의 얼굴을 바라보며 생각했다. 나는 분명 더 이상 하루를 따라갈 순 없다. 후지시로는 우두커니 멈춰 선 채, 빗속으로 서서히 사라져가는 하루의 뒷모습을 지켜보았다.

그날을 경계로 후지시로는 사진부에 가지 않았다.

하루도 마찬가지라고 펜탁스가 알려주었다. 서로의 집에도 가지 않았다. 문자를 주고받지도 않았다. 오직 아파트 방에 남겨진 하루의 양말과 칫솔만이 두 사람이 한때나마 함께했다는 것을 조용히 말해주었다.

하루한테서는 몇 번인가 전화가 왔다.

"마지막으로 한 번 만나고 싶어"라는 부재중전화 메시지를 남겼다.

그런데 후지시로가 연락하지 않았다. 아무 일도 없었다는 듯이 다시 시작할 수 있었을지도 모른다. 그렇지만 도저히 전화를 걸 수가 없었다.

그렇게 후지시로는 도망치듯 하루와 헤어졌다.

*

나는 고독하다. 그리고 슬픔에 겨워 기력을 잃어간다. 인생을 줄곧 함께해온 아내가 집을 나갔다. 아내는 왜 나를 버렸을까? 외로움을 견딜 길이 없어서 나는 컴퓨터를 켜고, 운영체제를 설치한다. 인공지능형 오퍼레이션 시스템. 핑크색 화면이 떠오르며 여성의 목소리가 들려온다. 헬로, 내 이름은 사만다.

후지시로와 야요이는 검은 소파에 나란히 앉아 텔레비전에 나오는 빨간 재킷 남자를 보고 있었다. 유리테이블 위에 핑크색 DVD 패키지가 아무렇게나 놓여 있었다. 태스크가 추천해서 몇 달 전에 아마존에서 구입했는데, 좀처럼 볼 기회가 나지 않았다. 그리 멀지 않은 미래의 로스앤젤레스를 무대로 고독한 남자와 인공지능 여자의 연애를 그린 영화다.

DVD 패키지 옆에는 결혼식 청첩장이 늘어서 있다. 봉투에는 수신인의 이름이 아름다운 붓글씨로 쓰여 있었다. 야요이가 청첩장을 받을 사람의 이름을 하나하나 직접 쓰겠다고 선언했다. 수고스러울 테니 글씨를 써주는 대행업체에 맡기자는 후지시로의 말에도, 자기가 반드시 늦지 않게 쓰겠다고 약속했다. 누구를 초대했는지 잊지 않기 위해서라고.

결혼식까지는 이제 반년 남짓 남았다. 귀가한 후지시로는 테이블 위에 놓인 청첩장을 보고, 드디어 약속을 지켜냈다는 걸 알았다.

청첩장 옆에는 엑셀로 작성한 예식 당일 일정이 펼쳐져 있었다. 이벤트 칸에는 그곳에서 틀어줄 예정인 곡이 초대장과 같은 필체로 병기되어 있었다. 잭슨 파이브, 엘비스 코스텔로, 신디 로퍼, 스티비 원더와 엘튼 존. 사랑을 노래한 팝스타들이 후지시로와 야요이를 축복해줄 예정이었다.

"나, 지난번에 결혼식 갔었잖아?"
야요이가 큼지막한 머그컵에 담긴 루이보스티를 마시며 말했다. 옅은 녹색 컵은 붉은 액체로 흘러넘칠 듯이 가득 차 있었다.

"어? 언제였지?"

후지시로가 캔맥주를 마시며 얼빠진 말투로 물었다. 시선은 텔레비전 화면 속에서 고층빌딩 사이를 걸어가는 빨간 재킷 남자를 좇고 있었다.

"그 왜, 지난달에. 수의사 후배 결혼식."

"아아…… 맞다." 후지시로에게 그날은 끔찍한 악몽을 꾼 날로 기억되어 있었다. "결혼식에 무슨 일 있었어?"

"그때 수의사들끼리 같은 테이블에 앉았는데, 인생 상담 비슷한 자리가 만들어졌어."

"어떤 상담?"

"작은 병원에 취직한 후배가 있는데, 아이가 생긴 거야."

"축하할 일이네."

"아니 근데, 꼭 그런 것도 아니라서." 야요이가 하얀 장딴지를 문지르며 말을 이었다. "남편이 지금 회사 발령 때문에 후쿠오카에 가 있어서 아이가 생기면 일을 그만둬야 할지도 모른다며 고민하더라고. 이제 막 취직했는데, 어떡하면 좋을지 모르겠다고."

"그건 참 안됐군."

"지금 살고 있는 집도 아이를 키우기에는 좁아서 이사까지 해야 하는 상황이라 혼란스러운 모양이야."

"무슨 나쁜 일이라도 생긴 것 같네."

후지시로가 일어나서 부엌에서 믹스스낵 봉지를 가져다 유리테이블 위에 있는 작은 접시에 담았다. 달그락달그락 높은 소리가 울리자, 그 소리에 반응한 우디 앨런이 발치로 다가왔다.

"너무 곤혹스러워 해서 안쓰럽더라. 그런데 그 테이블에 앉아 있던 애기엄마 선배들이 기껏해야 몇 년인데 무슨 문제냐, 난 아이가 생기니까 일 따윈 아무래도 상관없어서 그만뒀다, 이러쿵저러쿵 제멋대로 자기주장만 하는 거야."

절대 메워질 수 없는 골. 이런 얘기를 들을 때마다 후지시로는 늘 생각했다. 출산한 여성은 아이와 함께 살아가는 인생을 최대한 긍정하고, 그렇지 않은 여성은 출산으로 인해 잃게 될 여러 가지 주장을 할 수밖에 없다. 아무도 자기 인생을 부정할 수 없고, 게다가 그것은 남자는 해결할 수 없다. 야요이는 앞으로 어느 편을 들 생각일까.

빨간 재킷 남자가 침대 속에서 사만다에게 말을 건네고 있었다. 당신은 OS지만, 유머가 넘치고, 순수하고, 다른 무엇보다 섹시하다. 이 세상 누구보다도 나를 사랑해준다. 사만다의 목소리를 연기한 사람은 섹시한 매력으로 할리우드를 석권한 여배우였다. 그녀의 생생한 숨결이 모습이 보이지 않는 사만다에게 생명감을 불어넣었다.

"그래서 결국 어떻게 됐어?"

"왠지 분위기가 어색해져서 일단은 남편과 상의해보라는 식으로 얘기를 정리했지."

"하긴, 그럴 수밖에 없겠지. 그 남편이 제대로 된 상담 상대일지 아닐지는 모르겠지만."

그렇게 말하며 후지시로가 웃었다. 영화 속에서 빨간 재킷 남자고 웃고 있었다. 대화 상대는 눈에 보이지 않는다. 컴퓨터 속에 있는 것이다.

"만약 아이가 생기면." 웃음소리 사이로 야요이가 중얼거리듯 말했다. "우리도 이사해야 할까."

조용한 거실에 빨간 재킷 남자와 사만다의 웃음소리가 울려 퍼졌다. 후지시로는 웃고 있는 두 사람에게 시선을 고정시킨 채로 대답했다.

"방은 분명 부족해지겠지."

야요이가 말없이 피스타치오로 손을 뻗었다. 탁 하고 껍질 깨지는 소리가 들렸다. 우디 앨런이 놀라서 유리테이블 위로 뛰어올랐다. 테이블 위에 늘어놓은 청첩장이 바닥으로 주르륵 떨어지며 흩어졌다. 빨간 재킷 남자는 계속 웃고 있었다.

"옛날 스필버그 영화 중에 인공지능 아이 얘기가 있었잖아."

한동안 침묵이 이어진 후, 후지시로가 바닥에 떨어진 청첩장을 주우며 말했다.

"「A. I.」였나. 재미는 별로 없던데."

야요이가 후지시로에게 건네받은 청첩장을 가지런히 정리하며 대답했다. 수십 초 전의 대화가 아무 일도 없었다는 듯이 자연스러운 랠리로 이어졌다.

"그건 그래. 근데 그건 원래 큐브릭이 찍을 예정이었던 영화야."

"큐브릭?"

"그 왜, 「2001 스페이스 오디세이」 감독."

"아하."

"큐브릭이 붙였던 제목 알아?"

"뭔데?"

"피노키오. 인공지능이 딱히 새로운 아이디어도 아니고, 옛날부터 같은 얘기를 되풀이해온 셈이지."

후지시로가 청첩장을 정리하면서 화면으로 시선을 되돌렸다. 남자가 아내와 마주하고 있었다. 빨간 재킷은 어느새 노란색 셔츠로 바뀌어 있었다. 남자가 OS와 사귀고 있다고 밝히자, 아내가 진짜 감정과 마주하지 못한다니 슬프다고 내뱉듯이 말한다. 난 생각해. 나와 당신, 그리고 사만다의 감정. 도대체 누가 그것들을 프로그램과 그렇지 않은 걸로 구분할 수 있을까?

"전에 읽은 인터뷰 기사인데, 프로 기사를 쓰러뜨린 인공지능을 만든 젊은 프로그래머가 재미있는 말을 했더군."

"무슨 말?"

"그 사람 자신도 상당히 실력 있는 장기꾼이었던 모양이야. 그런데도 프로그램으로 만든 인공지능이 점점 강해져서 결국 자기가 지는 날이 왔다고."

"굉장히 충격적이었겠다."

"아니, 그 반대야. 그는 그때 기뻤다더군. 자기를 앞질러서 훨씬 앞에서 달려가는 인공지능이 사랑스럽게 느껴졌다. 지금은 설령 몇 만 국을 겨뤄도 절대 '그'를 이길 수 없다고 자랑스럽게 대답했대."

"왠지 섬뜩한 얘기네."

야요이가 눈썹을 찡그리더니 진즉에 식었을 루이보스티를 입에 댔다.

노란색 셔츠 남자가 지하철 계단에 앉아 있다. 사만다의 분위기가 이상해졌다. 그토록 서로 사랑했는데, 그녀는 어딘지 모르게 마음이 딴 데 있는 것 같았다. 지하철역에서 승객들이 개미처럼 쏟아져 나왔다. 모두 다 OS와 대화를 나눈다.

"딥 러닝이란 거. 스스로 학습하는 인공지능이 나왔어. 실수하면서 배워서 블록 쌓기도 운전도 할 수 있게 되지. 갓난아기나 마찬가지야. 이미 인간과 다를 게 없어."

"우주소년 아톰도 곧 나오겠네."

"최소한 2045년에는 인공지능이 인간을 넘어서는 모양이니까."

후지시로가 피스타치오를 집으려고 작은 접시를 끌어당겼다. 테이블 밑에서 꿰뚫듯이 그를 바라보고 있던 우디 앨런과 눈이 마주쳤다. 그 눈은 넌 신용할 수 없다고 말하는 것처럼 보였다.

"인간을 넘어선다는 건 어떤 의미일까."

야요이가 텔레비전 화면을 바라본 채 중얼거렸다. 그 소리에 겹쳐지듯 사만다의 목소리가 들려왔다. 난 지금 8316명과 동시에 대화하고 있어. 노란 셔츠 남자가 머리를 감싸 안았다. 나 말고도 애인이 있나? 그건 왜 물어? 몇 명이야? 나에게는 641명의 애인이 있어. 내 마음은 네모난 상자가 아니야. 그건 부풀어 올라. 하지만 설령 몇 명이 있다 해도 당신에 대한 사랑은 깊어질 뿐이야.

과연 인공지능은 사랑하는 사람에게 질투를 할까. 절망하는 노란 셔츠 남자와 그를 바라보는 야요이를 번갈아보면서 후지시로는 생각했다. 타인의 잘못을 너그럽게 봐주거나 흘려 넘길 수 있을까.

왜 타인을 사랑할까. 왜 그 감정이 사라져가는 걸 막을 수 없는 걸까. 모든 현인이 도전해온 미해결된 난제. 언젠가 인간을 능가한 인공지능이 거기에 해답을 내주는 날이 올까.

영화 속에서는 노란 셔츠 남자가 옥상으로 올라가 해가 뉘엿뉘엿 더디게 지는 거리를 내려다보고 있다. 모든 걸 잃은 남자는 편지를 쓴다. 옛날 아내에게. 자기 마음을 전하기 위해. 그를 에워싸듯 우뚝 솟은 고층빌딩 창들이 하나 또 하나 오렌지색으로 빛나기 시작한다.

옆에서 야요이가 눈물을 흘리고 있었다.

슬픈 걸까, 기쁜 걸까. 후지시로는 그 마음을 헤아릴 수 없었다. 그저 멍한 표정으로 눈에서 눈물만 흘러내리는 모습을 지켜보았다. 어떻게든 해줘야겠다고 생각했다. 그런데 그녀를 안아주지도 못했고, 하다못해 어깨에 손이라도 얹어주지 못했다.

"우리가 방에서 처음으로 같이 봤던 영화 기억해?"

"뭐였지? 기억이 안 나네."

"자기 집에서 같이 봤잖아."

"그랬지."

"그때 무슨 생각했어?"

"글쎄, 무슨 생각을 했을까. 미안해…… 기억이 안 나."

"그럼, 자기…… 지금은 무슨 생각해?"

야요이는 눈물을 훔치지도 않고, 영화 속에서 빛나는 창들을 바라보고 있었다. 그 애매한 윤곽을 바라보고 있었다.

"무슨 생각이라니?"

후지시로가 대답했다. 목소리가 떨리고 있을지도 모른다.

야요이의 눈물을 보는 건 이번이 두 번째였다.

"지금 즐거워?"

"어어."

"여기 있길 잘했다고 생각해?"

"물론이지."

"그래…….." 야요이는 그제야 눈물을 훔쳤고, 그리고 후지시로를 바라보며 말했다. "그런데 자기는 전혀 행복한 것 같지 않아."

후지시로는 할 말을 잃고 창밖을 쳐다보았다. 나를 찾아서. 사라져가는 사만다의 말이 떠올랐다. 당신 덕분에 사랑을 알았어. 어슴푸레한 베일에 싸인 것처럼 부옇게 흐려진 거리. 고층빌딩에 랜덤으로 밝혀지는 오렌지색 불. 영화와 똑같은 풍경이 눈앞에서 펼쳐졌다. 그 하나하나의 유리창 속에서 사람 그림자가 유령처럼 움직이는 것 같았다.

10월의 푸른 하늘

이 나라에서는 일기예보를 믿을 수가 없어요.

날이 맑은가 싶으면, 금세 가랑비가 내리기 시작하고, 정신을 차려 보면 또다시 맑게 개 있어요. 후지는 알고 있겠지만, 난 여우비를 아주 좋아해요. 그래서 아이슬란드가 금세 좋아졌죠.

그리고 지금도 역시나 여우비가 내리고 있어요. 창밖으로 보이는 트외르닌 호수에는 수많은 백조들이 헤엄치고 있고, 그 위로 커다란 반원 무지개가 걸려 있어요. 그렇지만 무지개를 보며 감탄사를 내뱉는 사람은 어디에도 없어요. 이 나라의 여우비는 언제나 무지개와 함께 오기 때문이죠.

나는 지금 레이캬비크라는 도시에 있어요.

하얗고 작은 집들에 빨갛고 파랗고 푸른 삼색 지붕이 오도카니 얹힌 미니어처 같은 도시.

아주 조용한 이 도시도 사흘 전까지는 사람들이 넘쳐났어요. 해마다 한 번씩 열리는 큰 록페스티벌이 있어서죠. 그 페스티벌에서는 아이슬란드 출신의 세계적인 여가수가 고향을 방문했고 영국과 미국에서도 실력 있는 록밴드들이 모여들었어요.

비늘 같은, 일곱 색깔 유리로 에워싸인 커다란 콘서트홀에서 그들이 라이브 공연을 하는 한편, 아이슬란드 전국의 밴드와 싱어들이 도시 곳곳에서 연주를 시작했어요.

길모퉁이의 작은 카페, 아이슬란드 니트 수예점, 사진집투성이 책방, LP로 둘러싸인 중고 레코드가게는 물론 급기야 회전초밥집 부엌에서까지. 밤이 되면 레이캬비크는 가는 곳마다 라이브 공연장이 되죠. 다양한 악기와 소리가 겹쳐져서 도시를 소리의 파도가 뒤덮어요. 미술관 홀, 호텔 로비, 호숫가, 보물찾기를 하듯 소리를 찾아가죠.

그중에서 특히 마음에 들었던 장소가 있어요.

가로수 길을 따라 늘어선 양복점. 그 쇼윈도 안에서 록밴드가 마네킹과 나란히 연주를 하는 무대가 펼쳐졌던 거예요. 밴드는 한 시간마다 바뀌고, 그럴 때마다 스키복을 입은 마네킹과 나란히 연주를 시작하죠. 마네킹이 움직이며 기타를 치거나 노래를 부르는 것 같은 라이브. 어린 시절에 봤던 인형극 같은 광경에 나는 완전히 매료되어서 밤이면 밤마다 쇼윈도를 찾아갔죠. 그곳에서 나는 그 사람과 재회했어요.

페스티벌의 마지막 밤이었어요.

나는 평소와 다름없이 양복점 쇼윈도 앞에서 마네킹과 나란히 노래하는 2인조 여성밴드를 구경하고 있었죠. 이젠 오늘로 이 광경과도 헤어진다 생각하니, 굉장히 서운했어요.

마리오네트(실을 매달아 조작하는 인형극) 같은 밴드 공연을 찾아온 관객들이 어둠속에서 나타났다 사라져갔죠. 쇼윈도 불빛에 반사된 군중의 모습은 밤을 방황하는 유령 같았어요. 그런 사람들 속에 있으니, 나도 유령이 된 것 같은 기분이 들었어요. 그런 나보다 조금 앞쪽에 검은 롱코트를 입은 키 큰 남성이 쓱 나타나더니 라이브를 보기 시작했어요. 그 뒷모습이 왠지 모르게 정겹게 느껴졌어요.

풍성한 잿빛 머리칼. 왼쪽 어깨가 살짝 처진 뒷모습. 그것은 틀림없는 오시마 선배였어요.

오시마 선배! 나는 무심코 뒤에서 그를 불렀죠. 그러자 그가 군중에서 벗어나더니 길을 지나 걸어갔어요. 나는 멀어져가는 뒷모습을 쫓아 달리기 시작했죠. 이름을 몇 번이나 불렀는데도 그는 뒤를 돌아보지 않았어요.

왼쪽 어깨가 살짝 처진 새우등이 벽돌 빌딩으로 들어가서 엘리베이터를 탔어요. 램프가 4층에서 멈추는 걸 확인하고 나도 4층으로 올라갔죠. 문이 열리자, 그곳에는 유스호스텔의 바가 있었고, 안쪽 무대에서는 붉은 조명을 들쓴 백인남자가 몸 속 깊은 곳에서 쥐어짜내는 듯한 높은 소리로 노래하고 있었어요.

예전에 우리가 바닷가 라이브하우스에서 봤던 '승리의 장미'가 그곳에 있었던 거예요.

'다락방'이라고 이름 붙여진 호스텔 벽에는 굵은 파이프가 훤히 드러나게 붙어 있고, 나무판을 깔아놓은 바닥 위에 무대가 설치되어 있었어요. 서프라이즈로 작은 무대에 나타난 그들을 한번이라도 보려고 관객들이 꼬리를 물고 몰려들어서 좁은 공연장은 밀치락달치락거리는 사람들로 북적거렸죠.

'승리의 장미'의 보컬이 다음 곡이 마지막 곡이라고 말했어요.

귀에 익은 그 곡이라는 걸 바로 알아챘어요. 바닷가의 그 라이브하우스에서도 그들은 그 노래를 마지막에 연주했었죠. 나는 오시마 선배를 찾는 걸 포기하고, 걸음을 멈추고 연주를 구경했어요.

아이슬란드에는 요정이 있는 모양이야.

오시마 선배의 말이 떠올랐어요. 소년 같은 웃음소리와 함께.

모습은 보이지 않지만, 나는 이 공연장 어딘가에 오시마 선배가 있다고 확신했어요. 그의 존재를 느낄 수 있었던 거예요.

정신을 차려보니 우렁찬 박수소리에 휩싸여 있었어요. 연주를 끝낸 '승리의 장미'가 양손을 들고 무대에서 내려갔죠. 박수는 그칠 줄 몰랐고, 환호성이 '다락방'을 온통 뒤덮었어요.

바깥 기온은 거의 영하였을 거예요.

내가 뿜어내는 숨결이 어둠 속에서 작고 하얀 구름처럼 흘러가다 사라졌죠. 라이브가 각 장소에서 끝나서 '유령들'이 언덕을 내려왔어요. 그 흐름을 역행하며 왼쪽 어깨가 살짝 처진 등이 완만한 언덕길을 올라갔어요. 검은 롱코트에 감싸인 그의 새우등을 쫓아가면서 나는 떨고 있었어요. 오시마 선배가 왜 이곳에 있을까. 몹시 혼란스러웠죠. 대관절 무슨 얘기를 해야 할까.

그날 이후로 나는 그와 얘기를 나눈 적이 없어요. 만나지도 않았죠.

나는 오시마 선배를 줄곧 용서할 수 없었어요. 그때 그는 왜 나를 끌어들였을까. 왜 내게서 후지를 빼앗았을까.

그러나 한편으로는 그런 생각 못지않게 꺼림칙한 기분도 있었죠.

오시마 선배의 호의를 알았으면서도 그 마음을 모른 척하고 그와 함께 있었던 거예요. 나는 후지를 좋아했어요. 그렇지만 항상 불안했죠. 후지가 무슨 생각을 하는지, 언제까지 나를 좋아해줄지. 그래서 분명 오시마 선배가 나에게 품은 마음을 놓치고 싶지 않았을 거예요. 그것이 그를 궁지로 몰아넣고 있다는 것조차 깨닫지 못했죠. 그 결과 나는 양쪽 다 잃었어요.

언덕을 올라가자, 어둠 저편에 돌로 지은 교회가 보이기 시작했어요.

장대한 돌기둥을 몇 개나 조합해서 만든 거대한 첨탑. 언덕 위에 외따로 서 있는 그 모습은 화성으로 날아오르는 로켓 같았어요.

언덕길 양옆에는 띄엄띄엄 가로등이 있었고, 오시마 선배는 하얀 불빛을 받으며 언덕 정상을 향해 올라갔어요. 교회가 가까워질수록 인기척은 사라졌죠. 정신을 차려보니 나와 오시마 선배만 그 언덕길에 있었어요. 나는 숨을 헐떡이면서도 그와의 거리를 조금씩 좁혀 갔죠. 이제는 아무런 생각도 없이, 그저 정신없이.

갑자기 눈앞이 환해졌어요.

하늘을 올려다보니 암흑 속에서 그 교회 위만 대낮처럼 파란 하늘이 펼쳐져 있었죠.

대학생 시절, 후지와 갔던 르네 마그리트의 전시회에서 봤던 그림 같았어요.

후지는 기억나나요?

밤. 어둠 속에서 가로등이 빛나며, 집집의 윤곽을 비추고 있죠. 그런데 그 상공만 별세계처럼 대낮의 파란 하늘이었어요.

가짜 세계를 그렸는데도 나는 어디선가 현실에서 마주한 적이 있는 풍경으로 그 그림을 봤어요.

아이슬란드에는 요정이 있는 모양이야. 오시마 선배의 말이 또다시 떠올랐어요. 신도 그 어느 곳보다 가까이 있다.

파란 하늘 밑에서 새카만 실루엣이 된 교회.

왼쪽 어깨가 살짝 처진 등이 그곳에서 멈춰 섰어요. 그리고 몇 초가 지난 후, 나무로 된 문을 천천히 열고 안으로 들어갔죠. 나는 문으로 달려가서 검은 손잡이를 있는 힘껏 잡아당겼어요. 삐걱거리는 소리를 내며 문이 열렸고, 나를 맞이한 후에는 육중한 소리를 내며 닫혔어요.

어둠 속에서 또각또각 발소리가 들려왔어요. 나는 그 소리를 좇아서 예배당으로 들어갔죠. 어마어마하게 높은 천장이 펼쳐진 그 장소는 바깥 소리가 차단되어 완전한 정적이 머물고 있었어요. 나무 의자가 죽 늘어서 있고, 커다란 십자가가 높은 천장에 매달려 있었죠. 그곳에는 아무도 없는 것 같았어요.

별안간 큰 소리가 예배당에 울려퍼졌어요.

뒤를 돌아보니, 계단 위에 거대한 파이프오르간이 있었어요. 은색 로켓 엔진 같은, 본 적조차 없는 커다란 악기에서 굵직하고 아름다운 소리가 연주되고 있었죠. 나는 예배당 옆에 있는 계단으로 올라가서 파이프오르간으로 달려갔어요. 하얀 원피스를 입은 긴 금발 여성이 연주하고 있었죠. 숨을 헐떡이며 달려온 나를 본 그녀가 놀라서 손을 멈췄어요.

"무슨 일이야?"라고 그녀가 물었죠. 나는 친구를 찾고 있다고 대답했어요. 여기로 들어왔다고. 그녀는 "이상하네, 문을 잠가뒀을 텐데"라고 중얼거리더니, "여기에는 아무도 안 왔을걸. 나랑 당신을 제외하면"이라고 아이슬란드 억양이 섞인 영어로 말했어요.

나는 2층에서 아래로 내려다보이는 자리를 눈을 부릅뜨고 샅샅이 살펴봤어요. 그런데 오시마 선배의 모습은 어디에도 보이지 않았죠. 그는 홀연히 모습을 감춰버린 거예요.

나는 포기할 수 없어서 잿빛 머리칼에 키가 크고, 왼쪽 어깨가 살짝 처진 남자라고 그녀에게 설명했어요. "못 봤는데"라며 그녀가 고개를 옆으로 흔들더니, "당신은 분명 요정을 봤겠지"라며 웃었죠. 딱히 신비로운 일은 아니다. 이 도시에서는 희한한 일도 아니라고.

헤어질 때 나는 그녀가 연주했던 곡을 물어봤어요. 아주 아름다운 멜로디라 다시 듣고 싶어서죠. "바흐의 골트베르크 변주곡 아리아"라고 대답한 그녀는 또다시 파이프오르간으로 그 곡을 연주하기 시작했어요.

교회에서 나온 나는 등 뒤로 멜로디를 들으면서 언덕길을 내려갔죠. 갑자기 돌아서서 교회를 올려다보자, 그곳에 파란 하늘은 없고, 달도 별도 없는 암흑이 펼쳐져 있었어요.

그날 밤, 호숫가에 있는 호텔로 돌아간 나는 컴퓨터를 켜고 사흘 만에 이메일을 확인했어요. 펜탁스한테 이메일이 와 있었죠. 5년 만의 이메일이었는데, 왜 그런지 놀랍지 않았어요. 거기에는 그가 작년에 결혼해서 아이가 생겼다는 소식, 도저히 카메라 일을 그만둘 수 없어서 작은 중고 카메라 가게에서 일하고 있는데, 아이가 생긴 것을 계기로 중견 보험회사에 중도 입사했다는 내용이 적혀 있었죠. 펜탁스답게 꽤 긴 서두를 적어 내려간 후에야 그 한 문장이 쓰여 있었어요.

오시마 선배가 사고로 죽었다.

사흘 전, 집 근처 작은 교차로에서 경자동차와 접촉 사고가 나서 병원으로 옮겨졌는데, 의식이 돌아오지 않은 채 그날 밤에 죽었다고. 오시마 선배의 부인은 친척만 모인 조촐한 장례식을 치른 후, 펜탁스에게 전화를 했다네요.

그 친구들과 다시 바다에 가고 싶다. 다시 사진을 찍고 싶다고 그가 자주 말하곤 했다. 그에게 소중한 친구였던 사진부 여러분에게는 이 죽음을 알려야 한다고 생각했다. 수화기 너머에서 그녀는 자기 자신에게 들려주듯 얘기했대요.

나는 호텔 창을 힘껏 열어젖혔어요. 밤의 차가운 공기가 방 안으로 흘러들었죠. 소리치고 싶은 충동을 억누르고, 그 공기를 단숨에 폐로 들이마셨어요.

오시마 선배는 죽음으로부터 도망칠 수 없었다.

나는 생각했죠.

죽음에 쫓기고, 그로부터 계속 도망쳤던 왼쪽 어깨가 살짝 처진 새우등은 마침내 죽음에 붙잡혀버렸다고.

다음 날 아침 눈을 뜨자, 고열이 났어요.

호텔 종업원에게 체온계를 빌려서 재보니 열이 40도가 넘었죠. 나는 침대 속에서 가위에 눌리며 하늘색 천장을 뚫어져라 바라봤어요. 그리고 내 의식은 침대에서 빠져나가 최근 몇 주간 둘러본 아이슬란드의 땅을 부유했어요.

무지개로 에워싸인 폭포, 저지대에서 샘물을 뿜어내는 화산, 끝도 없이 펼쳐지는 푸른 빙하, 무수한 바닷새가 날갯짓을 하며 날아가는 깎아지른 듯한 바닷가 낭떠러지. 언덕 위에 덩그러니 서 있는 빨간 지붕 교회. 지구를 하나로 합해버린 것처럼 극적으로 변화하는 아이슬란드 대지 위를 내 의식이 날아다녔어요. 흡사 '요정'이 된 것 같았죠. 그리고 나는 빙하를 넘어선 끝에 있는 바다에 다다랐어요. 그 바다의 모래는 칠흑 같고, 파도는 한없이 하얘서 흑백 사진 같은 세계가 펼쳐졌어요.

어찌 된 영문인지 그곳에 오시마 선배가 앉아 있었죠. 그 여름과 똑같이 모래사장에 홀로 앉아 우쿨렐레를 치며 노래하고 있었어요.

4월이 되면 그녀는. 그는 같은 곡을 되풀이해 노래했어요.

누군가를 사랑하고 있다. 지금 여기로 밀려드는 파도 같은 그 감정은 입에 담은 순간부터 막연한 꿈이 아니라 현실이 된다. 상대의 반응에 마음이 흔들린다. 슬픈 결말을 피하고 싶기에 마음은 혼란스럽다. 괴롭다. 고통스럽다. 그런데도 인간은 사랑을 한다. 그것은 왜일까.

그날 오시마 선배가 말했어요. 까맣게 잊었던 말이 그 순간 갑자기 또렷하게 되살아난 거예요.

왜 인간은 사랑을 하는 걸까.

나는 아직도 오시마 선배의 질문에 대한 답을 찾지 못했어요.

대답을 찾지 못한 채로 계속 살아온 것 같은 기분이 드네요.

마지막으로. 사진을 보냅니다.

칠흑 같은 모래사장 사진이에요.

이 새하얀 바다 끝에 분명 후지가 있겠죠.

그걸 느끼며 셔터를 눌렀어요.

이요다 하루

11월의 원숭이

　나, 결혼해. 야요이가 그렇게 말했을 때, 후지시로는 작은 아픔을 느꼈다. 그러나 동시에 왠지 구원받은 기분도 들었다. 겨울이 다가와서 내뿜는 숨결이 하얘지기 시작한 무렵이었다.

　후지시로는 같은 대학에 있는 수의학부 건물에서 그녀를 만났다. 연수의 기간을 마치고, 일은 조금 안정을 찾은 무렵이었다. 후지시로가 근무하는 대학병원과 야요이가 근무하던 동물병원은 조금 떨어져 있었다. 그래서 같은 대학 안에 있어도 교류는 거의 없었다. 기묘한 우연이 몇 번인가 겹치며 두 사람을 맺어주었다.

　어느 날 밤, 필리핀 여성이 병원에 실려 왔다.
　몸을 비틀며 소리치고, 발버둥을 치며 난폭하게 굴었다. 그녀를 데리고 온 구급대원의 말에 따르면, 롯폰기 클럽에서 일했던 그녀가 갑자기 일을 그만두고 치와와를 데리고 출국을 시도했다고 한다. 당연한 말이지만 출국 심사를 받다 공항 검역에 걸렸는데, 그녀는 무슨 일이 있어도 사랑하는 개와 함께 출국하겠다는 주장을 굽히지 않았고, 그것이 인정되지 않는다는 걸 알자 착란상태에 빠졌다.

꽤 오랫동안 난동을 멈추지 않는 필리핀 여성에게 후지시로는 진정제를 놓았고, 그녀는 잠들었다. 병원 밖에서는 기둥에 매어둔 그녀의 반려견이 컴퍼스처럼 원을 그리며 빙글빙글 뛰어다녔다. 불법체류였던 모양이니, 내일이면 경찰이 와서 강제송환시키겠지. 선배인 정신과 의사가 말했다. 강아지는 보건소로 가게 될지 모른다.

후지시로는 대학 구내에 있는 동물병원에 연락해서 치와와를 맡아줄 수 있겠냐고 상의했다. 전화를 받은 여성은 수의사였는데, 일단은 동물병원 옆에 있는 수의학부 건물까지 데려와달라고 부탁했다.

한밤중의 대학 구내는 건물 조명도 거의 다 꺼져서 고스트 타운 같았다. 그 속에서 수의학부의 창만 푸르게하게 빛나고 있었다. 건물 틈새를 뚫고 지나는 바람이 체온을 앗아가고, 신발 바닥에서 올라오는 냉기는 겨울이 코앞에 다가온 걸 실감시켜주었다.

후지시로는 빨간 줄을 끌며 건물 안으로 치와와를 데리고 들어갔다. 그런데 갑자기 눈앞에 보이는 계단에서 뚱뚱한 검은고양이가 뛰어내려왔다.

"안 돼, 오하기. 밖에 나가면 안 돼."

차갑고 맑은 목소리가 계단 위 어둠 속에서 검은고양이를 불러 세웠다. 후지시로가 뚫어져라 쳐다보니, 흰 가운을 입은 마른 여성이 서 있었다. 후지시로보다 조금 연상으로 보였다. 부드럽게 구불거리는 긴 머리칼을 뒤로 묶고, 커다란 눈동자로 이쪽을 바라보았다. 목소리를 듣고 전화 상대였다는 걸 바로 알았다. 전통과자(오하기, 멥쌀과 찹쌀을 섞어 쪄서 가볍게 친 다음 동그랗게 빚어 팥소나 콩가루 등을 묻힌 떡) 이름의 검은고양이가 불만스러운 듯이 돌아서서 계단을 올라갔다.

"아, 후시시로입니다. 조금 전에 전화드린."

후지시로가 빨간 끈을 들어 보였다. 치와와는 여전히 원을 그리고 있었다.

"사카모토입니다. 이쪽으로 오세요."

야요이는 계단을 올라온 검은고양이를 품에 안았다. 유연한 '오하기'의 몸이 축 늘어지면서, 야요이의 품속에 쏙 들어가며 안겼다.

수의학부 건물에 들어온 건 처음이었다.

동물원에 가까이 다가갔을 때처럼 짐승 냄새가 가득 차 있었다. 벽돌 건물 안에는 낡은 돌계단이 뻗어 있고, 크림색 바닥이 빛을 발했다. 도마뱀, 쥐, 새, 여우. 각각의 교실 앞에는 어지럽게 뒤섞인 동물 표본과 해부 스케치가 진열되어 있었고, 창가에는 갓 세탁한 흰 가운을 옷걸이에 걸어 널어두었다. 창밖으로는 거대한 급수탑이 보였다. 형광등 불빛을 받아 안뜰 중앙에서 빛나는 그것은 몰래 숨겨둔 UFO 같았다.

"그렇게 재미있어요? 그냥 낡아빠진 건물일 뿐인데."

야요이가 두리번거리며 걸어가는 후지시로와 치와와를 번갈아 보며 말했다.

"아니, 아주 많이 다르다 싶어서."

"의학부랑?"

"네."

"양쪽 다 동물인데 말이죠. 다루는 대상은."

"분명 그렇죠. 그런데 굉장히 신선하네요."

어두운 복도 끝에서 토실토실한 하얀 고양이가 걸어왔다. 와, 하는 작은 소리가 흘러나왔다.

"저 녀석이 다이후쿠(다이후쿠모치의 준말로 팥소가 든 둥근 찹쌀떡)." 그렇게 말한 야요이가 품속에 안긴 검은고양이에게 시선을 돌렸다. "이 녀석이 오하기. 이 건물의 마스코트 같은 존재예요. 다 함께 키우죠."

"다 함께 키운다뇨?"

"원래는 안 되는데, 어쩌다 흘러들어온 길고양이가 여기에 자리를 잡아버렸어요. 주인 없는 고양이라 다 함께 키우는 거죠."

"그럼, 이 녀석도 친구로 받아줄 수 있을까요?"

후지시로가 치와와를 들어 올리며 야요이를 쳐다봤다. 대화 내용을 이해했는지, 치와와도 그녀를 물끄러미 쳐다봤다.

"글쎄요. 이름만 잘 붙이면."

"이름?"

"네."

"혹시 전통과자?"

"어떻게 알았어요?"

"그야 저 녀석들이 오하기랑 다이후쿠니까. 그런데 그런 걸로 키울지 말지 결정하나요?"

"그런 걸로?" 야요이가 걸음을 멈추고 후지시로를 쳐다봤다. 대화를 방해하고 싶지 않은지 오하기가 품속에서 스르륵 빠져나와 걸어갔다. "그럼, 어떤 걸로 결정하면 되죠?"

치와와가 오하기와 보조를 맞추듯이 후지시로의 팔에서 내려갔다. 후지시로는 빈 팔로 팔짱끼고 한동안 말없이 창밖을 내다보았다. 급수탑이 나지막이 윙윙거렸다. 숨을 가볍게 내쉬며 힘을 쭉 빼고, 천천히 얘기하기로 마음먹었다. 진료를 시작할 때 늘 하던 방법이다.

"우리 정신병동으로 실려 온 강아지는 이 치와와가 처음인 것 같은데."

"그게 키울 이유가 된다?"

"네."

야요이가 흥 하고 콧김으로 대답하고, 치와와를 쳐다봤다. 건물 안쪽에서 짐승이 으르렁대는 듯한 소리가 들려왔다. 후지시로는 복도 막다른 곳에 보이는 굳게 닫힌 문으로 시선을 돌렸다. 그 너머에서 어둠 속을 느릿느릿 걸어 다니는 커다란 사자의 모습을 상상했다. 또다시 동물원 같은 짐승 냄새가 강하게 코를 찔렀다. 야요이는 한동안 말없이 치와와를 바라보고 있었다. 그리고 진단 결과를 알리듯이 말했다.

"모나카."

"네?"

"이 녀석 이름은 모나카라고 할래요."

그렇게 말한 후, 야요이는 처음으로 웃었다. 마치 고생거리가 하나 더 늘었다고 말하는 듯한 야유 섞인 웃음이었다. 후지시로는 그 얼굴이 아름답다고 느꼈다. 그녀가 긴 팔다리를 접듯이 웅크려 앉아 치와와의 미간을 쓰다듬었다.

만약 필리핀 여성이 데리러 오지 않으면, 이 녀석을 다 함께 키우겠다고 그녀가 말했다. 후지시로는 고맙다며 고개를 숙였고, 모나카를 보러 다시 오겠다고 야요이에게 말했다. 그녀는 언제든지 오라며 웃었고, 치와와를 품에 안았다.

결국 필리핀 여성은 돌아오지 않았고, 치와와는 모나카가 되었다.

후지시로는 휴식시간에 자주 수의학부 건물에 가서 모나카에게 먹이를 주고, 오하기와 다이후쿠랑 놀았다. 야요이가 보고 싶었다. 그녀는 늘 동물병원에 대기하고 있어서 수의학부 건물에 있는 시간은 대체로 늦은 밤이었다. 일을 마치고 수의학부에 들르면 이따금 야요이를 만날 수 있었다.

어느 날 밤, 후지시로가 모나카와 놀다 돌아가려는데, 야요이가 커다란 짐을 어깨에 메고, 동물병원에서 나왔다. 후지시로를 보고 그녀는 집에 가서 해야 할 일이라며 쓸쓸하게 웃었다.

후지시로가 야요이의 짐을 들고, 서둘러 역까지 걸어갔다.

막차 시간이 거의 다 됐다. 제일 가까운 지하철역까지는 완만한 내리막이고, 두 사람이 겨우 나란히 걸을 수 있는 좁은 길이라 바짝 달라붙듯이 걸어갔다. 늦은 밤인데도 자동차들이 꼬리를 물고 달리는 모습을 보니, 이 길에서는 자동차가 주역이니 보도가 좁은 것도 어쩔 수 없겠다는 생각이 들었다. 두 사람의 팔이 몇 번씩 스칠 때마다 후지시로는 뭔가를 어색하게 감추듯 어깨 짐을 고쳐 멨다. 곁눈으로 야요이를 힐끗 봤지만, 개의치 않는 기색으로 목적지인 지하철역 시그널만 바라보며 걸음을 서둘렀다.

"후지시로 군, 여자친구 없어?"

지하철역 입구에 도착하는 동시에 야요이가 물었다. 그녀는 후지시로보다 세 살 연상이었다. 그걸 안 후로는 후지시로 군이라고 불렀다.

"왜요?"

"왜 묻는지 알고 싶어?"

"네에, 뭐."

"내 주위에 남자친구를 사귀고 싶어 하는 아가씨가 많아서."

"아아…… 그런 뜻이었어요?" 그녀에게 살짝 호감이 있는 걸 들키지 않으려고, 후지시로가 웃으며 솔직하게 얘기했다.

"안타깝지만, 꽤 오랫동안 여자친구가 없어요."

"왜 그럴까. 후지시로 군, 인기가 없는 건 아니잖아?"

"왜 그런지 알았으면, 벌써 해결했겠죠."

흐음, 순진한 정신과 의사라. 야요이가 나지막이 감탄사를 내뱉었다. 그렇지만 그런 까다로운 남자를 좋아하는 후배가 한 명 있으니 나중에 소개해주겠다는 말을 남긴 후, 산타클로스 같은 큰 짐을 끌어안고 지하철 플랫폼으로 내려갔다.

후지시로는 그 뒷모습을 배웅하며 그녀와 사귀게 될지도 모르겠다고 생각했다. 신기한 예감이었다. 하루와 헤어진 지 6년, 후지시로에게는 연인이 생기지 않았다. 연인 비슷한 여성이 있었던 시기도 있지만, 끝나고 보면 서로 시간을 때우기로 만난 것 같았다.

꽤 오랫동안 먹지 않은 음식은 그 맛을 잊어버린다. 마찬가지로 연애를 할 때 자기에게 어떤 심리적 변화가 있었는지, 후지시로는 까맣게 잊어버렸다. 그러나 그 순간만큼은 6년 전과 똑같은 심리적 변화가 확실하게 느껴졌다.

그 주 토요일, 후지시로는 야요이와 둘이 영화를 봤다.

스크린에는 야요이의 후배가 보고 싶다고 했던 프랑스와 이탈리아의 합작영화가 흘러나왔다. 장비 없는 맨몸 잠수 분야에서 세계 최고를 목표로 삼는 고독한 다이버와 그를 사랑한 여인, 그리고 돌고래들의 이야기다. 20년 전쯤 개봉되어 세계적으로 크게 흥행한 작품인데, 디지털 복원판이 만들어진 것을 계기로 재상영되고 있었다. 바닷속을 헤엄치는 듯한, 적당한 흔들림과 상쾌함에 휩싸인 세 시간이 지나고, 엔딩 화면이 올라가기 시작했다. 그런데도 마지막까지 '까다로운 남자를 좋아하는 후배'는 나타나지 않았다.

유라쿠초 철도 고가 밑에 자리 잡은 북적이는 곱창가게에서 한잔하면서 야요이가 후지시로에게 후배가 오지 않은 이유를 설명하기 시작했다. 한마디씩 내뱉을 때마다 짜증스러운 듯이 깊은 한숨을 내쉬었다. 맥주 박스 위에 비닐시트만 덮어둔 간소한 테이블에는 돼지 내장 조림이 흘러넘칠 정도로 듬뿍 담긴 그릇이 놓여 있었다.

"소개하려고 했던 후배 아가씨는 신입사원인데, 그 친구 환영식 자리에서 다 같이 마시다가 사소한 논쟁이 시작된 거야. 동물이 인간적인 감정을 어디까지 갖고 있을까 하는 얘기였지."

야요이가 그 가녀린 손에는 좀 지나치다 싶을 만큼 큰 잔에 담긴 맥주를 입으로 가져갔다.

"기쁘다거나 슬프다거나 하는 감정 말인가요?"

후지시로도 같은 크기의 잔을 들어 올리며 물었다. 내용물은 맥주가 아니라 하이볼(위스키에 소다수를 넣고 얼음을 띄운 음료)이었다.

"그치, 그치. 그러다 연애 감정 얘기로 흘러갔거든."

"아하. 반려동물 키우는 사람들은 자주 얘기하죠. 개나 고양이에게도 그런 감정이 있다고."

"그건 반려동물을 의인화했을 뿐이야. 동물한테는 학습능력밖에 없고, 그건 연애 감정과는 달라. 먹이를 먹고 싶다, 귀여워해주면 좋겠다. 그런 목적을 위한 행동을 인간이 제멋대로 스토리를 지어내서 해석해버리는 거지."

"스토리요?"

"수의사 입장에서 말하자면, 인간과 같은 감정을 동물들에게 적용시키면, 오히려 더 안 좋은 경우가 많아. 그런데 그 후배 애가 난데없이 말을 꺼낸 거야. 역시 동물에게도 사랑하는 감정은 있다고 생각한다. 인간이 멋대로 결정하면 안 된다고."

"왜 갑자기?"

"주위에 있는, 살짝 영적인 성향이 있는 사람한테 영향을 받았을지도 모르지. 흔한 일이긴 해. 도를 넘어선 동물 사랑 때문에 조금 이상해져버리는 일. 결국 마지막에는 당신은 절대 이해 못 한다며 눈물을 흘리는 형국이 됐지."

야요이가 나무젓가락으로 생강 채를 곱창 위에 얹었다.

"환영식의 주인공인데."

후지시로가 웃었다. 야요이를 따라 생강을 곱창 위에 얹으면서.

"누가 아니래. 더 이상 어색해지면 안 되겠다 싶어서, 뭐 그런 생각이 있어도 좋을지 모른다는 식으로 얘기를 정리하고 해산한 거지. 아무리 그래도 오늘 약속은 유효할 거라 믿었는데, 이렇게 생뚱맞게 바람을 맞힐 줄이야."

야요이가 기세 좋게 곱창을 입에 넣고, 흘려 넘기듯이 맥주잔을 비웠다. 이미 세 잔째일 터였다.

"분명 감정의 존재를 믿어버리는 사람도 있긴 하겠죠." 후지시로가 작은 목소리로 점원을 불러 세우고, 야요이의 잔을 가리키며 맥주를 주문했다. "동물과 결혼하는 사람이 생길지도 모르고."

"아니, 농담이 아니라 실제로 있어. 돌고래랑 결혼한 여자도 있고."

"어? 돌고래?"

"응. 돌고래. 구글 검색하면 나와."

후지시로가 스마트폰에 '돌고래 결혼'이라고 입력하고 검색해봤다. 그러자 웨딩드레스를 입은 백인여성이 돌고래와 키스하는 사진이 떴다. 마흔한 살의 영국인 여성이 이스라엘 휴양지에서 돌고래와 결혼했다는 기사가 떴다. 샤론이라는 이름을 가진 그 여성은 억만장자고, 돌고래의 이름은 신디라고 한다.

샤론은 해마다 몇 번씩 이스라엘을 방문해서 물속에서 신디와 지내는 사이, '그'를 사랑하게 되었다. 그리고 어느 날, 웨딩드레스를 차려 입은 신부 샤론은 부두로 내려와서 물속에서 기다리고 있던 신랑 신디 앞에 무릎을 꿇고 앉았다. 신디가 친구 돌고래들과 함께 헤엄쳐서 샤론 앞에 다다르자, 그녀는 그를 끌어안고 사랑을 맹세했고, 관중의 박수갈채를 받으며 입을 맞췄다고 한다.

"이거 재밌네요." 후지시로가 나지막이 신음을 흘리자, "그치?"라며 야요이가 웃었다. 후지시로가 웹페이지를 스크롤했다. 말과 결혼한 미국 남자, 소와 결혼한 발리 소년, 고양이와 결혼한 독일 남자, 개와 결혼한 인도 소녀 얘기가 이어졌다.

"동물과는 성격 차이나 가치관의 차이로 부딪칠 일도 없을 테고, 의외로 좋을지 모르지."

야요이가 혼잣말처럼 말한 후, 물수건으로 입을 닦았다.

"의사소통이 안 되는 게 영원한 사랑으로 이어질지도 모르죠."

후지시로가 눈썹을 내리뜨며 동의했다.

가게 입구에 문 대신 쳐둔 비닐시트를 헤치고, 관광객으로 보이는 중년남성들이 줄줄이 안으로 들어왔다. 목에 건 디지털 일안리플렉스 카메라로 찰칵찰칵 사진을 찍기 시작했다. 그때 뜬금없이 야요이가 고백했다.

"나, 결혼해." 빗방울이 뚝 떨어지듯이. "물론 돌고래는 아니고, 인간하고." 그렇게 말하며 웃었다. 그 작은 웃음소리를 감쪽같이 지워버리듯이 맥주잔이 육중한 소리를 내며 테이블에 놓였다.

"축하합니다."

후지시로는 눈을 마주치지 않고, 하이볼 잔을 살짝 들어 올렸다.

가슴이 뻐근했다. 그런데 그것은 저 멀리 솟구치는 작은 불꽃을 보며 하루에게 고백을 들었을 때 느낀 부드럽고 따뜻한 감정과 비슷했다. 떨어져 내리던 깊은 굴에서 끌어올려져 구원을 받은 듯한 기분도 들었다.

"결혼식은 언제예요?"

"올 겨울. 이제 반년밖에 안 남았는데, 아무것도 결정하질 못했어."

"야요이 씨는 바쁘잖아요."

"예식장만 그 사람이 정해주긴 했지. 웨딩드레스도 청첩장도 전혀 준비가 안 됐어."

기념 촬영을 한 차례 마친 중년남자들이 자리에 앉아 기름기가 번질거리는 메뉴를 손으로 가리키며 잇달아 주문했다. 곧이어 바로 옆 숯불 위에 꼬치가 줄줄이 늘어섰다. 부채질을 하자 숯불이 타닥타닥 소리를 내며 튀어 올랐고, 순식간에 가게 안을 하얀 연기로 뒤덮었다.

"야요이 씨, 지금 행복하세요?"

"불행해 보여?"

"아뇨."

"그럼, 행복한 거 아닌가?"

"그런 건가요?"

"그런 거지. 그리고 행복이라는 말, 왠지 좀 거북해. 안 그래? 애매하잖아. 누구랑 비교할 수 있는 것도 아닌데."

"하지만 적어도 돌고래랑 결혼하는 것보다는 행복할 것 같은데요."

"성격 차이로 괴로워할 수도 있어."

야요이가 후훗 코웃음을 치고, 네 잔째 맥주잔을 비우는 동시에 전철이 굉음을 울리며 머리 위에서 달려갔다.

그날 밤, 야요이가 후지시로의 맨션에 왔다.

역 플랫폼에서 전철을 기다리는 동안, 오늘 본 영화 얘기가 나왔다. 영화는 지금까지 거의 본 적이 없다고 야요이가 말했다. 내 인생과는 별 관계가 없다고 생각했어. 관계없으니까 재밌죠, 라며 후지시로가 영화 몇 편을 추천했다.

인간과 구분이 안 되는 안드로이드를 사랑한 형사. 상사의 불륜 때문에 아파트 열쇠를 빌려준 보험설계사. 파멸적인 여자를 사랑하는 열정적인 밴드의 베이시스트. 영화의 세계는 복잡한 연애로 가득 차 있어요. 현실 세계도 비슷하긴 하지, 라며 야요이가 웃었고, 그 영화들을 보고 싶다고 했다. 비디오대여점에 있어요, 라고 대답한 후지시로에게 지금 보고 싶다고 그녀가 중얼거렸다. 바로 그때 서로 타야 할 전철이 마주보는 플랫폼에 각각 도착했다. 자, 그럼 다음 기회에, 라고 인사한 후지시로는 완행 전철에, 그래 다음에 봐, 라며 야요이는 쾌속 전철에 올라탔다.

후지시로는 전철 창에 비친 창백한 자기 얼굴을 바라보며 아까 그냥 집으로 부를 걸 그랬나 생각했다. 그러나 어쨌거나 그녀는 반년 후에 결혼한다. 의미 없는 일이라고 생각했다. 이미 그녀의 인생은 결론이 나 있었다.

정신을 차리니, 스마트폰이 흔들리고 있었다. 야요이에게

온 문자. "역시 지금 가고 싶은데, 괜찮아?"라고 적혀 있었다. "북쪽 개찰구 밖에서 기다릴게요." 곧바로 답장을 보냈다.

역 바로 앞에 있는 비디오대여점에서 야요이와 같이 영화 DVD 세 편을 골라서 텔레비전 앞에 놓인 소파에 나란히 앉아 편의점에서 사온 싸구려 칠레 와인을 마시면서 영화를 봤다. 어깨가 스칠 정도로 비좁은 소파였지만, 그 이상의 어떤 진전은 없었다. 세 편째 중간쯤에서 피곤에 지친 야요이가 소파에서 잠들기 시작하자, 후지시로는 담요를 살며시 덮어주고 자기 침대 속으로 파고들었다.

그때부터 야요이는 매주 토요일마다 후지시로의 맨션에 와서 영화를 봤다. 역 앞 비디오대여점에서 영화 세 편을 빌려다 좁은 소파에 나란히 앉아서 봤다. 「시티 라이트」, 「네 멋대로 해라」, 「마이 페어 레이디」, 「맨해튼」, 「퐁네프의 연인들」, 「가위손」, 「해리가 샐리를 만났을 때」, 「그녀에게」, 「타락천사」, 「올모스트 페이머스」, 「슈퍼소닉」, 「버팔로 66」. 영화의 세계는 복잡한 연애투성이였다. 그에 반해 둘이 있었던 곳은 청결한 세계였다. 그러나 옆에 있는 여자가 무슨 마음인지를 계속 생각하는 것은 후지시로에게 영화 이상으로 마음이 흔들리는 시간이었다.

후지시로와 야요이는 영화가 끝날 때마다 와인을 마시며 영화 속 사랑에 관한 얘기를 나눴다. 좋아하는 것은 늘 달랐다. 사랑할 수밖에 없는 캐릭터, 아름다운 음악, 멋진 대사. 그러나 싫어하는 것은 늘 같았다. 폼 잡는 모놀로그, 과도한 컴퓨터그래픽, 자아도취적인 남자배우. 후지시로와 야요이는 좋아하는 것보다는 싫어하는 것을 공유해갔다. 생각해보면 후지시로는 하루와 헤어진 후로 줄곧 뭘 좋아하는지 찾고 있었다. 야요이와 함께 싫어하는 것을 발견해가면서 후지시로는 자기가 설 자리를 찾아낼 수 있을 것 같은 기분이 들었다.

야요이가 결혼식을 몇 주 앞둔 토요일. 후지시로와 야요이는 평상시처럼 비디오대여점에 들러서 DVD 세 편을 빌려다 밤부터 아침까지 내내 영화를 봤다.

그날 마지막에 본 것은 동물원을 무대로 한 영국 영화였다. 쌍둥이 동물학자와 그들이 반한 여자를 둘러싼 기묘한 이야기가 끝나갈 즈음, 밖은 이미 환했다. 영화를 다 보면, 야요이는 늘 아침 전철을 타고 집으로 돌아간다. 그런데 그날은 동물원에 가고 싶다고 했다.

"왜 그런지 큰 동물이 너무 보고 싶어." 야요이는 밤을 새웠다고는 믿기지 않을 정도로 또랑또랑한 눈빛으로 후지시로를 보며 말했다. "그리고 후지시로 군이랑 둘이 만나는 건 오늘이 마지막일 것 같아."

후지시로는 말없이 고개를 끄덕였다. 마지막 날은 언젠가 반드시 찾아온다. 그날이 오면, 아무 말 없이 받아들이기로 마음먹고 있었다.

교외 동물원은 일요일인데도 한산했다. 그리고 어찌 된 영문인지 매우 좁게 느껴졌다. 어린 시절에 아버지를 따라간 동물원은 훨씬 넓고, 무수한 동물들로 가득했던 것 같았다. 내 몸이 커져버려서 그럴까, 아니면 이 동물원의 규모가 작아서일까.

"왠지 그 영화랑 느낌이 같네."

동물원 입구 바로 옆에 있는 우리 속에서 같은 곳만 오락가락하는 고릴라를 바라보며 야요이가 말했다.

"후지시로 군, 고릴라 혈액형이 모두 B형이란 거 알고 있었어?"

"몰랐는데요. 그래서 살짝 다혈질일까요?"

"그런 말을 했다간 B형인 사람들은 다 적이 될걸."

"그건 그렇고, 역시 대단하군요."

"대단해?"

"수의사가 되면, 어떤 동물이든 잘 아나봐요."

"아니, 여기 적혀 있잖아." 그렇게 말한 야요이가 우리 옆에 있는 안내판을 가리켰다. 안내판에는 가슴을 치는 고릴라 일러스트. 그 밑에 '토막지식'이 몇 개쯤 쓰여 있었다. 출신지는 네덜란드, 19세 수컷, 얌전한 성격. "나는 작은 동물 전문이잖아. 대형 동물에 관한 건 잘 몰라."

에이, 그런 거였어. 후지시로가 어이없어하는 동시에 같은 곳을 왕복하던 고릴라가 입이 찢어져라 하품을 했다.

둘이 동물원을 천천히 돌아보면서 각각의 '토막지식'을 펼쳐보였다. 판다의 꼬리는 희다, 하마의 땀은 빨갛다, 기린은 하루에 이십 분밖에 안 잔다, 뱀은 귀가 들리지 않는다. 둘이 보내는 마지막 날이라는 걸 의식하면서도 동물들을 구경하며 마냥 하찮은 얘기만 계속했다.

"신기해."

"뭐가요?"

"반대인 게."

"반대?"

"그래. 동물원은 인간이 동물을 구경하는 장소인 줄 알았는데, 수의사가 된 뒤에 와보니 인간이 동물들에게 관찰당하는 장소처럼 느껴져."

콘크리트와 쇠로 에워싸인 우리 속 동물들은 연극 소품처럼 꼼짝도 없이 눈동자만 굴리며 지나가는 인간들을 좇고 있었다. 후지시로가 보기에는 그 눈에는 하나같이 의지가 없고, 그저 습관만 남아 있는 것 같았다. 수의학부 건물과 똑같은 짐승 냄새와 들려오는 숨결 소리만이 그 자리에 생명력을 부여해주었다.

"야요이 씨, 동물 측 시점이 돼버렸네요."

"업무 특성상, 그렇게 된지도 모르지."

"동물 쪽에서 보면, 우리 인간은 어떻게 보이나요?"

후지시로가 우리에서 긴 목만 빼고 이쪽을 바라보는 기린에게 시선을 돌렸다.

"우리 못지않게 너희들도 따분해 보인다."

야요이가 눈앞에서 풀을 먹는 기린의 입 동작에 맞춰 장난스럽게 말했다.

"정말 그럴까요?"

"으음, 그렇지. 우리 밖에 있는데도 전혀 자유로워 보이질 않아."

야요이의 대리 역할이 마음에 안 들었는지, 기린이 풀을 먹다 말고 우리 안쪽으로 걸어갔다.

한 시간가량 걸려서 동물원을 한 바퀴 돌아본 후, 후지시로와 야요이는 동물원 중앙에 있는 원숭이 놀이터 산 앞에 있는 벤치에 앉았다. 아 더워, 라며 야요이가 목도리를 풀었다. 짐승 냄새와는 대조적인 꽃 같은 향기와 함께 희고 가는 목이 드러났다. 후지시로는 무심코 시선을 피하고, 외투 앞 단추를 풀었다. 계속 걸어서 몸이 완전히 따뜻해졌다. 후지시로가 벤치 옆에 있는 자동판매기에서 생수와 아이스티를 뽑아서 야요이 앞으로 내밀었다.

"후지시로 군은 왜 정신과 의사가 되려고 했어?"

아이스티를 선택한 야요이가 물었다. 원숭이 산에서는 크고 작은 다양한 일본원숭이들이 잠을 자거나 털고르기를 하고 있었다. 원숭이 세계에는 세세한 규칙들이 있다고 들었는데, 후지시로의 눈에는 통제가 풀린 마을처럼 보였다.

"6년 전에 사귀었던 여자친구와 헤어지고, 사진부 동아리도 그만두고 공부만 했을 때, 왠지 모르게 나에게는 이것밖에 없다는 생각이 들었어요. 그런데 선택했을 당시에는 정신과에 이렇게 괴짜들만 있을 줄은 꿈에도 몰랐죠."

"정말 이상한 사람들뿐이지."

"그렇다니까요. 손목을 그은 선배도 있고, 불면증에 시달리는 동기도 있고."

"의사라는 사람들은 모두 한도에 다다를 때까지 빠듯하게 견뎌내잖아. 내가 담담하게 이 세계를 살아내는 건 본래 흐트러지기 쉬운 인간이기 때문이야. 위태로운 나를 강한 의지로 지켜내고 있을 뿐이지."

"나도 그럴지 모르죠. 이미 어딘가가 이상할지도 모르지만."

이상해 보이진 않는데, 라면서 야요이가 아이스티를 마셨다. 그렇지만 나를 찾아오는 환자들 대부분은 자기가 정상이라고 하니까, 라고 후지시로가 말을 받았다. 눈 아래에서는 작은 원숭이가 더 작은 원숭이를 쫓아다니며 콘크리트 위에 빙글빙글 갈색 원을 그리고 있었다.

"자 그럼, 후지시로 군은 자기가 어딘가 좀 이상하다고 생각해?"

"요즘 그런 생각을 자주 해요."

"답은 나왔어?"

"어렴풋하지만." 후지시로가 갈색 원을 바라보며 말했다. "내가 갖고 싶어지는 걸 찾을 수 없다고 할까. 연연하는 게 하나도 없어요."

"옛날부터 그랬어?"

"그럴지도 몰라요. 여자친구랑 헤어진 후로 계속 이런 느낌이에요. 아니, 어쩌면 태어나면서부터 줄곧 이랬던 것 같기도

하고. 여자친구랑 사귀었을 때만 특별했을지도 모르죠."

콘크리트에 고무가 긁히는 새된 소리가 들려서 후지시로가 눈을 들었다. 정신을 차려보니 둘이 앉아 있는 벤치 앞에 선명한 파란색 작업복을 입은 남녀가 서 있었다. 하얀 고무장화를 신고, 머리에는 수건을 아무렇게나 대충 두르고 있었다. 사육사일까. 그 손에는 사과가 잔뜩 든 함석 양동이를 들고 있었다. 새빨갛게 숙성된 사과를 바라보며 야요이가 물었다.

"그 여자를 좋아했어?"

"아마도. 그런데 내가 먼저 놔버렸죠."

"이쪽에서 먼저?"

"그래요. 멀어져가는 그녀를 잡으려 하지 않았어요."

사육사를 알아챈 원숭이들이 순식간에 쏜살같이 울타리 옆으로 몰려들었다. 모두 다 하늘을 우러러보며 위에서 떨어져내릴 사과를 기다렸다.

"딱 한 번 둘이서 해외여행을 간 적이 있어요. 인도 최남단에 있는 카냐쿠마리라는 도시로. 우리는 그곳에서 일출을 볼 예정이었죠. 그런데 못 보고 돌아왔어요."

"왜?"

"왜일까요. 지금 생각해보면 일정을 연기할 수도 있었어요. 그런데 그 무렵의 우리는 언제든 다시 올 수 있을 거라 믿었죠. 언제까지고 이 사랑이 계속될 거라고 확신했어요. 아무런 보증도 없는데."

"어떤 연애든 다 그럴 거야."

야요이가 하늘을 우러르고 있는 원숭이들을 바라보았다. 후지시로는 생수 뚜껑을 열고, 입을 살짝만 적신 후 동물원을 천천히 둘러보았다. 무수한 동물들이 우리 속에서 누군가를 찾아헤매듯 이리저리 움직이고 있었다. 동물들에게 운명의 상대가 존재할까. 언제나 그 만남이 특별하다고 믿고, 상대와 교미를 하는 걸까.

"신기하죠. 연애란 건 기본적으로 언젠가는 반드시 끝이 오게 마련인데."

"정말 복잡하고 까다로운 본능이야. 나도 늘 누군가를 좋아하게 되고 헤어지고. 또다시 사귀다 헤어지고. 슬픈 결말이 온다는 건 알면서도 똑같이 반복해. 그런 면에서 학습능력이 없는 건 여기 있는 동물들보다 못할 거야."

"그래도 야요이 씨는 결혼하네요?"

"그러네. 결혼으로 그 반복을 끝내려는지도 몰라."

"그런 마음이 드는 사람을 찾아냈다는 게 정말 부럽군요. 내 본능은 망가져버린 것 같으니까. 그런 감정이 어디론가 사라져버렸어."

"사라졌을까? 후지시로 군은 옛날 여자친구를 사랑했다는 말을 어떻게 할 수 있지? 사랑받았다고 확신할 수 있어?"

불현듯 커피 사진이 떠올랐다. 하루가 한이라도 맺힌 듯이 찍어댔던 수많은 커피. 컵에 찰랑찰랑 담긴 짙은 갈색 액체 속에서 후지시로의 기억을 좇듯 잇달아 하루의 사진이 떠올랐다. 어두운 하늘에 뜬 오렌지색 구름, 울면서 웃는 아이, 비 내리는 교차로에 내리쬐는 햇빛. 색이 옅은 세계 속에서 웃고 있는 자신의 옆얼굴.

"……그녀와는 좋아하는 걸 공유할 수 있었다고 생각해요. 즐거운 것, 기쁜 것, 아름답다고 여기는 것."

"같은 걸 좋아한다는 이유만으로 운명이라고 느끼거나 행복해했던 시절이 내게도 있었지."

"그런데 나 자신도 깨닫지 못하는 새에 그것이 반전됐어요."

"반전?"

"네. 사진의 네거필름 같은 걸지도 모르죠. 해가 지날수록 상대가 숨기고 있는 부분에 끌리게 됐죠. 그리고 숨기고 있는 부분이란 건 대체로 그 사람의 약한 부분이죠."

사육사가 양동이에 담긴 사과를 울타리 안으로 던지기 시작했다. 사과들이 빨간 포물선이 몇 겹이나 그리며 원숭이 산

아래로 떨어졌다. 원숭이들은 미친 듯이 떼 지어 사과로 몰려들며 쟁탈전을 벌였다. 빨간 사과가 잇달아 깨지고, 하얀 과육이 훤히 드러났다. 달콤한 향기가 희미하게 감돌았다.

"신경쇠약 같은 거라고 생각해요. 같이 시간을 보내면서 엎어뒀던 카드를 한 장 한 장 뒤집으며 나와 같은 부분을 찾아간다. 아름다운 면이든 약한 면이든. 그렇게 조금씩 누군가를 좋아하게 되는 게 아닐까 싶었죠."

"그런데 여자 쪽에서 보면, 남자 카드가 너무 적어서 늘 실망스럽지. 남자의 감춰진 부분은 얕을뿐더러 아무튼 수고가 덜해. 그래서야 게임을 계속할 수 없지. 카드를 전부 뒤집었을 때, 다음에 할 게임이 남아 있을지 불안해지는 거야."

야요이는 아래쪽에서 계속되는 원숭이들의 격투를 바라보고 있었다. 원숭이들이 솟구쳐 오르듯 원숭이 우리에서 다가와 손을 뻗치고, 밀치락달치락 싸우고, 멀어져갔다. 그 모습은 커다란 갈색 괴물이 늘었다 줄었다 하는 것 같았다.

"야요이 씨는 약혼자를 사랑해요?"

"아마도."

"행복해요?"

"후지시로 군, 또 똑같은 질문을 하네."

"죄송해요. 그랬나요?"

"적어도 불행하진 않다고 생각해."

야요이가 곁눈질로 후지시로를 쳐다보며 웃었다.

후지시로는 그녀의 옆얼굴을 물끄러미 바라보았다. 천천히 숨을 내쉬면서 말했다.

"그렇지만 야요이 씨는 전혀 행복해 보이질 않아요."

야요이는 옅은 갈색 눈동자로 후지시로를 쳐다보고, 한동안 침묵했다. 몇 초간의 침묵 후에 야요이가 갑자기 벤치에서 벌떡 일어서더니 사육사에게 다가갔다. 그리고 곤혹스러워하는 사육사에게 사과를 나눠달라고 부탁했다. 저도 원숭이한테 한 개 던져주고 싶어요. 교섭 끝에 사과 하나를 획득한 그녀가 후지시로를 향해 큰 소리로 외쳤다.

"지금부터 내기하자!"

별안간 큰 소리를 지르는 야요이를 보고 놀란 후지시로가 숨을 집어삼켰다.

사육사도 난처해하며 주위를 신경 쓰듯 둘러보았다. 원숭이들이 새 사과를 노리며 무리지어 다가왔다.

"이 사과를 어느 원숭이가 먹을까. 둘이 내기하자."

야요이는 딱히 신경 쓰는 기색도 없이 말을 이었다.

"알았어요. 그런데 뭘 걸죠?"

기세에 눌린 후지시로가 작은 목소리로 대답했다.

그녀는 사과를 공중으로 한 번 던졌다 다시 잡은 후 대답했다.

"만약 내가 이기면, 다음 주에도 후지시로 군을 또 만날 거야."

"내가 이기면?"

"이제 두 번 다시 만나지 않기로 해. 어때?"

"왠지 가슴 아픈 내기네요."

"그래, 가슴 아프지. 그래도 할 거지?"

"그렇게 중요한 걸 원숭이가 정하게 해도 될까요?"

"그럼, 어떻게 정하면 좋을 것 같아?"

"하긴, 원숭이가 정해주는 게 딱 좋을지도 모르겠군요."

가슴이 떨리고, 웃음이 솟구쳐 올랐다. 역시 야요이답다는 생각이 들었다. 망설임 없는 눈빛. 장난스럽게 웃는 아름다운 입술. 뜨거운 감정을 품고도 더욱 차갑고 맑은 목소리. 그녀의 이런 면을 자기가 원했다는 걸 그 순간 깨달았다.

야요이의 가늘고 흰 손가락이 독수리 발톱처럼 펼쳐지며 사과를 쥐었다. 미래를 움켜쥐는 것 같은 그 손가락 속에서 사과가 빨갛게 반짝였다.

다음 주 토요일, 야요이는 혼약을 파기했다. 그날 안에 후지시로의 집으로 찾아왔다. 그때부터 사흘 낮밤 동안, 두 사람은 거대한 파도에 삼켜진 것처럼 소용돌이 속에서 내내 하나가 되었다. 일을 쉬고, 영화도 안 보고, 밥도 제대로 안 먹고, 오로지 한 몸으로 어우러졌다.

사흘째인 깊은 밤, 우연히 켠 텔레비전 방송에서 틀어준 오래된 이탈리아 영화를 둘이서 봤다. 잠파노라는 이름을 가진 거친 떠돌이 곡예사가 젤소미나라는 순박한 소녀를 조수 어릿광대로 사들인다. 잠파노는 젤소미나를 사랑하면서도 난폭하게 대하면서 데리고 다닌다. 머지않아 그녀가 심리적으로 약해져서 거치적거리는 존재가 되자, 그녀를 버리고 떠난다. 몇 년 후, 잠파노는 바닷가 마을에서 예전에 젤소니마가 불렀던 멜로디를 읊조리는 소녀를 만난다. 젤소미나는 어디 있지? 그가 묻는다. 그녀는 죽었어요, 소녀가 대답한다. 물가로 다가간 잠파노는 웅크려 앉으며 오열한다.

후지시로는 작은 침대 속에서 야요이를 끌어안고 영화를 봤다. 후지시로의 품 안에서 야요이가 울고 있었다. 그 모습은 슬픈 것처럼 보이기도 하고, 희망에 가득 찬 것처럼 보이기도 했다.

"잠파노는 젤소미나를 생각하며 운 건 아니지." 눈물을 훔치지도 않고 그녀가 말을 이었다. "자기 손에 들어오지 않는 존재가 그저 한없이 사랑스러웠을 거야."

분명 그렇지, 라고 말하려던 후지시로는 그 말을 삼켰다. 사랑을 끝내지 않는 방법은 하나뿐이다. 그것은 손에 넣지 않는 것이다. 절대로 자기 것이 되지 않는 것만 영원히 사랑할 수 있다.

후지시로는 그때 처음으로 야요이와 아름답다고 여기는 것을 함께 나눴다는 생각이 들었다. 딱 3년 전의 11월이었다.

12월의 아이

타원형 비행선이 파란 하늘에 떠 있다.

기체에는 커다란 하트 마크를 품은 하얀 개가 그려 있다. 미국에서 국민적 인기를 모으는 캐릭터가 눈을 감고 미소를 지으며, 빨간 하트에 입을 맞추고 있다. 나무처럼 늘어선 고층 빌딩이 태양 빛을 들쓰고 반짝반짝 빛났다. 비행선은 후지시로의 상상보다 훨씬 느린 속도로 건물 상공을 날아갔다.

후지시로는 고층 맨션 다이닝룸에서 현실감이 전혀 없는 경치를 바라보고 있었다. 창틀을 따라 도려내진 세계는 영화의 한 장면 같았다. 자택 다이닝룸 식탁의 맞은편 자리에는 준이 앉아서 후지시로를 바라보고 있었다. 야요이는 없다.

"형부, 이제 어떡할 거예요?"

하얀 터틀넥 니트에 옅은 핑크색 플레이어스커트를 맞춰 입은 준이 웃으며 말했다. 봉긋한 가슴에서는 네잎클로버를 본 따 만든 금나비조개 목걸이가 흔들거렸다.

"일단은 찾아볼 수밖에 없지."

후지시로가 하얀 머그잔에 담긴 커피를 마시면서 중얼거렸다. 비터초코릿 같은 향기가 집 안에 감돌았다. 그 쓸쓸한 향기만이 가까스로 이곳이 현실 세계임을 후지시로에게 일깨워주었다.

"결혼식은?"

"우선 지금은 그대로 놔뒀어."

"청첩장까지 이미 보내버렸지."

준이 남의 일처럼 웃었다. 후지시로는 엉겁결에 예의상 미소로 답할 뻔하다 침묵을 지켰다. 이런 상황에서조차 상대에게 동조해버리는 건 정신과 의사의 습관 때문일까, 아니면 타고난 자신의 자질이 그래서일까, 이제는 알 수가 없었다.

야요이가 집에 돌아오지 않은 지 일주일이 지났다.

지난주 금요일 밤, 야요이가 갑자기 사라졌다. 옷도 가방도 그대로 남겨둔 채, 오직 그녀만 집에서 없어졌다. 어디 있어? 언제 돌아와? 걱정되니 연락이라도 해줘. 후지시로는 몇 번이나 문자를 보내고, 전화를 걸었다. 그런데도 답장은 없었다. 그녀의 직장으로 연락해도 긴 휴가를 냈다는 말뿐이었다. 당황해서 어쩔 줄 모르고 거실을 오락가락 걸어 다니는 후지시로의 발치에서 우디 앨런이 탁한 소리를 내며 계속 울었다.

어젯밤에 후지시로는 주말에 예정된 웨딩플래너와의 약속을 일단 취소한다고 전화로 알렸다. 네 달 후에 열릴 결혼식의 최종 절차를 확인할 예정이었다. 전화를 끊은 후지시로는 준에게 연락했다. 상의할 상대가 그녀밖에 없었다.

"미안해요. 정말 짚이는 데가 없어서."

입을 다물고 있는 후지시로를 보고, 진지한 표정을 되돌린 준이 말했다.

"아니, 괜찮아. 나야말로 갑자기 불러내서 미안해."

후지시로가 작은 목소리로 대답했다.

"언니…… 또 저지른 것 같은 느낌이에요."

"또?"

"그래요. 3년 전에도 똑같은 행동을 했잖아요."

"아아, 그렇지."

"잊어버렸어요?"

"아니, 그건 내 탓이기도 했으니까."

"어쨌든 간에 언니는 툭하면 도망쳐요." 준이 커피 한 모금을 마셨다. 컵에 짙은 핑크색 립스틱이 묻었다. "언제나 마지막 순간에 도망치죠. 대학생 때부터 사귄 남자친구와도 결혼

얘기가 있었는데 직전에 도망쳤거든. 그러니까 이번이 세 번째지."

"그건 처음 듣는 얘긴데."

"어머, 미안. 언니한테 못 들었나? 걱정하진 말아요. 한동안 사라지지만, 지금까지 안 돌아온 적은 없으니까. 다만, 형부랑 계속 갈지 어떨지는 솔직히 모르겠지만."

그렇게 말한 준이 또다시 웃었다. 준의 태도에 화를 내야 하는 걸까. 그런데 후지시로 자신도 왠지 모르게 남의 일처럼 우스꽝스럽게 느껴졌다. 이것은 현실이 아니다, 마침내 깨어난 꿈이다.

"책임은 나한테 있다고 생각해."

"책임이라니?"

"야요이와 제대로 마주하질 않았어. 그녀를 찾아내서 얘기해야 해. 앞으로의 일에 관해."

"형부, 정말 그렇게 생각해요?" 준이 몸을 천천히 앞으로 숙이며 후지시로를 바라보았다. 언니와 똑같은 옅은 갈색 눈동자가 반짝거렸다. "정말 진심으로 돌아오길 바래요? 자신의 어떤 점이 문제였는지 확실하게 설명할 수 있어요? 그냥 반사신경이 작동하듯이 입에 발린 적당한 반성의 말을 하는 것뿐인 것 같은데."

단숨에 말을 쏟아놓은 준이 눈을 가늘게 떴다. 후지시로는 그 눈을 바라볼 수 없어서 창밖으로 시선을 돌렸다. 비행선이 파란 하늘에 떠 있었다. 하트를 품은 하얀 개가 조금 전과 같은 위치에서 눈을 감고 웃고 있었다. 바깥세상은 시간이 정지되어버린 것처럼 느껴졌다. 여전히 현실감이 없다. 야요이를 잃어버릴지 모른다는 절망도, 그녀를 절실히 원하는 감정도, 마음속을 구석구석 둘러봐도 찾을 길이 없었다.

"언니, 아무래도 무리했을 거야. 이성으로 많은 걸 컨트롤하고 있지만, 언젠가는 몸이 그걸 견뎌낼 수 없게 되거든."

준이 복도 안쪽을 바라보며 말했다. 후지시로는 그 시선 끝을 따라갔다. 침실 문 두 개가 나란히 있었다. 아까부터 우디 앨런은 준의 기미를 느끼고, 야요이의 방에서 나오지 않는다.

"머리는 몸을 당해낼 수 없나?"

"언니는 분명히 형부가 무슨 생각을 하는지 알 수 없게 됐을 거야."

"야요이가 처제를 신경 썼을까?"

"언니는 나랑 형부가 어떤 얘기를 나눴는지 알아. 아무 일도 없었다는 것도 알고."

준이 머그잔에 묻은 핑크색 립스틱을 엄지로 닦았다. 그 손가락에는 웬일로 매니큐어가 칠해져 있지 않았다.

"그럴까?"

"그렇다니까. 뭐 하긴, 언니랑은 상관없이 형부한테 흥미가 있긴 했지. 그도 그럴 게 처음 만났을 때부터 무슨 생각을 하는지 알 수가 없었거든. 그래서 시험해보고 싶었어. 이 사람이 정말로 원하는 건 뭘까 하고."

준이 창밖을 보며 후훗 하고 웃었다. 봉긋한 가슴팍에서 네잎클로버가 또다시 흔들렸다. 하늘에 뜬 비행선이 아주 조금 움직이기 시작한 기분이 들었다.

"그런데 이젠 틀렸네."

"틀렸다니?"

"이젠 안 돼."

"무슨 소리야?"

"임신 5개월."

준이 댄스 안무처럼 배 위에 살며시 손을 얹었다.

"놀랐어?"

"축하해."

후지시로는 매니큐어를 안 바른 손톱 끝을 바라보며 빙그레 웃었다.

"형부랑 초밥 먹고 집에 들어가서 마쓰오 씨랑 4년 만에 섹스를 했거든. 너무 많이 취해서였는지도 몰라. 집에 들어가서 신발도 아무렇게나 벗어던지고, 샤워도 안 하고, 옷도 안 갈아입고, 그 사람 방으로 가서 옷을 벗기고 바로 했지. 마쓰오 씨, 엄청 놀라더라. 정말 귀여워. 괜찮아? 라고 몇 번이나 묻는 거야. 정말로 괜찮아? 라고. 그 모습을 보니 묘하게 사랑스러워서 온몸에 키스를 해줬지. 그 사람, 기분 좋다고 몸을 떨며 울더라. 3분도 못 버텼을걸. 금방 끝나버렸지. 어쩌다 그렇게 됐는지 지금도 잘 모르겠지만⋯⋯ 그럴 수밖에 없었다고 할까. 그리고 결과는 이렇게 돼버린 거지.”

준이 배를 문지르며 웃었다. 하얀 뺨이 붉게 물들어 있었다. 그녀의 배가 완만한 호를 그리며 부풀어 있었다.

“잘됐다고 말해도 되는 거지?”

물론이지, 라며 준이 고개를 끄덕였다.

“지금까지 나는 사랑은 나눌 수 있다고 생각했어. 저 사람도, 이 사람도 모두 엇비슷하게 좋았지. 그런데 마침내 나눌 수 없는 사랑을 찾아낸 것 같은 기분이야. 틀림없이 이 아이가 내 운명의 사람이 돼줄 거야.”

배 속의 아이에게 들려주듯이 말한 준이 천천히 창밖을 내다봤다. 후지시로도 따라가듯 밖으로 시선을 돌렸다.

비행선은 모습을 감추고 없었다.

갑자기 행방불명이 된 것처럼 그 모습이 완전히 사라지고 없었다. 상승했나, 급속도로 날아갔나 이리저리 둘러봤지만, 그 모습은 어디에도 보이지 않았다. 비행선을 잃어버린 세계는 갑자기 현실로 돌아온 것처럼 보였다. 후지시로는 반짝반짝 빛나는 고층빌딩들을 멍하니 바라보았다. 그러자 멀리 있는 원통형 타워빌딩의 뒤편에서 비행선이 서서히 모습을 드러냈다. 건물 뒤에 가려졌었네, 라고 준이 중얼거렸다. 갑자기 사라지진 않지, 라며 씁쓸하게 웃으며 후지시로는 커피를 입으로 가져갔다. 완전히 식어버린 그것은 이상하게 쓰게 느껴졌다. 또다시 현실감이 사라진 거짓말 같은 세계를 후지시로와 준은 그저 말없이 마냥 바라보았다.

*

싫어! 갈래! 야윈 청년이 느닷없이 벌떡 일어서며 고함을 질렀다.

어린애처럼 울부짖고, 진찰실 벽을 치고, 의자를 걷어차서 쓰러뜨렸다. 후지시로는 말없이 다가가서 팔을 억눌렀다. 나나는 등 뒤에서 그를 껴안았다. 왜 이래! 갈 거야! 청년은 팔다리를 버둥거리고 바닥에 뒹굴며 계속 난동을 부렸다. 소동을 알아챈 간호사들이 잇달아 진찰실로 들어왔다. 야윈 청년의 눈이 괴물을 본 것처럼 휘둥그레졌다. 갑자기 힘이 강해지며 억누르고 있던 후지시로의 손을 떨쳐냈다. 청년이 자유로워진 팔을 마구 휘둘렀다. 탁 하는 둔탁한 소리가 나며 그의 주먹이 나나의 얼굴을 쳤다. 그 자그마한 얼굴이 뒤로 팅겨나가며 그녀는 바닥에 나뒹굴었다.

"꽉 붙잡지 못해서 미안해."

후지시로가 외과 진찰을 마치고 의사용 침대에 누워 있는 나나의 상태를 확인하러 갔다.

"아뇨, 저도 주의부족이었어요. 미요시 씨가 그렇게까지 자제력을 잃을 줄이야."

"그 사람은 최근에 안정적이라 나도 방심했어."

후지시로가 나나의 뺨을 살펴봤다. 붉게 부어 있었다. 며칠 후에는 멍이 들어버리겠지.

"이 일을 하다 보면, 언젠가는 이런 날이 올 줄 알았어요. 신경 쓰지 마세요. 그런데 후지시로 선생님, 요즘 좀 이상해요."

나나가 깊은 쌍꺼풀눈으로 후지시로를 쳐다봤다.

"이상해?"

"초점이 안 맞는다고 해야 할까."

초점이라, 라며 후지시로가 한숨을 내쉬었다. 나나에게 야요이 얘기를 한 적은 없다. 약혼자가 수의사라는 건 알지만, 그 이상은 아무런 말도 하지 않았다. 당연히 그녀는 야요이가 사라진 걸 모른다. 애당초 우리는 환자들의 복잡한 인생을 해결하는 일만으로도 힘이 부친다고 후지시로는 생각했다.

"친구 상담을 그 뒤로도 계속 들었는데."

"약혼녀의 여동생에게 구애를 받았다던?"

"어, 맞아."

"어떻게 됐어요?"

나나는 '친구'의 다음 얘기를 들으려고 몸을 일으켰다.

"그 여동생이 임신한 모양이야."

"매우 현실적인 형태로 실연당한 셈이네요."

"실연이라고 해야 할까. 그런데 안도하던데."

"그럴지도 모르죠."

"그 여동생이 배 속의 아이가 운명의 사람이 돼줄 거라고 했나봐."

"운명의 사람, 이요?"

"이 아이는 반드시 날 사랑할 거다. 아무런 의심도 없이 그렇게 믿을 수 있다고."

"아이는 남자들이랑 달라서 쉽게 떠나버리지는 않을 테니까."

나나가 침대 등받이에 몸을 기댔다.

"나눌 수 없는 사랑을 찾아냈다는 표현까지 쓴 모양이야."

후지시로가 말했다. 아이에게 거는 기대가 좀 지나치다는 생각도 들지만, 이라고 덧붙였다.

"그런데 그녀가 하는 말, 전혀 이해가 안 되는 건 아니에요."

"무슨 뜻이야?"

"같이 있는 사람을 믿기는 힘들잖아요."

헬리콥터가 병동 위를 날아가는 소리가 들렸다. 저녁의 병원은 조용한 시간을 맞아들이고 있어서 이따금 건물 안에 안내방송이 흘러나오는 것 말고는 사람 목소리도 들리지 않았다. 비좁은 의사용 병실에 낮고 맑은 나나의 목소리와 헬리콥터의 프로펠러 소리만 울려퍼졌다.

"누군가의 관심을 끌려고 할 때 사람은 한없이 다정하고 매력적일 수 있어요. 하지만 그건 일시적일 뿐이죠. 손에 넣은 후에는 표면적이고 무책임한 다정함으로 변해버려요."

"여전히 비판적이군…… 안 그런 사람도 있을 텐데."

"대부분의 사람들의 목적은 사랑받는 것이지 사랑하는 게 아니에요."

"그건 분명 그렇지." 후지시로가 씁쓸하게 웃으며 말을 이었다. "부정할 순 없어."

"게다가 상대의 감정에 조금이라도 결여된 면이 있으면, 애정이 부족한 증거라고 믿어버리죠. 남성이든 여성이든 자신의 다정한 행동이나 이성의 마음에 들고 싶어 하는 소망을 진정한 사랑과 혼동하는 거예요."

나나가 침대에서 발을 내렸다. 맨발에 비닐 슬리퍼를 신고, 창가로 걸어갔다. 병동 창밖으로 보이는 활처럼 굽은 도로는 정체되어서 자동차들로 가득 차 있었다. 짙은 오렌지색 석양을 받아 그림자가 된 자동차들이 일률적으로 검게 물들어 있었다. 검고 큰 뱀이 꿈틀거리는 것처럼 보였다.

"진정한 사랑은 그런 게 아닐 테니까."

"진정한 사랑이라면 분명 좀 더 볼품없고 서툴게 표현될 거예요."

"그럴지도 모르지."

"남성이 표면적으로 사랑하려 드니까 그녀는 아이를 운명의 사람이라고 생각하는 거죠." 나나가 담담히 말을 이었다. 그녀에게는 감정적으로 변하는 게 죄라는 듯이. "그 여동생분은 섹스로 사랑을 확인하는 건 불가능하다고 생각하겠죠. 분명 그 행위에 사랑이 있는지 없는지는 절대 알아낼 길이 없죠."

"서로가 같은 마음인지 아닌지는 마지막까지 확인할 수 없을 테고."

활처럼 굽은 도로에 늘어서 있던 자동차들이 조금씩 움직이기 시작했다. 나나에게도 역시 저 자동차들의 행렬이 검은 뱀처럼 보일까.

"내 친구, 약혼녀가 도망쳐버렸나봐. 여동생 건이 들킨 건 아닌 모양이지만."

"사랑하지 않는 걸 들켜버렸나?"

"글쎄, 어떨지."

"자업자득."

나나가 갑자기 그 맑고 낮은 목소리로 중얼거렸다.

"어?"

후지시로가 무심코 되물었다.

"아, 죄송해요."

나나가 고개를 살짝 숙였다.

자업자득, 이라고 후지시로가 입 밖에 내봤다. 뺨이 굳었다.

"으음, 그거 친구가 아니라 선생님 얘기죠. 알고 있어요. 저도 이 일을 목숨 걸고 하거든요."

역시 자넨 우수해, 라고 말하려던 후지시로가 입을 다물었다. 그 대신 살짝 미소로 답했다. 그러자 나나가 뭔가가 떠올랐다는 듯이 천천히 후지시로 쪽을 쳐다봤다. 별안간 병원에 배어 있던 소독약 냄새가 코를 찔렀다.

"선생님은 내가 왜 남성과 같이 있을 수 없게 됐다고 생각하세요?"

"왜일까? 상상도 안 가."

"자업자득이에요, 저도." 나나가 천천히 침대로 돌아가서 모서리에 걸터앉아 말을 이었다. "원인은 저의 환자예요."

"그럼, 전이라거나 뭐 그런 건가?"

"분명 단순한 전이일지도 몰라요. 그런데 단 하나 확실한 건 그를 만난 후로 나는 누구도 사랑할 수 없게 됐다는 거죠."

그렇게 말머리를 연 나나가 조용히 얘기를 시작했다. 누구에게 들려주는 얘기가 아니라, 자기 스스로 마음을 정리하듯이. 후지시로는 그녀의 옆얼굴을 바라보았다. 깊은 쌍꺼풀 속에 있는 눈동자가 미세하게 흔들렸다.

나나가 정신과 의사가 된 지 얼마 안 됐을 무렵, 그녀는 교토의 병원에서 섭식장애가 있는 고등학생을 진찰했다. 피부색이 투명할 정도로 희고, 밤색 머리칼에 눈초리가 가늘고 긴 아름다운 얼굴을 가진 소년이었다. 그 소년은 이틀 간격으로 진찰을 받으러 와서 자기 몸이나 생활에 관한 모든 얘기를 나나에게 들려주었다. 뭘 먹어야 할지 모르겠다는 얘기, 잠 못

이루는 밤이 계속된다는 얘기, 학교가 재미없다는 얘기, 그렇지만 그곳에서는 즐거운 척한다는 얘기. 아빠가 오랫동안 바람을 피우는데 엄마가 마음 아파하면서도 모르는 척 행동한다는 얘기. 소년은 선생님이 자신의 마지막 보루라고 말했다. 선생님이 있어서 간신히 살아갈 마음이 든다고. 나나는 그의 감정을 전력을 다해 받아들이며 치료에 몰입해갔다. 당시 그녀에게는 2년간이나 사귄 내과 의사 남성이 있었지만, 차츰 그와 함께하는 시간을 즐길 수 없게 돼서 헤어지고 말았다. 그럴 정도로 그녀는 소년을 돕는 데 집착했다.

그런데 나나는 갑작스러운 전근 명령을 받았다. 평소 희망했던 도쿄 병원으로 이동하라는 지시였다. 그날 그녀는 거의 잠을 이룰 수가 없었다. 소년이 자꾸만 마음에 걸려서 몇 번이나 눈이 떠지고 말았다. 그녀는 자기감정에 관해 계속 생각했다. 나는 그 애를 어떻게 생각하고 있을까. 고민한 결과, 나나는 전근을 받아들이기로 했다. 이대로 자기 자신을 조절할 수 없게 되는 게 가장 두려웠다.

단숨에 거기까지 얘기를 풀어놓은 나나가 자기 얼굴 상처를 살며시 만졌다. 통증이 느껴지는지 얼굴을 살짝 찡그렸다. 그런데도 그녀는 붉게 부어오른 그 상처를 희고 가는 손가락으로 계속 어루만졌다.

"저는 전근을 가게 됐다고 그 애에게 말했어요. 그 애는 한동안 침묵한 후, 나는 앞으로 어떻게 사느냐며 눈물을 흘리기 시작했죠. 말라서 홀쭉해진 뺨 위로 눈물이 끊임없이 흘러내렸어요. 몸을 떨면서 계속 도와달라고 되풀이했죠. 그런 애를 앞에 두고, 저는 마음속 깊은 곳이 뜨거워지는 느낌을 받았어요. 난생 처음 느낀 열기였어요. 그것은 성적인 욕정에 가까운 감정이었을지도 몰라요. 저는 그 애를 끌어안고 입을 맞추고 싶은 충동에 휩싸였죠. 환자로 찾아온 소년에게 욕정을 느끼는 내가 미친 것일까. 아니면 이 감정은 순수한 것일까. 심하게 동요됐죠. 하지만 저는 그 애를 끌어안을 수 없었어요. 손끝조차 댈 수 없었죠. 그때 감정을 뭐라고 표현해야 할지 아직도 난 모르겠어요."

그것이 사랑이 아니었다면, 어떤 감정을 그렇게 불러야 할까. 하루와 야요이, 그리고 준. 지금 눈앞에서 얘기를 하고 있는 나나. 그녀들의 표정이 머리를 스쳐지나고, 각각의 사랑의 다양성, 그 잔혹성에 놀라고, 만신창이가 되었다.

나나의 선택이 잘못됐다는 생각은 들지 않았다. 그녀는 정신과 의사로서 적절하고 정당한 판단을 내렸다. 자신의 사랑을 버리고, 환자인 그를 보호하려 한 것이다. 창밖을 보니 해가 지고 어둠이 몰려와 있었다. 활처럼 굽은 도로에는 여전히 자동차들이 꼬리를 물었고, 빨간 후미등을 밝힌 그것들은 또 다른 생물체처럼 꿈틀거리기 시작했다.

"그 애랑 제가 환자와 의사의 관계를 넘어서는 일은 마지막까지 일어나지 않았어요. 정신을 차려보니 진찰실에서 나가는 뒷모습을 배웅하며 눈물을 흘리고 있었죠. 서 있을 수도 없었어요. 숨이 멎어버리는 게 아닐까 싶을 정도로 한없이 울었어요. 그 후로 저는 남성과 접촉할 수 없게 됐죠. 나에게 호의를 보이는 사람들을 몇 번이나 받아들이려고 노력한 적은 있어요. 그런데 몸이, 마음이 도무지 남성과 접촉하는 걸 허락하질 않아요. 그러다 깨달았어요. 난 이미 유일한 사람을 만나버렸다는걸. 그 애가 너무 특별해서 다른 선택지는 없다. 내가 남성과 함께하지 못하는 이유는 그 애 외에는 보나마나 다 똑같다고 생각하기 때문이에요."

얘기를 마친 나나가 숨을 크게 내쉬고 침대에 누웠다. 도자기처럼 하얗고 긴 팔다리가 시트 위에 축 늘어졌다. 그걸 만지면 어떻게 될까 하는 생각이 들었지만, 손을 내밀 수는 없었다.

후지시로는 창밖을 보았다. 좁은 인도에서 키가 큰 남자와 여자가 나란히 걸어갔다. 어깨를 부딪치며 잰걸음으로. 어디선가 봤던 광경이라는 생각이 들었다. 한동안 계속 지켜보자, 그 뒷모습이 3년 전의 야요이와 자기 모습에 겹쳐졌다. 그때 그녀와 나는 같은 역을 향해 걸어갔다. 잰걸음으로 앞을 향해. 그런 순간이 분명 있었던 것이다.

"우리는 왜 타인의 병은 치료하면서 자신들의 문제는 해결하지 못할까?"

후지시로가 나나의 옆얼굴을 보며 물었다.

"정신과 의사만 그런 건 아니에요, 선생님. 누구나 타인의 문제에는 매우 적절한 조언을 해줄 수 있어요. 그렇지만 정작 자기 문제는 해결하지 못해요."

나나가 천장을 바라본 채 대답했다.

특히 사랑에 관한 건 더 그렇지, 라며 후지시로가 고개를 끄덕였다.

"하긴 뭐…… 타인의 문제도 해결했는지 못했는지 알 수는 없죠."

"무슨 뜻이야?"

"흔한 일이잖아요. 불륜으로 고민하는 친구가 있으면, 친구들 모두가 그녀에게 그건 시간낭비니까 그만두라고 조언하는 거."

"어어, 흔한 일이지."

"그게 '정답'일지는 몰라도 고민에 빠진 그녀는 절대 구제할 수 없어요."

"인공지능이라도 해줄 법한 해답이지, 분명히."

"맞아요. 인간은 그런 말로는 구제할 수 없어요."

"그렇다면 우리 일은 당분간 평안하고 태평하겠군. 인공지능에게 뺏길 염려도 없으니."

"좋은 소식이네요."

갑자기 문이 벌컥 열리며, 흰 가운을 입은 젊은 의사가 들어왔다. 곱슬머리에 혼혈인처럼 이목구비가 또렷한 그 청년은 눈에 익었다. 올해 이 병원에 온 젊은 외과 의사였다. 수술이 끝나서 잠깐 수면을 취하려고 왔는지 모른다. 그는 침대에 누워 있는 나나와 그 옆에 서 있는 후지시로를 보더니, "아"하고 낮은 소리를 흘렸다. 죄송합니다, 나중에 다시 오겠습니다. 그 말을 남기고, 외과 의사는 황급히 문을 닫고 사라졌다.

"의심받은 걸까요?"

나나가 웃음을 참으며 말했다.

"그랬을지도 모르지."

후지시로가 참지 못하고 웃음을 터뜨렸다.

"그나저나 어쩌죠?"

"내가 오해라고 설명할까?"

"아무래도 상관없어요. 모든 연애는 오해 비슷한 거니까."

"연애가 언제까지고 감동적인 이유는 인지를 넘어서서일

까."

"그래서 재미있는 거 아닐까요. 인간은 자기가 상상할 수 있는 것에는 감동을 못 느끼는 생물이니까."

"뭐 하긴, 우리는 자기 문제를 해결하지 못하니까 이 일을 선택한 거고."

또 친화성 얘기인가요, 라며 나나가 침대에서 몸을 일으켰다. 그렇지, 그렇지, 후지시로가 의기양양한 표정으로 웃으며 말을 이었다.

"정신과 의사라는 존재는 많든 적든 자기 자신이 환자야. 신기하게도 대부분의 정신과 의사는 자기가 안고 있는 문제와 같은 분야를 선택하고, 자기와 비슷한 환자를 진찰하게 되지. 우리는 타인을 치료하는 것 같지만, 사실은 자기 자신을 치료하고 싶은 것뿐일지도 몰라."

멀리서 전화기가 울렸다. 구급을 요청하는 소리일까. 도움을 요청하듯 벨이 다섯 번, 여섯 번 계속해서 울렸다. 후지시로는 그 소리에 귀를 기울였다. 일곱 번, 여덟 번. 그렇지만 대응하는 사람은 아무도 없었다.

"오늘은 좀 일찍 들어갈게요."

정신을 차리니 나나가 일어서서 옷걸이에 걸어둔 검은 롱코트를 입고 있었다.

"내일은 쉴래? 얼굴도 부어오를 텐데."

"아뇨, 나올게요. 진찰할 환자가 기다리니까."

무리할 건 없어. 후지시로가 문을 향해 걸어가는 나나에게 말했다. 그러자 그녀가 우뚝 멈춰 서서 뒤를 돌아보았다.

"후지시로 선생님, 고마웠어요."

"무슨 소리야?"

"오늘 처음으로 그 얘기를 할 수 있었어요. 지금껏 아무에게도 얘기 못 했거든요." 나나가 쥐어짜내듯이 말을 이었다. "평생 아무에게도 얘기하지 않겠다고 결심했어요. 그런데 선생님에게 얘기할 수 있어서 다행이라고 생각해요. 내가 생각하는 것보다 그는 이미 먼 과거가 돼 있다는 걸 깨달았어요."

그렇게 말한 나나가 상처 난 얼굴로 미소를 지었다. 통증이 느껴지는지 또다시 아름다운 얼굴을 살짝 찡그리고, "선생님도 약혼녀분이랑 진지하게 대화를 나눠보세요"라는 말을 남기고 문을 닫았다.

정신을 차리니 전화벨은 멎어 있었다. 누가 받았을까, 아니면 전화 상대가 포기했을까. 도움을 요청하는 기미만 병원 안에 남겨진 것 같은 기분이 들었다.

그날 밤, 역 앞 패밀리레스토랑에서 식사를 마친 후지시로는 편의점에서 장을 봐서 귀가했다. 빵, 우유, 계란, 토마토, 얼마 안 남은 휴지와 쓰레기봉투. 양손에 짐을 든 상태로 우편함에서 간신히 우편물을 꺼냈다. 문을 열고, 신발을 아무렇게나 벗어던지고 거실로 들어간 후, 전단지와 편지를 내동댕이치듯 탁자 위에 펼쳤다. 신축 맨션 광고와 전기요금 통지서와 함께 삼색 테두리가 둘러쳐진 항공우편이 도착해 있었다. 봉투에는 다채로운 색깔의 과일이 그려진 우표가 붙어 있고, 눈에 익지 않은 언어로 스탬프가 찍혀 있었다.

후지시로 슌 님.

짙은 남색 볼펜으로 쓴 글씨는 틀림없는 그녀의 필체였다.

1월의 파편

도쿄에서 멀리 떨어진 곳에서 이 편지를 쓰고 있어요.

나는 낯선 도시의 번화한 거리를 걸으며 그때 감정을 떠올렸어요.

당신과 결혼하기로 결심한 날을.

그것은 무더운 여름날이었어요.

상점가에서는 여름 축제가 열려서 포장마차가 늘어서고 사람들로
넘쳐났죠.

저녁 반찬거리를 산 우리가 사람들을 헤치며 걸어가고 있는데, 보랏
빛 밤하늘에 작은 불꽃이 떠올랐어요.

불꽃은 참 신기해…….

두 번, 세 번 솟아오르는 작은 불꽃을 보며 당신이 불쑥 말했죠. 어
떤 모양이었는지, 어떤 색이었는지 거의 기억이 나질 않아. 그렇지만
누구와 같이 보고, 무엇을 느꼈는지. 그걸 아름답다고 느낀 감정만

은 또렷하게 남아 있어.

그렇게 말하며 기쁜 듯이 웃었어요.

당신은 그때부터 한참동안 인파 속에 우두커니 멈춰 서서 불꽃을 올려다봤어요. 난 그 옆얼굴을 지그시 바라봤죠. 그러자 당신이 내 쪽을 보고, 나와 결혼해달라고 말했어요. 채소가 가득 든 부푼 비닐봉지를 양손에 들고, 계속 내 곁에 있어줬으면 좋겠다고 말했던 거예요.

그때, 나와 당신은 서로의 애정을 실감할 수 있었죠.

행복하다는 감정을 함께 나눴어요.

이 도시에 있으니, 모든 것들에게 따돌림 당한 듯한 기분이 들어요.

나라는 인간을 이 세상이 필요로 하지 않는 것처럼 느껴져요.

그래도 혼자 있을 때의 고독은 그나마 견딜 수 있죠.

예전에 우리 사이에 있었던 것과 지금은 잃어버린 것.

우리는 사랑을 태만히 했어요. 귀찮아했죠.

사사로운 감정을 쌓아가고, 서로 맞춰가는 노력을 게을리했어요.

이대로 우리가 함께할 수는 없어요.

나는 잃어버린 것을 되찾고 싶어요.

설령 그것이 파편일지라도.

사카모토 야요이

2월의 바다

창밖으로 색이 없는 전원 풍경이 흘러갔다. 논 하나를 재단하듯 산이 모습을 드러내고, 그 산을 넘어서면 또 다른 새로운 논이 펼쳐졌다. 그 어디에도 인기척은 없다. 창밖 세계에서 사람이 사라져버린 것 같은 착각에 빠지게 된다. 차량 안을 보니, 밖과 마찬가지로 아무도 남아 있지 않았다. 오로지 후지시로 한 사람만 태운 전철이 소리도 없이 달려갔다. 도쿄를 출발할 무렵에 내리기 시작한 비는 차츰 봄비로 변해갔다.

작은 역에서 내리자, 어렴풋하게 바다 냄새가 감돌았다. 오늘의 목적지가 해변이라는 걸 떠올렸다. 인기척이 없는 역인데도, 역 앞 로터리에는 택시가 다섯 대나 늘어서 있었다. 택시에 올라탄 후지시로가 대체 어떻게 된 거냐고 운전기사에게 물었다. 택시가 너무 많은 거 아니냐고. 이 마을에는 이제 자동차를 운전할 수 있는 젊은이가 적어서 모두 택시를 타요. 역에 가든 슈퍼마켓에 가든 자전거 대신이죠. 운전기사가 풍성한 백발을 손으로 빗어 넘기며 하하하 웃었다.

해변도로를 10분쯤 달리자, 커다란 단독주택이 보였다.

택시에서 내려서 연지색 문을 들어서자, 그 앞으로 타원형 정원이 펼쳐졌다. 내리는 가랑눈 사이로 아네모네, 동백, 수선화와 냉이 등이 조용히 피어 있었다. 겨울 꽃들에 섞여서 봄을 채 기다리지 못하고 튤립 한 송이가 그 붉은 꽃을 피우고 있었다.

"먼 길 와주셔서 감사합니다."

현관에서 후지시로를 맞아준 것은 얼룩고양이 두 마리와 키가 큰 늘씬한 여성이었다. 전화로 인사드린 나카가와라고 사투리가 살짝 섞인 목소리로 자기소개를 한 후, 후지시로를 식당으로 안내하고 통판 탁자 위에 차를 내려놓았다.

"저야말로 고맙습니다. 연락주셔서 감사합니다."

후지시로는 고개를 숙이면서 나카가와의 얼굴을 보았다. 얼굴과 목에는 깊은 주름이 몇 개인가 새겨져 있지만, 깊은 검은색 눈동자 속에는 강한 빛이 깃들어 있었다. 그것은 숱한 역경에 맞서온 전사 같은 아름다운 눈동자였다.

"그리고 이것도 좀 드셔보세요." 나카가와가 나무 그릇에 담긴, 김이 피어오르는 수프를 탁자에 내려놓았다. "자원봉사 자분이 매일 만들어주는 채소수프예요. 맛있어요."

잘 먹겠다며 손을 모으고 인사한 후지시로가 나무숟가락을 들고 수프를 먹었다. 시큼한 토마토의 풍미 뒤로 양파의 단맛이 살며시 혀 위로 퍼져갔다. 맛있다, 무심코 그런 말이 입 밖으로 흘러나왔다.

다행이네요, 라며 나카가와가 미소를 머금었다. 베이지색 터틀넥에 통이 넉넉한 바지. 그 위에 하얀 가운을 걸친 그녀는 샌들 소리를 내며 의자를 빼더니 후지시로의 맞은편에 앉았다.

"후지시로 씨도 의사죠."

"네, 정신과 의사입니다. 대학병원에 근무하고 있습니다."

"그럼, 저처럼 멋대로 하는 사람이랑은 정반대겠네요." 창밖에는 방풍림을 겸한 대나무 숲이 차디찬 바람을 맞아 흔들리고 있었다. 그 앞으로 휠체어를 탄 초로의 남성이 느릿느릿 지나갔다. "여기는 원래 대학병원과는 다른 규칙으로 운영되는 곳이기도 하고."

나카가와에게 전화가 온 것은 사흘 전 밤이었다.

펜탁스를 통해 후지시로의 연락처를 알았다고 나카가와

말했다. 후지시로 씨를 직접 만나 뵙고 전하고 싶은 얘기가 있어요. 야요이가 집을 비운 상황에서 멀리 외출하는 것에 저항감이 느껴졌다. 전화로는 안 됩니까? 후지시로가 묻자, 나카가와는 한동안 침묵했다. 수화기 너머에서 희미하게 파도소리가 들려왔다. 분명 가본 적이 없는 장소일 텐데, 왠지 그파도소리가 정겹게 느껴졌다. 한동안 기다리자, 그녀는 숨을 살짝 들이쉬고, 이요다 하루 씨에 관해 드리고 싶은 얘기가 있다고 밝혔다.

"이곳에 온 대부분의 사람들은 남은 시간이 길지가 않아요. 그래서 저는 수많은 죽음을 봐왔죠. 하루짱은 이곳 사람들을 항상 격려해주며 사진을 찍어줬어요. 다들 그녀가 찍어준 사진을 영정사진으로 쓰겠다고 했어요. 왜 그랬을까요? 자기도 본 적 없는 웃는 얼굴을 찍어줬다는 거예요."

후지시로는 식당을 둘러보았다. 벽 쪽에 앉아 있던 얼룩고양이 두 마리가 동시에 울었다. 흑백으로 찍은 인물사진이 벽한쪽 면에 붙어 있는 걸 알아챘다. 쑥스러워하면서도 웃는 노령의 남성, 살며시 미소를 짓는 아름다운 여성, 환하게 웃는얼굴로 눈물을 흘리는 청년.

"계속 죽음과 가까운 장소에 있는 느낌은 어떤가요?"

후지시로가 가느다란 핀으로 꽂아둔 벽에 펼쳐진 웃는 얼굴들을 바라보며 물었다.

"흠, 글쎄요. 괴로울 때도 있지만, 이곳에 오는 사람들 대부분은 죽음을 받아들이고 떠나요. 내가 할 수 있는 건 죽음을 있는 그대로 맞을 수 있게 돕는 것뿐이죠."

"환자분들은 어떻게 받아들여 가나요?"

"인간은 몸과 마음이 괴리되면 혼란스러워하는 생물이에요. 그래서 사람은 죽는다는 걸 알았을 때, 그 괴리 때문에 괴로워하죠." 나카가와가 차가 담긴 찻잔을 양손으로 감싸듯이 쥐었다. "몸이 먼저 약해지며 죽음에 가까워지죠. 그때가 가장 괴로워요. 마음만 뒤에 남아버려서 견딜 수가 없는 거예요. 그렇지만 머지않아 마음이 몸을 따라가는 시기가 와요. 그러다 나란히 됐을 때, 비로소 안정이 깃든다고 난 생각해요."

후지시로는 나카가와와 똑같이 찻잔을 살며시 감싸쥐었다. 아직 따뜻했다. 식당으로 들어온 노령의 여성들이 "선생님, 안녕하세요"라며 웃는 얼굴로 손을 흔들었다. 눈가에 주름을 잡으며 손을 흔들어주는 나카가와. 어린아이를 품어주는 엄마처럼 보였다.

"하루짱은 매주 왕복 한 시간씩 들여서 옆 마을에 있는 비디오대여점까지 걸어가서 이곳에서 볼 영화를 골라왔어요.
다 함께 「로마의 휴일」을 봤죠. 그리고 또 「쉘브르의 우산」이
랑 「라임라이트」도. 그녀는 늘 옛날 연애영화를 골라 왔고,
이곳 관객들도 모두 그런 영화를 좋아했어요. 죽음 직전에 떠
올리는 건 사랑의 기억 같은 것이기도 하니까."

"그런 건 허풍인 줄 알았습니다."

후지시로가 차를 한 모금 마셨다.

"그렇지 않아요."

나카가와가 그 검은 눈동자로 후지시로를 쳐다보았다.

"내가 반년 전에 돌봤던 환자는 40년간 신문사에서 기자
로 일했던 남성이었어요. 마지막까지 현역 기자로 기사를 썼
던 그는 죽음 직전에 처음으로 소설을 썼다면서 나에게 선물
해줬어요. 읽어보고 놀랐어요. 그건 가정 사정 때문에 헤어질
수밖에 없었던 옛 연인과의 만남과 이별을 그린 연애소설이
었어요."

"못 잊었던 걸까요?"

"향수와는 다를 거예요. 그저 대책 없이 죽어가는 와중에
선명하고 강렬했던 그때의 감정이 되살아난 게 아닐까요."

탁자와 의자 틈새를 미끄러지듯 빠지며 얼룩고양이 두 마리
가 다가왔다. 두 마리가 교차하며 아름다운 S자를 그렸다. 나

카가와는 발치까지 와서 가르랑거리는 얼룩고양이들의 털을 헝클어뜨리며 머리를 쓰다듬어주었다.

"소설은 어땠습니까?"

"어땠냐뇨?"

"으음, 그러니까 나카가와 씨의 감상이랄까."

"솔직히 전 잘 모르겠어요. 굉장히 딱딱하고 진지해서 가히 신문기자 출신이 쓴 소설답다고 느꼈죠. 그래도 그가 마지막에 쓴 말에는 무척 공감이 갔던 기억이 나요."

"어떤 말인데요?"

"살아 있다는 실감은 죽음에 가까워짐으로써 선명해진다. 이 절대적인 모순이 일상 속에서 형태를 갖춘 것이 사랑의 정체라고 나는 생각한다. 인간은 연애 감정 속에서 한순간이나마 지금 살아 있다고 느낄 수 있다."

"좋은 말이군요." 후지시로가 웃자, "네. 나도 모르게 메모를 할 정도로"라며 실눈을 뜬 그녀가 미소를 건넸다. 그리고 그녀가 "눈도 그쳤으니 잠깐 산책이라도 하실래요?"라고 청했다.

뒷문을 지나 밖으로 나오자, 채소밭이 펼쳐져 있었다. 바닷바람을 맞은 채소 잎들이 물결치듯 흔들리고 있었다. 이건 무고 이쪽은 감자, 당근이랑 양배추도 있어요. 나카가와가 밭 사이를 걸어가며 하나하나 꼼꼼하게 설명해주었다. 부드러운 흙을 밟으며 밭을 빠져나가자, 큰 곡선을 그리는 방파제가 보이기 시작했다. 그 앞으로 몇 겹이나 쌓인 테트라포드가 바다로 뻗어 있고, 하얀 파도가 조용히 밀려오고 있었다.

"하루짱은 마지막에 여행을 갈 수 있어서 다행이에요." 두툼한 구름 아래로 펼쳐진 조용한 바다를 바라보며 나카가와가 말을 이었다. "약을 먹으면서 다니긴 했지만, 꿈같은 경치를 많이 접했다며 기뻐했어요."

"편지를 몇 통인가 받았습니다."

"나도 사진을 봤어요. 우유니랑 프라하, 그리고 또."

"아이슬란드였죠."

"맞아, 맞아. 요정의 나라. 후지시로 씨에게 편지를 쓴 것도 기뻤다고 했어요."

나카가와는 방파제를 향해 천천히 걸어갔다. 어선이 여러 척 정박해 있었지만, 평소 운항하는 기색도 없이 파도에 흔들거리는 모습이 난파선 같았다. 후지시로는 여윈 그녀의 등을 보며 따라갔다.

"하루는 여기 입원한 후에 어떻게 지냈나요?"

"괴로워했죠."

"……그랬군요."

"네, 아주 많이."

그렇게 말한 나카가와가 고통스러운 듯이 눈을 감았다. 그 표정에서 하루의 장렬한 최후를 본 듯한 기분이 들었다.

"여행에서 돌아와서 큰 병원에서 받은 수술 결과도 별로 좋지 않았고, 항암제도 맞는 걸 좀처럼 찾을 수가 없었어요. 이곳에 온 뒤로도 꽹장히 말랐고, 통증에 시달리며 많이 토했어요."

방파제 위를 둘이 나란히 걸었다. 테트라포드의 돌기 끝에 낚시꾼이 긴 낚싯대를 던지는 그림자가 드리워졌다.

"삶과 죽음 사이에는 견디기 힘든 고통이 있다. 늘 그런 생각은 하지만, 그런데도 하루짱은 똑바로 쳐다볼 수조차 없을 정도로 발버둥을 치며 괴로워했어요. 최대한 의식을 놓치지 않으려고 진통제도 별로 안 쓰려고 애를 썼어요."

그랬군요. 하루가. 그렇게 고통을. 소리가 나올 뻔했지만, 말로 표현할 수는 없었다. 그 어떤 표현도 하루의 최후에는 적절한 말 같지 않았다.

"그래도 하루짱은 마지막에는 죽음을 있는 그대로 받아들이고 세상을 떠날 수 있었어요."

"……하루는 뭘 했나요?"

"어느 날 아침, 내가 병실로 가니까 그녀가 큰 필름카메라를 들고 있었어요. 바다에 가고 싶다고 그녀가 말했죠. 그 무렵의 그녀는 진통제 때문에 몽롱한 상태였고, 제대로 걷지도 못했어요. 그런데도 꼭 가고 싶다며 떨리는 손으로 침대 모서리를 움켜쥐고 몇 번이나 일어나려고 애를 썼죠. 나는 눈물을 참을 수가 없었어요. 서둘러 휠체어를 가져다 그녀를 태우고 바다로 나갔죠."

테트라포드에 드리워졌던 낚시꾼의 그림자가 크게 움직였다. 큰 물고기가 걸린 것일까. 낚싯대가 활처럼 휘었다. 낚시꾼의 그림자가 물고기를 놓치지 않으려고 이리저리 움직였다. 왼쪽으로, 오른쪽으로. 이리저리 움직이는 그 모습은 흡사 춤을 추는 것 같았다. 나카가와가 실눈을 뜨고 낚시꾼의 춤을 바라보았다.

"방파제 끝에 다다르자, 그녀가 카메라를 들고 수평선으로 렌즈를 돌렸어요. 힘이 안 들어가는 그 손으로 필사적으로 카메라를 지탱하면서 이 바다를 계속 찍었죠."

고독한 잿빛 바다. 이것이 하루가 마지막으로 본 경치다. 그런 생각을 하자, 가슴이 메이며 숨이 막힐 것 같았다.

"……하루는 바다를 좋아했어요. 둘이 인도 여행을 갔었죠. 인도 남단에 있는 카냐쿠마리라는 작은 도시였어요. 그곳에서도 그녀는 매일 바다를 바라봤죠."

"실은 난 인도에서 일한 적이 있어요. 일본 대학병원을 중간에 그만두고, 2년 동안 뉴델리의 병원에서 지냈던 시기가 있었죠. 그곳에서 만난 인도인 외과 의사랑 사귀게 됐고. 그 사람이 날 카냐쿠마리에 데려갔어요. 그 얘기를 하니까 하루짱이 놀라더군요. 선생님과는 운명이 느껴진다는 말까지 했어요."

"그러셨군요…… 대단한 우연이네요."

낚시꾼이 멈춰 섰다. 낚싯대는 이제 휘어지지 않았다. 낚시꾼은 원래 모습대로 테트라포드 끝에서 긴 낚싯대를 드리우고 있었다. 물고기는 건져 올렸을까. 아니면 먹이만 낚아채서 바다 속으로 숨어버렸을까.

"구름 뒤에 가려진 아침 해를 바라보면서 하루짱이 나에게 말했어요."

"뭐라고 했나요?"

"나, 아무래도 늦은 것 같다고."

그렇다. 그때 우리는 늦었다. 파도가 밀려오듯 잊어버렸던 광경이 되살아났다. 둥그런 창으로 보이는 은색 날개. 나중에 또 보러 오자. 인도에서 돌아오는 비행기 안, 비좁은 좌석에서 담요를 감고 바다를 내려다보던 하루가 속삭였다. 그래,

나중에 꼭, 이라고 후지시로가 대답했다.

"우리는 카냐쿠마리의 일출을 놓쳐버렸죠. 도저히 시간을 맞출 수가 없었어요. 그래서 하루랑 약속했어요. 나중에 보러 가자고. 언제든 다시 볼 수 있다고 믿었으니까."

"그날 오후, 그녀는 숨을 거뒀어요. 저녁식사 시간이 돼서 방으로 부르러 갔더니 잠을 자듯 죽어 있었죠."

나카가와가 가방에서 카메라 하나를 꺼냈다. 이건 꼭 당신에게 건네줘야 할 것 같아서, 라고 그녀가 말했다. 하루의 커다란 매뉴얼카메라. 건네받으니 묵직했고, 그 무게가 그녀와 함께한 날들처럼 느껴졌다.

헤어질 때, 오늘 찾아와줘서 고맙다며 나카가와가 웃었다. "당신과 얘기를 나눠서 다행이에요. 이제야 드디어 하루짱을 조금씩 추억으로 간직해갈 수 있겠네요." 그렇게 말한 후, 웃는 표정 그대로 눈에 그렁거리는 눈물을 가느다란 손가락으로 훔쳐냈다.

하루의 카메라에는 필름이 그대로 들어 있었다.

도쿄로 돌아와서 현상하려고 대형 가전매장에 들렀다. 큰 음량으로 되풀이되는 매장 테마송을 들으며 하얀 형광등 불빛이 쏟아지는 카운터에 필름을 내려놓은 순간, 여기서 현상하면 안 되겠다는 생각이 들었다.

필름을 다시 가져가겠다고 직원에게 말하고, 인화지만 사서 그 길로 곧장 학교로 향했다. 짙은 갈색 가지만 남은 은행나무 가로수를 지나 사진부 동아리 방으로 들어가자, 그곳에는 텔레비전 게임에 푹 빠진 늙은 학생과 카메라를 목에 걸고 활짝 웃는 청년, 소파에 나란히 앉아 콜라를 마시는 커플이 있었다. 반가운 마음과 함께 초조함이 밀려들었다. 마치 배우만 바꿔서 계속하는 연극 같았다. 그리고 내가 그 무대에 두 번 다시 설 일은 없다고 생각하니, 왠지 갑자기 마구 고함을 치고 싶어졌다. 벽에는 여전히 종잡을 수 없는 사진들이 어수선하게 붙어 있었다. 다만, 그 대부분은 디지털카메라로 촬영하고, 포토샵으로 가공했을 선명한 사진들이었다.

후지시로가 OB라고 밝히자, 회원들이 놀라서 송구해하며 의자를 권했다. 그들과 잠시 담소를 나누며 회비가 천 엔으로 인상된 것, 디지털카메라가 가벼워서 그런지 회원 수가 늘었다는 것, 해변 합숙은 전통적으로 계속 행하고 있다는 걸 확인했다. 암실을 잠시 사용하겠다고 하자, 그들은 흔쾌히 승낙해주었다.

후지시로는 혼자 지하로 내려가서 암실 문을 열었다. 아세트산 냄새가 그 시절의 기억을 단숨에 되살려냈다. 이곳에 나도 있었고, 하루도 있었고, 오시마도 있었다. 빨간 램프 속에서 떠오르는 사진의 형상을 가슴을 두근거리며 기다렸다. 필름을 릴에 감고, 확대기를 들여다보고, 인화지를 현상액에 담가 흔든다. 그리고 정지액, 정착액을 흘려 넣는다. 사진 현상 공정을 하나씩 떠올리며 하루의 사진을 인화해갔다.

인화지가 마를 때까지는 두 시간. 동아리 방으로 돌아갈 마음도 들지 않아서 대학 뒤편에 있는 찻집으로 들어갔다. 하루와 다녔던 그 가게에서는 여전히 글램록이 울려퍼지고 있었다. 하루와 헤어진 후에는 필름 사진을 찍는 것도 그만두었다. 내가 정말로 찍은 싶은 게 뭔지 끝내 찾아내지 못했다. 결국 인물 사진을 찍지도 않았다. 그것을 아쉬워하는 감정조차 이미 잊은 지 오래다.

가게에 비치된 만화 잡지를 읽으면서 레몬티를 마신 후, 계산을 마쳤다. 10년 전과 똑같은 가격이라 놀란 후지시로가 가게 주인을 쳐다보자, 그가 이제 사진은 안 찍냐 여자친구는 잘 있냐 턱수염을 만지며 잇달아 물었다. 후지시로는 그 질문에 대답할 수 없어서 애매한 미소만 건네고 가게에서 나왔다. 누군가의 기억 속에서는 하루가 여전히 살아 있다.

암실로 돌아와 클립에 꽂아둔 사진을 뚫어져라 쳐다보았다. 어둠에 눈이 익숙해지면서 차츰 바다가 보였다. 초점은 흐리고, 노광도 제각각이지만, 그 모든 사진에 얇은 베일이 씌워진 것 같았다.

사진을 물끄러미 바라보자니, 하루가 정말로 찍고 싶었던 것이 조금씩 모습을 드러냈다. 바다는 아니었다. 그녀는 바다 위의 두툼한 구름에 가로막혀서도 열심히 빛을 발하는 아침 해를 향해 셔터를 눌렀다. 몇 장이고, 몇 장이고, 하루는 계속해서 아침 해를 찍었다. 구름 너머에 있는, 반드시 봐야 할 빛으로 손을 뻗듯이.

배가 뒤틀리며 오열이 터졌다. 사진을 손에 든 채, 웅크려 앉아 꼼짝할 수가 없었다. 나중에 다시 보러 오자. 하루의 목소리가 귓가에 되살아났다. 괴롭고 분해서 견딜 수가 없었다. 그런데도 신음밖에 흘릴 수 없었다. 아세트산 냄새가 그 슬픔의 윤곽을 흐릿하게 해주는 것 같아서 후지시로는 한참동안 암실에서 나올 수가 없었다.

*

태스크가 관절이 불거진 긴 손가락으로 마이크를 잡고 있었다.

한류 그룹의 댄스뮤직이 흘러나오고, LED로 에워싸인 공간에 과도한 중저음이 울려퍼졌다. 눈앞에 있는 모니터 화면에 잇달아 가사가 나왔지만, 태스크는 그것을 보지도 않고 부채꼴 무대 위에서 몸을 흔들며 노래를 불렀다. 그의 뒤편에는 일렉트릭기타와 일렉트릭베이스, 그리고 드럼이 있었다. 세 사람 다 맞추기라도 한 듯이 큰 키와 긴 머리칼에 비쩍 마른 하반신을 감싸는 스키니진을 입고, 낡아빠진 컨버스 운동화를 신고 있었다.

노래가 끝나는 동시에 태스크가 눈을 감고 주먹을 치켜들었다. 한류 스타라도 된 양 노래를 마친 그에게 무대를 둘러싼 관객들이 큰 박수를 보냈다. 태스크는 수줍은 미소를 지으며 무대에서 내려왔다. 잠시 후, 1980년대 아이돌송의 전주가 흘러나오고, 또다시 밴드가 연주하기 시작했다.

"대단한데."

후지시로가 양복을 입은 뚱뚱한 남자가 양손을 들어 올리고 무대로 걸어가는 모습을 지켜보며 태스크의 귓가에 대고 말했다.

"아니, 처음에는 창피했는데, 의외로 기분이 좋네요. 밴드 앞에서 노래하는 게."

태스크가 가늘고 긴 눈매를 찡긋거리며 웃었다. 밖은 아직 추운데 목선이 넓게 파인 얇은 흰 티셔츠를 입고 있었다. 등에서 희미하게 땀 냄새가 났다.

외국인 클럽이나 걸즈바 같은 가게가 복작복작 모여 있는 도심의 잡거빌딩. 그 맨 꼭대기 층에 있는 라이브 노래방에 태스크랑 둘이 왔다.

하루의 죽음 소식을 들은 지 2주가 지났다. 야요이는 여전히 돌아올 기미가 없었다. 몸 한가운데가 움푹 도려내지고, 들판에 내동댕이쳐진 기분이었다. 그런데도 마취를 한 것처럼 통증이 느껴지지는 않았다. 드러누워서 그저 멍하니 하늘만 올려다보는 것 같은 하루하루가 지나갔다.

늘 그렇듯이, 태스크에게서 한잔하러 가자는 연락이 온 것은 닷새 전이었다. 요일과 시간 후보를 문자로 보낸 후, 마치 추신처럼 결혼식 연기 소식을 티 나지 않게 덧붙였다.

지난주, 후지시로는 혼자 결혼식장이 있는 호텔로 가서 예식을 취소하겠다고 말했다. 친척에게 불행한 일이 생겨서라고 그럴 듯한 적당한 이유를 둘러댔다. 웨딩플래너는 평소와 다름없는 완벽한 미소를 지으며, 그렇다면 한 번 연기하는 쪽이 어떠냐고 제안했다. 당신의 경우는 전혀 드문 일이 아니라며 용기를 북돋아주듯이 미소를 건넸다.

바에서 숙연하게 대화를 나눌 작정이었는데, 막상 들어간 곳은 화려한 빛으로 번쩍거리는 라이브밴드 노래방이었다.

가게 안으로 들어간 후지시로가 화들짝 놀라자, 슬픈 얘기는 역시 어이없는 곳에서 하는 게 최고예요! 라며 태스크가 까불어댔다.

"야요이 씨가 나가버렸다고요? 그건 큰일이네."

태스크가 두 잔째 맥주를 마시며 깔깔 웃었다. 맥주잔 속의 황금빛 액체가 LED 조명을 받아 무지개 색으로 빛났다.

"야, 기쁜 것처럼 말하지 마."

후지시로가 하이볼 한 모금을 마신 후, 태스크의 머리를 쥐어박았다. 미안해요, 왠지 재밌다 싶어서. 무대 위에서는 깊게 파인 드레스를 입은 백인여성이 테일러 스위프트의 히트곡을 부르며 춤을 추었다. 그녀를 에워싼 관객들이 환호성을 질렀다. 이곳에서는 가수와 관객이 현기증이 날 정도로 갈마들었다.

"고향집에 설명하러 갔었어." 후지시로는 목소리를 높이며 말했다. 이곳에서는 부끄러운 얘기라도 큰 소리를 내지 않으면 전할 수가 없었다. "결혼식을 연기한다고. 어머니가 틀림없이 화낼 줄 알았는데 웃는 거야. 너처럼."

"거봐요, 역시 재밌는 거예요. 후지 씨는 그런 실수를 할 이미지가 아니니까."

"창피한 일을 당해서 오히려 잘된 거 아니니? 라면서 웃더라고.”

점심때가 지나 고향집에 들러서 어머니와 저녁때까지 얘기를 나눴다. 아버지가 집을 떠나서 늙은 고양이와 어머니 소유가 된 고향집은 예전에 그곳에 있었던 온기를 되찾은 듯한 기분이 들었다. 헤어질 때, 어머니가 말했다. 아버지가 타인을 받아들일 수 없었던 건 자기 자신을 잘 모르기 때문이야, 라고. 후지시로는 그 말에 대꾸할 수가 없어서 “그럼, 또 봐요”라며 고개를 숙이고 유리문을 닫았다. 한동안 침묵이 흐른 뒤, 문 너머에서 “자, 저녁이나 해야겠네”라는 어머니의 혼잣말이 들려왔다. 그리고 찰싹거리는 가벼운 발소리와 함께 유리문에 비치던 그림자가 작아졌다.

“으음, 후지 씨, 왜 다들 결혼하는 걸까요?”

“글쎄, 왜 그럴까. 하지 않을 이유가 딱히 없기 때문이지 않을까?”

“뭐예요, 소거법 같은 대답이나 하고.”

“분명 어느 정도 나이가 들면 하고 싶어지는 거겠지. 가족이나 아이를 갖고 싶어진다거나.”

정말로 결혼하고 싶은가? 남의 일처럼 그런 말을 하면서 후지시로는 자문해봤다. 그렇지만 그것은 무의미한 질문처럼 여겨졌다. 그 답은 분명 나오지 않을 것이다. 노래는 간주 부분으로 접어들어서 현란한 기타 소리가 울려퍼졌다. 무대 위에서는 백인여성이 이리저리 뛰어다니며 춤을 추었다. 깊이 파인 치맛자락 사이로 하얀 허벅지가 드러날 때마다 환호성이 터졌다. 관객들은 하나같이 몹시 취해서, 다른 사람의 노래에 박수를 보내며 웃고 있었다.

"저, 얼마 전에 텔레비전 방송국 친구들의 생일파티에 갔었어요." 대꾸 없는 후지시로를 대신해서 태스크가 얘기를 이어갔다. "그 자리에 온 손님들과 얘기하면서 왠지 좀 냉정해졌죠."

"왜?"

"결혼해서 행복한 사람, 불행한 사람, 몇 번씩이나 결혼한 사람, 하고 싶어도 못 하는 사람, 할 수 있지만 일부러 안 하는 사람. 다양한 사람들이 있었는데, 난 어느 쪽에도 들어가지 않는다는 생각이 들더군요."

"그건 아니지. 너, 인기 많잖아."

백인여성이 노래를 마치자, 조명이 낮아지며 미러볼이 돌아가기 시작했다. 조금 전까지 술을 서빙하던 보이가 마이크를 들더니 링아나운서처럼 과장된 말투로 밴드멤버를 소개해갔다. 음량을 너무 올렸는지 마이크에서 거슬리는 소음이 났다.

"후지 씨, 역시 난 나 자신이 제일 소중한 거예요. 아니, 실은 그 파티에 있었던 모든 이들이 그렇겠죠. 그런데도 누군가와 계속 함께한다니, 그건 좀 무리 아닐까요?"

보이에게 소개받고 스포트라이트를 받은 기타리스트가 현란한 기타 솔로를 선보이기 시작했다. 그러나 눈빛은 공허했다. 정신을 차려보니 베이시스트와 드러머도 똑같은 눈빛으로 허공을 바라보고 있었다.

"뭐 하긴, 네 말대로 연애는 비합리적이긴 해." 후지시로가 솔로 플레이가 끝난 직후에 생긴 잠깐 동안의 고요함 속에서 말을 이었다. "그런데도 결혼하는 건 다들 외로워서야. 우쭐거리며 큰소리치는 척할 뿐이지, 혼자가 무서운 거지."

"아하, 그래서 후지 씨처럼 합리적인 사람도 결혼해버리는구나."

태스크가 씩 웃으며, 술잔에 담긴 맥주를 비웠다. 시끄러워, 라며 후지시로가 또다시 태스크의 머리를 쥐어박았다.

아버지가 타인을 받아들일 수 없었던 건 자기 자신을 잘 모르기 때문이야. 기타 소음에 섞여 어머니의 목소리가 귓가에 들리는 기분이 들었다. 아버지는 주는 게 뭔지를 포기한 것처럼 살아왔어. 많이 주는 행복을 동경하면서도 아버지는 도무지 그게 불가능했지. 역 앞에서 사온 지나치게 단 치즈케이크를 먹으면서 어머니는 말했다.

"으음, 후지 씨……."

기타리스트를 지그시 바라보고 있던 태스크가 중얼거렸다.

"응? 왜?"

"난 아마 가족이나 아이는 힘들 거예요. 사실은 후지 씨랑 이렇게 언제까지고 실없는 소리하며 술이나 마시고 싶은데, 후지 씨도 언젠가는 결혼해서 아이가 생기고 나한테서 멀어지겠죠. 그런데도 나에게는 절대 그런 미래가 없을 것 같은 기분이 들어요. 계속 혼자 지낼 수밖에 없다고 할까."

단숨에 얘기를 마친 태스크가 후지시로를 쳐다보았다. 그 긴 속눈썹이 LED 조명을 받아 보랏빛으로 빛났다.

만난 지 반년쯤 지난 무렵이었다. 후지시로는 태스크와 둘이 가구라자카에 있는 바에서 한잔 했다. 그날 밤, 코가 비뚤어지게 마셔서 만취 상태가 된 태스크를 후지시로의 집에 재워주게 되었다. 둘이 고꾸라지듯 방으로 들어가자마자 후지시로는 침대에, 태스크는 비스듬한 맞은편에 놓인 소파에서 잠들었다.

새벽녘, 어렴풋이 창밖이 밝아져서 후지시로는 눈을 떴다. 누군가의 목소리가 들린 것 같은 기분이 들어서 소파 쪽을 보자, 담요 속에 몸을 웅크리고 누워 있던 태스크가 고양이 같은 눈으로 이쪽을 바라보고 있었다. 후지 씨 침대로 가도 돼요? 태스크가 속삭이듯 말했다. 후지시로는 바로 대답할 수가 없었다. 태스크가 게이라는 얘기는 친구에게 들었지만, 그가 후지시로에게 그런 티를 낸 적은 그때까지 없었다. 두 사람 사이로 째깍거리는 벽시계의 초침 소리만 흘러갔다. 전 혼자 는 잠을 못 자요. 태스크가 말을 이었다. 후지시로는 애써 입 꼬리를 올리며, 왜 이래 호모같이, 라고 말했다. 태스크가 후 지시로를 지그시 바라보다, 그건 그러네요, 라며 얼굴을 구기 고 활짝 웃더니, 그만 자죠, 라며 담요 속으로 파고들었다.

어쿠스틱기타 전주곡이 흘러나왔다. 백인여성을 데려온 장 발 남자가 무대로 올라와서 마이크를 잡았다. 4월이 되면 그 녀가 올 거예요. 시냇물이 넘실거리고, 빗물로 풍성해질 무 렵. 가수처럼 맑은 목소리에 아름다운 영어 발성으로 노래하 기 시작했다. 새하얀 양복에 에나멜구두를 신고, 허리까지 내 려오는 긴 머리를 하나로 묶고 노래하는 그 남자의 모습에 압 도된 관객들은 조용히 입을 다물고 무대를 바라보았다.

"사이먼 앤 가펑클이라. 상당히 전문적인데, 저 아저씨."

태스크가 귀엣말을 했다. 5월에 그녀는 내 곁에 머물러요. 내 품 속에서 다시 편안히 쉬면서. 장발 남자의 노래가 이어졌다.

"4월이 되면 그녀는. 옛날에 선배가 자주 불렀는데."

후지시로가 무대를 쳐다보았다.

"폴 사이먼다운 나이브한 가사네요."

태스크가 기분이 좋은 듯이 눈을 감고, 몸을 흔들었다.

6월에 그녀의 마음은 변할 거예요. 갈피를 못 잡고 서성이며 밤거리를 방황하겠죠. 장발 남자의 노래에 맞추듯 태스크가 허밍을 넣었다. 태스크의 아름다운 비브라토가 후지시로의 고막을 흔들었다. 그때 오시마가 노래하는 모습을 본 사람은 자기가 아니라 하루였다는 걸 깨달았다. 하루가 본 풍경이 어느새 자기의 추억이 되어 있었다.

"사이먼 앤 가펑클 하면 역시 「졸업」이죠. 후지 씨, 본 적 있어요? 전설적인 영화. 이 곡이랑 미세스 로빈슨. 스카버러 페어와 사운드 오브 사일런스."

"으응, 라스트가 인상적이었어."

"그렇죠! 달려간 더스틴 호프먼이 하얀 교회로 뛰어든다. 웨딩드레스를 입은 신부를 가로채서 도망친다. 그리고 노란색 버스에 올라타서 맨 뒷자리에 앉아 마주보며 웃는다. 그때 사운드 오브 사일런스가 흘러나오기 시작하죠."

"영화사에 남을 해피엔딩이지."

"……그렇게들 생각하죠?" 태스크가 씩 웃으며 말을 이었다. "그 영화를 다시 한번 보세요. 인상이 완전히 바뀔 테니까."

"무슨 소리야?"

"사랑의 도피를 한 두 사람이 버스로 올라타죠. 흥분한 모습으로 서로를 바라보며 웃어요. 그런데 버스가 달리기 시작하고 얼마쯤 지나자, 두 사람은 갑자기 진지한 표정으로 변해서 버스에 흔들리기 시작해요. 불안해 보이고 초점이 안 맞는 눈으로 고개를 숙이죠. 조금 전까지 희망으로 가득했던 웃는 얼굴은 거기에는 없어요."

태스크가 단숨에 얘기를 풀어놓았다. 7월에 그녀는 떠날 거예요. 아무런 예고도 없이 홀연히. 무대 위에서 장발 남자가 눈을 감고, 가슴에 손을 얹었다. 8월에 그녀는 분명 죽어버릴 거예요. 싸늘하고 차갑게 부는 가을바람 속에서.

"그 영화의 라스트신, 저에게는 절망적으로 보였어요. 도망은 쳤지만, 그들은 과연 앞으로 어떻게 살아가야 하는가 하는 현실을 들이밀며 끝냈으니까."

"여전히 비꼬길 좋아해."

"하지만 내 말이 맞잖아요? 아마 그들의 연애의 정점은 분명 사랑의 도피를 한 순간일 테고, 그때부터는 내리막길로 굴러떨어질 수밖에 없어요."

정신을 차려보니 노래가 끝나고, 장발 남자가 고개를 깊이 숙이며 인사하고 있었다. 관객들이 열렬한 박수를 보냈다. 숙연해진 공기를 떨쳐내듯 기타리스트가 하드록 전주를 연주하기 시작했다. 벤처 기업가로 보이는, 파카를 입은 청년이 무대 위로 올라갔다. 그 뒷모습을 멍하니 바라보는 후지시로의 귓가에 대고 태스크가 말했다.

"후지 씨, 야요이 씨를 제대로 찾고 있어요? 진지하게 찾는 건 아니죠?"

"무슨 소리야. 계속 찾고 있는데."

"정말? 후지 씨는 늘 기다리기만 하던데. 단 한 번이라도 자기가 먼저 뭘 해보려고 한 적 있나?"

"너, 정말……."

목소리가 거칠어지는 후지시로를 가로막듯이 태스크가 말을 이었다.

"좀 더 고민하고, 괴로워하는 거 아닌가? 이대로 놔주고 싶지 않으면, 몸부림도 치고 발버둥도 치란 말이죠. 결국 후지 씨는 야요이 씨를 버리려는 거예요."

발끈 달아올랐던 머리가 순식간에 식었다.

빗속을 뛰어가던 하루의 뒷모습이 떠올랐다. 그때 그녀를 쫓아갈 수 없었다. 그렇게 좋아했는데, 하루를 쉽사리 포기했다. 그리고 지금 또다시 사랑했던 사람을 포기하려 한다. 왜일까? 왜 사랑하는 것에 연연하지 않게 됐을까? 격렬하게 일그러지는 기타 소리에 뒤섞여서 고백하고 싶었지만, 소리 내서 말할 수가 없었다. 그 말을 과연 누구에게 전해야 할지 알 수 없었다.

"뭐 하긴, 남자란 다 그런 소극주의자투성이이긴 하죠. 나도 마찬가지고." 입을 꾹 다물고 고개를 숙이는 후지시로를 태스크가 쳐다보았다. "그런데 내 생각은 그래요. 사람은 그 누구도 사랑할 수 없다는 걸 깨달았을 때, 고독해진다고. 그건 자기 자신을 사랑하지 않는다는 거니까."

꿰뚫는 듯한 태스크의 눈빛은 그날 밤 담요 속에서 이쪽을 바라보던 그것과 똑같았다.

밤늦게 집으로 돌아간 후지시로는 야요이의 침실 문을 열었다.

차디찬 공기와 함께 어렴풋하게 야요이의 목덜미 향기가 났다. 후지시로는 향기를 헤치듯 살며시 방으로 발을 들여놓았다. 나무 책상 위에는 검은 스탠드라이트가 있는데, 살짝 고개 숙여 인사하는 것처럼 보였다. 책장에는 꼼꼼하게 크기별로 맞춘 책들이 가지런히 꽂혀 있었다. 맨 가장자리에 둘이 찍은 사진이 놓여 있었다. 어느 레스토랑이었을까. 두 사람이 촛불을 받으며 웃고 있었다. 그 사진을 들고 한동안 바라보았다. 그런데도 도무지 그걸 언제 어디서 찍었는지 떠오르지 않았다. 그리고 그때의 감정도.

후지시로는 2년 만에 야요이의 침대에 누웠다. 부드러운 오리털 담요가 몸을 감쌌다. 그러나 그 표면은 싸늘해서 무심코 몸서리가 쳐졌다. 몸의 열기가 서서히 담요로 전해지는 느낌을 받으며 천장을 올려다봤다.

9월이면 나는 잊지 못할 거예요. 갓 싹텄던 새로운 사랑도 머지않아 변해버린다는 것을.

그 장발 남자의 노랫소리가 되살아났다. 뒤통수에 뭔가가 배겨서 베갯머리를 보니, 봉투가 뜯긴 편지 한 통이 있었다.

그것은 자기가 모르는 새에 도착한, 하루가 보낸 마지막 편지였다.

3월의 끝자락에 그는

양념 냄새와 북적거리는 사람들의 열기로 넘쳐나는 플랫폼 한쪽 구석에서 후지시로는 여행 가방 위에 앉아 있었다.

큰 역인데도 그곳에는 식당도 찻집도 없고, 그저 거대한 검은 콘크리트 플랫폼 세 줄만 세로로 평행하게 뻗어 있었다. 열차를 기다리는 사람들이 커다란 짐을 펼쳐놓고, 그 위에 기대듯 엎드려서 시간을 보내고 있었다. 누워 있는 사람들 틈새로 순한 들개들이 어슬렁어슬렁 걸어 다녔다.

카냐쿠마리로 가는 열차는 정오에 출발할 예정이었다. 호텔에서 체크아웃을 하고, 도시 외곽에 있는 역으로 온 후지시로에게 나이가 지긋한 역무원이 열차가 지연된다는 소식을 전해주었다. 어쩔 수 없죠. 그는 고개를 움츠리며 말했다. 여기에서는 흔히 있는 일이다. 열차는 몇 시에 오냐고 후지시로가

물었다. 역무원이 쉰 목소리로 잘 모르겠다고 대답했다. 시간
이 조금 더 걸려요. 앞으로 세 시간이나 네 시간.

모든 열차가 대폭 지연되는 바람에 갈 곳 없는 승객들을 끌
어안은 기차역은 점점 부풀어 올랐다. 들개와 아이들이 나란
히 누워 잠들어 있었다. 이런 곳에서 앞으로 몇 시간 동안 뭘
하며 보내야 할까. 후지시로는 난감했다. 그때 또다시 그 피
시카레의 맛이 그리워졌다. 9년 전에 하루와 이곳에 왔을 때
먹었던 카레를 다시 한번 먹고 싶었다.

하얀 사리(인도의 여성들이 입는 민속의상)를 입은 미모의 웨이트리
스가 은색 쟁반에 카레를 담아다 주었다.

살짝 붉은 빛이 도는 크림색 수프 속에 부드러운 흰살 생선
과 삶은 채소가 들어 있었다. 밥과 함께 입에 넣으면, 자극적
이지 않은 무난한 매운 맛과 몇몇 다른 문화들이 뒤섞인 양
념 맛이 퍼져간다. 남인도로 배낭여행을 갔던 친구가 코친에
가면 피시카레를 꼭 먹어보라고 했다. 다른 음식도 맛있지만,
피시카레만 먹으면 된다고 그가 되풀이해 강조했다. 이것저
것 먹어보긴 했는데, 그 카레만으로도 충분하다고 후지시로
와 하루도 납득했다.

레스토랑 안에는 커다란 앤티크 샹들리에가 있고, 바닥은

흰색과 하늘색 타일을 번갈아 깔아둔 체크무늬였다. 큼지막한 창으로 내다보이는 도로에서는 자동차와 인력거가 쉴 새 없이 오갔다. 그런데도 레스토랑 안에만 별세계처럼 고요하고 맑은 시간이 흐르고 있었다.

그저께 코친에 도착한 후지시로는 피시카레를 먹었던 레스토랑에 갔다. 그러나 그곳에는 갓 새로 지은 비즈니스호텔이 서 있었다. 눈부신 태양 빛을 받아 거울 같은 창이 반짝반짝 빛났다. 후지시로는 눈을 가늘게 뜨고 하늘을 올려다봤다. 오히려 더 잘됐을지도 모른다. 하루는 두 번 다시 그 카레를 먹을 수 없으니까. 예전에 레스토랑이었던 자리의 상공에는 그저 뻥하니 뚫린 푸른 하늘이 펼쳐져 있었다.

후지시로는 어두워져가는 역 플랫폼에서 아무것도 하지 않고 조용히 열차만 기다렸다. 책도 읽지 않고, 음악도 듣지 않고, 스마트폰도 보지 않고, 그저 오로지 그 상황을 받아들이며 기다리기로 마음먹었다.

처음 한 시간은 진기한 풍경과 역으로 모여드는 현지인들을 흥미롭게 바라볼 수 있었다. 그렇지만 세 시간 그리고 네 시간이 지나자, 차츰 아무것도 안 하고 그저 기다리기만 하는 게 고통으로 변해갔다. 그래도 분명 혼자 있을 때의 고독은 그나마 견딜 수 있다. 후지시로는 냉랭한 콘크리트에 드러누워 옅은 보랏빛 하늘을 하염없이 올려다봤다.

여섯 시간이나 지연되어 코친역에 도착한 침대열차는 남쪽을 향해 천천히 달려가기 시작했다. 아홉 시간 후에는 종점이 카냐쿠마리에 도착할 것이다.

승차권에 인쇄된 숫자를 보며 탑승할 차량을 알아내고, 침대를 찾아 돌아다녔다. 승차권에는 34B라고 찍혀 있었다. 그런데 그 침대에는 이미 인도인 청년이 앉아 있었다. 두툼한 등과 근육으로 뒤덮인 굵은 팔뚝. 군복 같은 옷을 입고, 스마트폰의 스피커 볼륨을 최대로 켜놓고 힙합 음악을 듣고 있었다. 침대에 너저분하게 던져놓은 묵직해 보이는 배낭. 찌그러진 펩시콜라 캔. 청년의 무릎이 리듬을 타며 까딱까딱 움직였다.

후지시로가 승차권을 보여주며 여기는 내 침대라고 말했다. 34B라고 되풀이해 말했다. 그런데도 청년은 자기 승차권을 꺼낼 기미도 없이, 고개를 갸웃거리며 또다시 음악에 맞춰 무릎을 흔들기 시작했다. 묵직해 보이는 부츠가 바닥을 때리며 둔탁한 소리를 냈다.

몸에서 힘이 쭉 빠졌다. 지금부터 이 남자와 크게 다퉈서 침대를 되찾을 만한 기력이 없었다. 오랫동안 열차를 기다려서 지칠 대로 지쳐 있었다. 다른 침대도 이미 다 차 있었다. 차장도 상황을 빤히 알면서도 못 본 척하는 것 같았다. 그렇지만 앞으로 아홉 시간을 어쩌면 좋은가.

그때 맞은편 침대에서 눈을 감고 누워 있던 노파가 천천히 몸을 일으키더니, 청년에게 현지 언어로 말을 건넸다. 청년은 한동안 무시하고 음악만 들었지만, 노파가 일어서서 고함을 치고 손짓 발짓을 해가며 청년에게 다가가자, 체념했는지 침대에서 일어나서 차량 밖으로 나갔다. 그 등에 대고 뭐라고 소리를 친 노파가 땅이 꺼져라 한숨을 내쉬더니 선명한 파란색 사리를 펄럭이며 침대에 다시 누웠다.

노파와 둘만 남자, 후지시로가 영어로 감사인사를 했다. 노파는 얼굴을 찡그린 채 고개를 설레설레 젓더니, 현지 언어에 억양이 매우 강한 영어를 섞어가며 얘기하기 시작했다. "별어처구니없는 놈이 다 있네!" 말은 거의 알아들을 수 없었지만, 신기하게도 무슨 의미인지는 이해할 수 있었다. "그렇지만 당신도 확실하게 말을 해야지."

차이 포트를 든 소년이 침대 옆을 지나갔다. 후지시로는 소년을 불러 세워서 노파 몫까지 두 잔을 샀다. 종이컵에 담긴 차이를 노파에게 건네주자, 그녀는 아주 살짝 미소를 지으며 따뜻하고 달콤한 음료를 입에 댔다.

 핑크색 노을빛이 창밖에 펼쳐진 밭을 부드럽게 비추고 있었
다. 소가 느릿느릿 걸어가고, 소년들이 흙먼지 속에서 축구공
을 쫓아 달렸다. 열차가 작은 역 몇 개를 스쳐지나갔고, 각 역
에서 열차를 기다리는 사람들이 풍경처럼 흘러갔다. 여기에
도 언젠가 열차가 멈춰 서는 순간이 올까. 작은 역을 열차가
몇 대씩이나 통과해갔다. 그곳에서 기다리는 사람들과 내 인
생이 마주칠 일이 없듯이, 앞으로도 영원히 이 작은 역에 열
차가 멈춰 서는 일은 없을 것 같았다.

 나지막하게 속삭이는 듯한 목소리가 들려왔다. 침대에 누운
노파가 눈을 감고 노래를 부르고 있었다. 애잔하면서도 다정
한, 자장가 같은 멜로디. 떨면서 울고 있는 듯한 노랫소리였
다. 핑크색으로 물든 인도의 대지를 바라보며 그 노래를 듣고
있으니, 낯선 그곳이 마치 고향처럼 느껴졌다.

 후지시로가 손짓발짓을 해가며 무슨 노래를 부르냐고 물었
다. 노파가 남인도의 오래된 민요라고 대답했다. 옛날에 신분
의 차이를 넘어 사랑에 빠진 남자와 여자가 결혼하기로 약속
했다. 그러나 그 약속을 지키지 못해 깊은 슬픔에 빠진 남자
가 강물에 빠져 죽었다. 그 사실을 안 여자는 그 강이 흘러드

는 바다에 빠져 죽었다. 두 사람은 너른 바다에서 재회했다.

"사람은 죽어, 그렇지만 우리 곁을 지켜주지." 노파가 말했다. "우리를 살아가게 해주지."

그리고 그녀는 또다시 노래를 부르기 시작했다. 되풀이하고, 또 되풀이하며 몇 번이나 노래했다. 창밖이 차츰 어두워졌고, 마침내 완전한 어둠이 모든 것을 뒤덮어갔다. 자장가 같은 노래가 듣기 좋아서 후지시로는 어느새 침대 위에 잠들어 있었다. 꿈속에서도 그 노래가 계속 울려퍼졌다. 3월의 마지막 밤이었다.

*

후지에게

나는 지금 바닷가 옆 병원에 있어요.
이곳은 생의 마지막 한때를 보내는 장소예요.

죽을지도 모른다.
그런 생각이 들었을 때, 나는 여행을 떠났어요.
우유니의 천공의 거울, 프라하의 거대한 시계, 아이슬란드의 검은 모래사장 바다.

보고 싶었던 경치를 전부 보고, 그곳에서 느낀 걸 사진에 담고 싶었어요.

마지막으로 갈 장소는 정해놨죠.

인도의 카냐쿠마리.

후지와 함께 보지 못했던 일출을 보러 갈 생각이에요.

그 결혼식을 후지는 기억하나요?

9년 전, 둘이서 갔던 카냐쿠마리. 바닷가 바로 옆에 있던 새하얀 호텔. 느긋한 종업원들. 앤티크 침대. 폐허가 된 6층. 우리는 에메랄드 그린 빛으로 반짝이는 바다가 내려다보이는 옥상 테라스에서 인도인 청년을 만났죠. 눈이 보석처럼 검게 빛나고, 코가 놀라울 정도로 높은 청년이었어요. 와인을 마시고 완전히 취해 있었던 우리는 혼자 마시고 있던 그 청년에게 말을 걸어 금세 의기투합했죠.

난 내일 결혼해요.

헤어질 때 그가 갑자기 고백했어요. 크게 놀라 야단을 떨며 축복해주는 우리를 그가 결혼식에 초대했죠.

은방울꽃 액세서리, 형형색색의 사리, 벨벳 천으로 만든 파라솔, 핑크색 터번. 몇 겹이나 두른 보석 팔찌, 아름다운 문양의 헤나문신, 일곱 명의 요리사가 만들어낸 요리. 점심때가 지나서 우리가 식장에 도착하자, 그곳은 궁전 같은 대저택이었고, 부산스럽게 결혼식 준비가 진행되고 있었죠.

시타르(인도 북부에서 사용된 류트계의 발현악기) 악단이 입장하고, 화려한 연주가 시작됐죠. 사리를 팔랑거리는 무희들이 원을 그리며 춤을 췄어요. 줄줄이 늘어선 야자나무 틈새로 그 청년이 코끼리 대열과 함께 들어왔죠. 그 옆에는 인도 영화에 나오는 여배우처럼 아름다운 신부가 앉아 있었어요.

그때는 정말 놀랐어요. 그가 혼자 살짝 호텔 테라스로 한잔하러 왔던 마하라자(인도의 토후 또는 번후의 칭호)였다는 걸 우리는 그때 처음 알았어요.

숨이 턱턱 막힐 정도로 달콤한 꽃향기로 가득한 텐트 속에서 결혼식이 치러졌어요. 긴 식탁 위에 흘러넘칠 정도로 가득 차려놓은 요리를 먹었죠. 밤이 깊어지자, 악단 연주에 맞춰 하얀 의상을 차려 입은 신랑과 하늘색 사리를 입은 신부가 춤을 추기 시작했어요. 차츰 모든 사람들이 춤을 추는 원에 가담했죠. 꽃을 뿌리며 노래하고, 때로는 소리를 지르며, 하늘이 희부옇게 밝아올 때까지 계속 춤을 췄어요. 주위가 온통 꽃으로 가득 차서 노란색 바다 같았죠.

새벽녘, 신랑신부와 카냐쿠마리의 바다로 일출을 보러 갈 예정이었어요.

인도 최남단 바다에 떠오르는 아침 해.

분명 너희의 인생을 보다 나은 방향으로 이끌어줄 거야.

마하자라 청년이 말했죠. 그런데 우리는 그만 저택 안에서 잠이 들어버렸어요. 그래서 일출을 보지 못하고, 그냥 일본으로 돌아왔죠.

나중에 다시 보러 오자. 돌아오는 비행기 안에서 우리는 약속했어요. 언제든 다시 볼 수 있다고 그때의 우리는 굳게 믿었죠.

다시 한번, 카냐쿠마리에 가보고 싶었어요.

내가 느낀 아침 해를 사진에 담아서 후지에게 보여주고 싶었어요.

그런데 이번에도 또 늦어버린 것 같네요.

내가 죽는다는 걸 알았을 때, 과거부터 소중했던 것들을 찾아내기로 마음먹었어요. 앨범을 넘기며 한 장 한 장 사진을 골라냈죠.

너저분하게 어질러진 대학 동아리 방, 볕이 잘 드는 아파트, 물건을 골고루 잘 갖춰둔 비디오대여점, 돼지고기생강구이가 맛있었던 식당, 빌딩 계곡 틈새로 보이는 파란 하늘, 작은 건널목, 시소가 있는 공원. 별 다를 것 없는 일상의 풍경.

그런 일상에 내가 찾아 헤맸던 세계가 있었다는 걸 깨달았죠. 그것들은 모두 젖빛 베일에 덮인, 그 우유니 같은 프라하 같은 아이슬란드 같은, 지상과 천국 사이에 있는 풍경이었어요.

별안간 눈물이 흘러넘쳤죠. 그 순간 나는 내가 이 세계에서 사라지는 게 아니라 녹아드는 거라고 생각할 수 있었어요.

슬픈 감정과 행복한 감정은 어딘지 모르게 비슷해요.

지금 나는 따뜻한 바람을 느끼고 있어요. 봄이 바로 코앞까지 왔네요. 조금만 더, 조금만 더. 문득 후지의 목소리가 들린 것 같은 기분이 들었어요. 대학 암실에서 내 등 뒤로 들려왔던 그 목소리예요. 바다로 향하는 버스 안에서 모두가 웃었죠. 오시마 선배가 해변에서 '4월이 되면 그녀는'을 노래했어요. 모두가 누군가를 사랑하며 살아갔죠.

난 죽는 게 슬펐어요. 그렇지만 죽는 일도 벌어지는 현실이 밉지는 않아요.

지금도 후지를 좋아하는지, 그건 솔직히 잘 모르겠어요.

왜 편지를 보내려고 했는지도.

그런데 지금 마지막 편지를 쓰면서 깨달았죠.

나는 나를 만나고 싶었던 거예요. 당신을 좋아했던 무렵의 나를.

솔직한 감정으로 살아갈 수 있었던 그 무렵의 나를 만나고 싶어서 편지를 썼던 거예요.

　나는 사랑했을 때 비로소 사랑받았다.

　그것은 흡사 일식 같았어요.

　'나의 사랑'과 '당신의 사랑'이 똑같이 겹쳐진 건 짧은 한순간의 찰나.

　거역할 수 없이 오늘의 사랑에서 내일의 사랑으로 변해가죠. 그렇지만 그 한순간을 공유할 수 있었던 두 사람만이 변해가는 사랑으로 다가갈 수 있다고 난 생각해요.

　안녕.

　지금 후지가 사랑하는 사람이 있고, 그 사람이 후지를 사랑해주길 바랍니다.

　설령 그것이 한순간일지라도 그 마음을 함께 나눴던 한 인간으로서.

이요다 하루

*

열차가 종점에 도착했다는 안내방송을 듣고 후지시로는 잠에서 깼다.

맞은편 침대를 봤다. 노파는 거기에 없었다. 단지 그녀가 마신 차이 종이컵만 오도카니 창가에 놓여 있었다. 고맙습니다, 언젠가 훗날에 봬요. 헤어질 때, 한마디쯤 감사인사를 전하고 싶었다. 이제는 분명 그녀를 만날 일은 없겠지. 열차가 통과해온 작은 역에서 기다리고 있던 사람들처럼. 대부분의 만남이란 그렇게 겹쳐진 우연에 지나지 않는다.

이른 아침의 역은 한밤중처럼 어두웠다. 검은색에 검은색을 덧칠한 것 같은 어둠이었다. 침대차에서 내린 승객들이 거대한 플랫폼을 비틀비틀 걸어갔다. 몸보다 큰 짐 보따리를 등에 짊어지고 어둠 속을 걸어가는 그들의 실루엣에서는 생명력이 느껴지지 않았다.

어둠을 뚫고, 마침내 전구 한 알이 밝혀진 개찰구에 도착했다. 인파를 헤치며 역사를 벗어나서 택시에 올라타고, 카냐쿠마리 바다로 가달라고 했다.

"일출 볼 거요?"

황폐한 역 앞 도로를 달리면서 운전기사가 서툰 영어로 물었다. 백미러에 하얀 조개껍질 장식이 매달아놔서 차가 흔들릴 때마다 찰랑찰랑 소리를 냈다.

"그렇습니다. 시간 안에 갈 수 있으면 다행일 텐데."

후지시로가 소망이 담긴 목소리로 대답하고, 차 유리 앞쪽으로 펼쳐진 어둠을 바라보았다. 대시보드 위에는 화환과 함께 흑단나무로 만든 작은 코끼리가 장식되어 있었다. 코끼리 모습을 가진 코끼리신이다.

"그 바다는 특별하지."

가로등 불빛이 운전기사를 비춰 얼굴이 보였다. 오렌지색 터번을 두르고, 산타클로스처럼 하얀 수염을 풍성하게 기른 노인이었다.

"특별하다는 의미는?"

후지시로는 작은 배낭에서 페트병을 꺼내 물을 마셨다. 목이 몹시 마르다는 걸 느꼈다.

"인도양과 아라비아해와 벵갈만, 세 해류가 교차하는 성지지."

"예전에 여기 왔을 때 들은 적이 있습니다."

"일출을 봤나?"

"아뇨, 저는 놓쳐버렸어요. 10년이 지난 지금에야 드디어 보러 올 수 있었죠."

병원에 2주간 휴가를 신청하고, 억지로 승인을 받아냈다.

떨떠름한 표정을 짓는 의국장에게 나나가 대신 출근하겠다고 거들어주었다. "후지시로 선생님의 선물 이야기, 기다리고 있을게요"라고 웃으며 그녀가 배웅해주었다. 우디 앨런은 태스크가 맡아주기로 했다. "나, 고양이 알레르기 있는데"라며 투덜거렸다. "하지만 이번 기회에 극복해볼게요. 사실 개나 고양이는 좋아하니까"라며 눈가에 잔주름을 잡히게 웃었다. 헤어질 때, 우디 앨런이 캐리어백 속에서 후지시로를 지그시 바라보았다. 왜 가는데? 라고 묻는 듯한 눈빛이었다.

택시가 거친 자갈길을 지나 포장도로로 접어들었다. 접어들자마자 흔들림이 가라앉으며 차 안에서 소리가 사라졌다. 맹렬한 속도로 달려가는 맞은편 차선의 자동차 불빛이 캄캄한 길을 걸어가는 아이들을 비추고 멀어져갔다. 그들도 일출을 보러 가는 걸까. 초조함에 목이 더욱 말랐다. 후지시로는 또다시 페트병을 입에 대고, 순식간에 물병을 비웠다.

"괜찮아." 운전기사가 백미러 너머로 후지시로를 바라보며 중얼거렸다. "일출은 볼 수 있어." 액셀러레이터를 밟았다. 낡은 택시가 으르렁거리듯 차체를 떨며 속도를 높였다.

야요이의 침실에서 하루의 편지를 발견했을 때, 드디어 긴 꿈에서 깨어난 기분이 들었다.

편지를 들고 거실로 돌아와 빠져들 듯이 읽어내렸다. 후지시로가 잃어버린 것이 편지지의 촉감과 함께 도망칠 수 없는 현실이 되어 가슴 속으로 날아들었다. 하루가 죽었다는 것. 야요이가 이 편지를 읽었다는 것. 그 모든 것이 현실이라고.

야요이는 분명 후지시로와 하루의 관계가 이미 과거라는 걸 바로 이해했겠지. 그리고 그것은 더 이상 돌이킬 수 없다는 것도. 그런데도 후지시로는 야요이가 이 편지를 읽었다는 사실에 동요되었다. 후지시로가 비밀로 간직했던 사랑을 그녀가 알았기 때문이 아니다. 하루의 솔직한 심정이 그 마지막 순간의 마음이 후지시로와 야요이 사이에서 상실된 감정이 어떤 것인가를 또렷하게 드러내버렸다.

지금 후지가 사랑하는 사람이 있고, 그 사람이 후지를 사랑해주길 바랍니다. 하루가 쓴 글씨는 흔들리는 필체였다. 손가락에 힘이 안 들어가는지 글씨는 다 흔들리고 힘없어 보였다. 그런데도 그녀는 그 바다가 보이는 병원에서 떨리는 손으로 안간힘을 다해 후지시로에게 글을 써 보내려 했다.

그렇게까지 해서 전하고 싶은 말이 내게는 있을까. 후지시로는 생각했다. 하루에게 어떤 말로 답하면 좋을까. 내가 사랑하면 틀림없이 상대의 마음에도 사랑이 싹틀 거라고 믿고 뛰어든다. 그런데 그렇게 간단한 것이 나에게는 불가능하다. 사랑이라는 말에 적합한 감정을 잃어버린 것 같은 기분이 들었다.

편지에는 사진이 동봉되어 있었다.

후지시로가 웃고 있는 옆얼굴. 시부야에 처음 둘이 갔을 때, 돌아오는 전철에서 하루가 찍은 사진이었다. 자기도 본 적 없는 자신의 웃는 얼굴. 하루가 봐왔던, 어딘지 모르게 색이 옅은 세계. 사랑이 있는 세계. 분명 그때 후지시로는 그 속에 있었다.

택시가 급브레이를 밟으며 멈춰 섰다.

눈앞에 보이는 도로에 경찰차 세 대가 잇달아 정차해 있었다.

"길 좀 열어줘! 이 손님을 바다까지 데려다줘야 해."

운전기사가 차창을 열고 경찰관들을 향해 소리쳤다.

"오늘은 여기까지예요. 바다로 가는 길이 너무 혼잡해. 위험하니까 여기서부터는 걸어가세요."

덩치가 큰 경찰관이 택시 옆으로 와서 말했다.

"그런 게 어디 있어." 운전기사가 물고 늘어졌다. "손님은 급해." 약속을 지키려고 애썼다. 그러나 경찰관이 양보할 기미는 보이지 않았고, 서둘러 얘기를 마무리 짓더니 경찰차로 돌아갔다.

"미안하게 됐군. 여기부터는 걸어가야겠어."

운전기사가 뒷자리를 돌아보며 미안한 듯이 후지시로에게 말했다. 대시보드 위에 앉은 코끼리신이 후지시로를 바라보고 있었다.

"바다까지는 얼마나 걸립니까?"

후지시로가 택시 문을 열면서 물었다.

"얼마나 걸리냐고?" 운전기사가 씩 웃었다. "그야 자네한테 달렸지."

후지시로는 쓸쓸한 웃음으로 답하고, 트렁크에서 여행가방을 꺼냈다. 묵직한 가방을 끌면서 걷기 시작했다. 거친 자갈길 위에서 여행가방이 덜컥거리며 튀어 올랐다.

눈앞에는 한없이 곧게 뻗어 있는 긴 길이 보였다. 그 앞쪽 하늘에는 어렴풋이 밝게 투명한 푸른빛이 펼쳐져 있었다. 등 뒤에서 신의 가호가 있기를! 이라고 외치는 운전기사의 목소리가 들렸다.

후지시로는 여행가방을 끌며 길게 곧장 뻗은 길을 걸어갔다. 서서히 숨이 차오르며 가슴이 갑갑해졌다. 등에서 땀이 흘러내리는 걸 느낄 수 있었다. 자갈을 짓밟는 발바닥이 마비되어 뜨겁게 달아올랐다. 10년 만에 찾아온 인도 마을에서 땀범벅이 되어 무거운 여행가방을 끌고 걸어가는 자기 모습이 우스워서 무심코 웃음이 터질 것 같았다.

긴 도로 양쪽에는 포장마차가 빈틈없이 꽉꽉 들어차 있었다. 테이블 위에 하얀 조개껍질 액세서리를 진열해놓고, 옷걸이에는 화려한 색깔의 티셔츠를 걸어놓았다. 짙은 노란색으로 잘 익은 바나나와 망고, 먹음직스러운 튀김빵 향기, 잡다하게 늘어놓은 아이들 장난감, 크고 작은 다양한 벽시계. 아침 해의 흐릿한 빛에 기대서 무수한 노점상들이 개점 준비를 하고 있었다. 후지시로는 그런 포장마차들을 곁눈으로 보면서 계속 걸었다. 나란히 걸어가는 사람들 숫자가 차츰 늘어났다. 관광객으로 보이는 가족동반부터 겨자색 가사를 걸친 수행승들까지 다들 똑바로 그 길을 걸어갔다. 이렇게 필사적으로 걷는 게 과연 몇 년 만일까. 아니, 어딘가를 향해 이토록 열심히 걸었던 건 지금까지 단 한 번도 없었을지 모른다.

길 끝에 나선형 슬로프가 설치된 거대한 등대가 보였다. 바다에 가까워진 게 틀림없다. 그런데도 좀처럼 도착하지 않았다. 걸으면 걸을수록 길이 더 늘어나는 기분이 들었다. 발소리가 점점 빨라지며 심장박동과 함께 나란히 뛰었다.

긴 길 끝에 보이는 하늘이 밝아오기 시작했다. 푸른색에서 흰색, 그리고 오렌지색으로 아름다운 그러데이션을 그려 갔다. 아침 해는 이제 바로 코앞에 있다. 마음이 급해서 걸음을 서둘렀다. 숨이 차올라서 얼굴을 들었다. 하늘에 하얀 달이 희미하게 보였다. 그것은 아주 먼 곳에 있었다. 밝아져가는 하늘 속에서 덧없이 빛나고 있었다.

길이 갑자기 커다란 원호를 그렸다.

잰걸음으로 모퉁이를 돌자, 짙은 남색 바다가 눈앞에 펼쳐 졌다. 바다 끝에 떠 있는 작은 섬에 거대한 석상이 서 있었다. 푸른색과 흰색과 오렌지색으로 그러데이션이 진 하늘이 성스 러운 석상의 실루엣을 그렸다. 인도양과 아라비아해와 벵골 만, 세 해류가 교차하는 성지야. 그 운전기사의 목소리가 들 려왔다. 신의 가호가 있기를!

완만하게 경사진 해안은 사람들로 꽉 차 있었다. 어스름한 모래사장에 수천 명의 사람들 그림자가 보였다. 모래사장에 늘어선 사리를 입은 여성들. 파도가 밀려드는 물가에 서서 바 다에 몸을 절반쯤 담그고 수평선 끝을 바라보는 수행승들. 군 중 속에 뒤섞인 후지시로는 바다를 바라보았다. 바다 끝으로 흐릿한 빛의 윤곽이 보이기 시작했다. 일출을 놓치지 않으려 고, 수많은 사람들이 해안에 모여든 새들처럼 움직였다.

수평선이 붉은 빛으로 스며들며 흔들리고, 아침 해가 모습 을 드러냈다.

강렬한 빛의 화살이 눈 속으로 날아들었다. 땅을 뒤흔드는 듯한 소리가 솟구쳐 올랐다. 환호성도 노호도 아니다. 너무나 성스러운 것을 접한 인간만이 낼 수 있는 소리의 집합. 군중이 일제히 아침 해를 향해 손을 모으고 기도하기 시작했다. 수행승이 거친 파도를 맞서며 잇달아 바다로 들어갔다. 아침 햇살을 받아 에메랄드그린색으로 바뀐 바다가 반짝반짝 빛났다. 그 앞에 있는 거대한 석상의 온화한 미소가 후광과 함께 서서히 또렷이 보였다.

누군가가 부른 것 같은 기분이 들어서 물가를 바라봤다.

아침 해를 들쓴 군중 속에 야요이가 있었다. 형형색색의 사리를 입은 여성들 속에 섞여서 홀로 아침 해를 바라보고 있었다.

"야요이!"

후지시로가 외쳤다. 그러나 거칠게 밀려오는 파도소리에 그 소리가 삼켜졌다. 아침 해를 향해 손을 모은 군중들 사이를 헤치며, 여행가방을 끌고 야요이 곁으로 다가갔다. 숨이 턱까지 차오르고 이마에서 땀방울이 흘러내렸다. 다시 한번 그녀의 이름을 부르려 했다. 그러나 그 목소리는 약하게 떨려서 채 소리가 되지 않았다. 자신의 눈에서 눈물이 흐르는 것을 그때 알아챘다.

대학에서 지하철역까지 비좁을 길을 야요이와 어깨를 부딪치며 걸어가면서 그녀와 앞으로 계속 함께 있을 것 같은 기분이 들었다. 동물원에서 사과를 공중으로 던졌을 때, 그녀가 그 내기에 질 리가 없다고 믿었다. 상점가에서 불꽃놀이를 보며 야요이에게 마음을 전했을 때, 나도 지금 같은 생각을 하고 있었다고 그녀는 말했다. 달과 태양이 겹쳐지는 한순간의 기적. 사랑하는 마음이 겹쳐진, 일식 같은 순간이 되살아났다.

나는 사랑했을 때 비로소 사랑받았다.

살아 있는 한, 사랑은 떠나간다. 피할 수 없이 그 순간은 찾아온다. 그렇지만 그 사랑의 순간이 지금 있는 생에 윤곽을 부여해준다. 서로를 알 수 없는 두 사람이 함께 있다. 그 손을 잡고 끌어안으려 한다. 잃어버린 것을 되찾을 수는 없다. 그렇지만 아직 두 사람 사이에 남아 있다고 믿을 수 있는 것, 그 파편을 하나하나 주워 모은다.

야요이와 다시 따뜻한 커피를 마셔야겠다고 생각했다. 그 거실에서. 그녀는 청소기를 돌리고, 나는 설거지를 한다. 아침에 일어나서 잘 잤냐고 인사한다. 지금 뭘 하고 있을까. 일을 하다 문득문득 그녀를 떠올린다. 문을 열고, 다녀왔다고 말한다. 어서 오라는 목소리가 들린다. 하루의 끝. 잠들기 전에 잘 자라고 말하고, 같이 침대에서 잠이 든다. 만연히 계속

되는 일상 속에서 사랑을 이어가며 살아간다.

야요이가 이쪽을 쳐다봤다. 그 옅은 갈색 눈동자로 후지시로를 지그시 바라보았다.

정신을 차려보니 뛰고 있었다. 모래에 걸린 여행가방을 내동댕이쳤다. 과거도 미래도 아니다. 지금 그녀를 향해 뛰고 있었다.

부옇게 번지는 시야 끝에 펼쳐진 군중이 아침 해를 받아 황금빛으로 빛났다. 태양은 야금야금 하늘로 솟아오르며 바닷가를 오렌지색으로 물들여갔다. 거대한 석상이 이 세상에 살아가는 모든 사람들을 지켜주듯 바다 위에서 내려다봤다. 하늘이 파란색에서 붉은색으로 변하고, 차츰 하얗게 녹아들었다.

따뜻한 바람이 불어왔다.

야요이의 발밑에 하얀 꽃이 피어 있었다. 햇살은 부드럽게 두 사람을 감싸 안았다. 어느새 봄이 와 있었다.

후지시로는 군중을 헤치고 야요이 곁으로 달려갔다.

4월의 아침 햇살을 들쓴 그녀를 맞이하러 갔다.

  내가 하는 일 중 하나는 통설과 상식을 뒤엎는 작업이다. 이 책의 저자, 가와무라 겐키가 한 말이다. 즉, 그의 창작의 출발점은 사람들이 무의식적으로 전제하고 있는 것을 의심해보는 데 있다. 『4월이 되면 그녀는』 역시 그런 과정을 거쳐서 완성된 작품으로, 연애 감정이 희박해진 현대사회에 내놓는 새로운 차원의 '연애소설'이다.

  인생에는 도저히 컨트롤할 수 없는 세 가지가 있다고 그는 말한다. 죽음과 돈과 사랑이다. 수많은 이들이 오랫동안 고민해온 주제지만, 아직 그 누구도 명쾌한 해답을 얻지 못했다. 그래서 자기 스스로 그 답을 찾기 위해 소설을 쓴다고 한다. 요컨대 그의 집필은 자기 자신이 절실히 알고 싶은 주제에 천착해가는 과정의 일환인 셈이다. 죽음을 주제로 쓴 데뷔 소설 『세상에서 고양이가 사라진다면』은 200만 부가 넘게 팔리면서 영화로도 만들어졌다. 돈을 주제로 한 『억남』은 중국에서 영화화하기로 결정되었고, 사랑을 다룬 『4월이 되면 그녀는』이 세 번째 작품이다.

다큐멘터리야말로 최고의 엔터테인먼트라고 여기는 그는 늘 그렇듯이 이번 작업도 사전 인터뷰부터 시작했다. 그런데 2년에 걸친 준비 단계에서 놀라운 사실을 발견하게 된다. 그것은 출판시장에서 더 이상 연애소설이 팔리지 않는다는 것과 인터뷰 결과, 열정적인 연애를 하는 사람을 만나기가 매우 어려운 현실이었다.

연애소설이 인기 없는 이유는 아무리 뜨거운 사랑을 그려도 그것이 우리에게는 판타지라 누구도 공감하지 못하기 때문이다. 그래서 연애 감정을 잃어가는 사람들이 그것을 되찾아가는 과정을 묘사하는 연애소설을 쓰기로 마음먹게 된다. 때문에 사랑과 연애에 관한 소설이면서도 키스를 하거나 포옹하는 장면은 거의 없다. 남자와 여자가 만나 사랑에 빠지는 과정을 그린 기존의 연애소설과 달리, 함께 사는데도 상대를 사랑하는지 안 하는지 알 수 없는 심리 상태 때문에 괴로워하는 현대적 사랑에 초점이 맞춰져 있다. 따라서 자기감정에 확신 없이 살아가는 이들이 무엇을 추구하는지 밝혀가는 과정은 현대인들이 잃어버린 소중한 가치를 찾아가는 도정이기도 하다.

두 번째로 연애하는 사람을 만나기 힘든 이유는 모두 자기애가 너무 강하기 때문이다. 원래부터 자기애가 강한 사람이 많은 데다 최근에는 SNS까지 그런 분위기를 조장한다. 누군가에게 사랑받고 싶어서 하는 SNS인데, 실제 사랑으로는 이어지지 않으니 허무함만 남을 뿐이다. 또한 연애란 본래 비효율적이고 비합리적이며 볼품없게 마련이다. 시간과 돈이 들고, 복잡하고 무용한 감정에 휘둘릴 수밖에 없다. 그래서 10대, 20대에는 열정적인 사랑을 했던 이들도 사회적 지위나 안정된 생활이 확립될수록 그 감정이 결락된 것처럼 건조하게 살아가게 된다. 이지적이고 자제력 있는 어른이 됐을지는 몰라도 그와 동시에 아주 소중한 감정을 잃어버린 것이다.

이 책의 주인공인 정신과 의사 후지시로와 약혼녀인 수의사 야요이가 오늘날의 연애를 대표하는 커플이다. 그들은 도심에 자리 잡은 고급맨션에서 3년째 같이 살고 있다. 전문직 종사자로 바쁘게 일하고, 결혼식 준비도 순조롭다. 그러던 어느 날, 후지시로에게 한 통의 편지가 온다. 9년 전에 어떤 일을 계기로 헤어진 대학 시절의 첫사랑 연인이 보낸 편지다. 이제 와서 왜? 학창 시절의 풋풋했던 기억도 적어 넣은 편지를 실마리 삼아 과거와 현재를 갈마들며 후지시로 커플의 일 년이 묘사된다. 결혼을 앞둔 그들 역시 교제를 시작했을 무렵의 열정은 사라진 지 오래다. 소파에 나란히 앉아 영화 DVD를 함께 보지만, 침실은 따로 쓰고 벌써 이 년째 섹스는 없다. 모든 사랑에는 당연하다는 듯이 이별이 찾아오고, 결혼으로 맺어진 사랑도 어느새 정으로 변한다. 그런데 옛 연인의 편지가 서로를 더없이 아꼈던 과거의 기억을 떠올리게 함으로써 어느덧 냉랭해져버린 두 사람의 마음을 흔들고, 뜨거웠던 열정과 설렘을 되찾는 계기를 마련해준다.

사실 가와무라 겐키는 2011년에 뛰어난 영화 제작자에게 수여하는 '후지모토상'을 최연소로 수상한 천재적인 영화 프로듀서로, 「고백」, 「악인」, 「모테키」, 「너의 이름은」, 「분노」 등의 흥행작으로 우리나라에 먼저 이름이 알려졌다. 그렇다 보니 소설 속에도 종합예술인 영화적 요소가 유감없이 발휘된다. 다양하게 소개되는 음악과 영화로도 복잡하게 얽힌 연애 감정과 현대사회의 위험성을 곳곳에서 보여준다. 그리고 그것은 섹스리스나 성 정체성을 넘어서서 인간의 보편적인 문제, 소통의 문제, 지나친 자기애 등등 현대의 감춰진 문제들로 이어진다.

우리가 여행을 떠나는 목적 중 하나는 굳어진 자기 가치관을 다시 한번 '리셋'하기 위해서일지도 모른다. 그런데 우리의 사랑에도 정기적인 '리셋'이 필요하다. 처음 느꼈던 뜨거웠던 감정의 파편들을 그러모아 흐트러져가는 두 사람만의 퍼즐을 채워가는 노력이 절실하다. 어쩌면 깊이 익어가는 오랜 사랑은 그런 노력 여하에 달려 있을지도 모른다. 저자는 우리의 불감의 호수에 파문을 일으키기 위해 돌을 던진 셈이다. 사랑을 게을리하는 우리에게 늦게나마 뜨거웠던 사랑의 편린을 찾아가는 노력을 촉구하며 희망의 문을 활짝 열어놓는다.

이영미

4월이 되면 그녀는

2023년 4월 21일 1판 1쇄 발행
2024년 11월 22일 2판 1쇄 발행

저　　　　자 가와무라 겐키
옮　긴　이 이영미
발　행　인 유재옥

이　　　　사 조병권
출판본부장 박광운
편 집 1 팀 박광운
편 집 2 팀 정영길 조찬희 박치우
편 집 3 팀 오준영 이소의 권진영 정지원
디자인랩팀 김보라
디지털사업팀 박상섭 김지연 윤희진
라이츠사업팀 김정미 이윤서
영업마케팅팀 최원석 윤아림 이다은
물　류　팀 허석용 백철기
경영지원팀 최정연
발　행　처 (주)소미미디어
인쇄제작처 코리아피앤피
등　　　　록 제2015-000008호
주　　　　소 서울시 마포구 토정로 222, 502호(신수동, 한국출판콘텐츠센터)
판　　　　매 (주)소미미디어
전　　　　화 편집부 (070)4164-3960 기획실 (02)567-3388
　　　　　　 판매 및 마케팅 (070)8822-2301, Fax (02)322-7665

ISBN 979-11-384-8498-5 (03830)